学者随笔丛刊

大时代里的小故事

唐翼明 著

南京大学出版社

目　次

自序 / I

第一辑　忆　念

童年的梦 / 3

当年艰险费登攀 / 8

"父亲"的想象与支撑 / 15

大时代里的小故事 / 20

抖擞精神看夕阳 / 26

诗话珞珈 / 29

怀念芝湘师 / 35

怀耀老 / 46

平生风义兼师友
　　——怀曾卓 / 49

追忆程千帆先生 / 55

桃李不言,下自成蹊 / 60

智者的寂寞
　　——记我的老师夏志清先生 / 65

得志清师贺年卡有感,兼寿先生九秩 / 69

冯友兰来哥大 / 74

周汝昌访哥大纪实 / 78

倾盖如故
　　——记我和刘道玉校长在美国的第一次见面 / 86
唐德刚先生 / 89
忆纽约晨边文学社，兼谈留学生文学 / 92
哥大的中国校友 / 98

第二辑　序　跋

《古典今论》自序 / 105
《胡国瑞集》序 / 107
夏志清《中国现代小说史》导读 / 108
读《周汝昌传》
　　——梁归智《红楼风雨梦中人——红学泰斗周汝昌传》序 / 112
北窗风雨逐云急，陋室弦歌有布衣
　　——鲁虹《中国当代艺术 30 年：1978—2008》序 / 115
刘强《有竹斋新评世说新语》序 / 119
《十大行书赏析》序言 / 122
《楷书经典赏析》序言 / 131
且欣各自有平生
　　——陈书良《六朝那些人儿》序 / 143
何念龙《李白文化现象论》序 / 146
陈顺智《诗学散论》序 / 148
欧阳孝松《唐诗诗意山水百图》序 / 150
《大陆当代小说散论》自序 / 153
《唐翼明自书诗一百首》自序 / 156
用点状结构代替线性结构
　　——关于《阅江楼清谈》答玉立（代跋） / 157
不拘一格写散文
　　——《时代与命运》（代跋） / 160

第三辑　谈　　讲

时代洪流中的一滴水
　　——访台湾政治大学教授唐翼明/ 165
答《武汉晚报》记者袁毅问/ 175
我对家庭教育问题的看法
　　——答记者问/ 186
恢复书法教育刻不容缓
　　——答《书法报》记者问/ 189
想进中国传统学术之门的青年该读些什么书
　　——答江汉大学学生问/ 193
一个留学生文学热正在兴起/ 197
人生的国学　国学的人生/ 200
为什么要学书法/ 203
国学热是中国人自发的文化自救/ 206
略论老子对中国文化、世界文化的贡献/ 216

第四辑　感　　思

说"和谐社会"与"以人为本"/ 227
"为我"与"为人"/ 230
谈隐私，兼说"事无不可对人言"/ 233
论时髦/ 236
论敬畏/ 239
怀念科举/ 242
做人的文化与办事的文化/ 245
君子学与厚黑学/ 248
说做官/ 252
屁股决定脑袋及其他/ 255

反封建还是反专制
  ——读冯天瑜《"封建"考论》有感／258

我很忙，不与人玩什么游戏／262

武汉逢京剧节有感／265

我看京剧／269

中国传统的现代阐释≠中国传统的西式阐释
  ——看汉唐乐府演出《洛神赋》有感／272

非学以致用论／275

教师节论教书的好处／279

思想政治教育不能代替道德伦理教育／282

一本从未登录过的《四字经》／284

白话文运动的后遗症／289

汉字简化是瞎折腾／293

好文章是不用介绍信的／296

书面语和口头语要保持适当距离／299

写字与天分／303

自　序

张伯伟兄告诉我南京大学出版社准备出一套学人随笔,并邀我加入,于是便有了这本书。书名《大时代里的小故事》,是取自其中一篇文章的名字,原文是悼念我的母亲的。虽然这样做有点偷懒,但我觉得用此名来涵盖全书倒也妥当。我们每个人之所以成为这样的人,之所以有这些想法,这些见解,大部分还是由所处时代造成的。正如钱穆先生在《师友杂忆》中所说的:

> 余亦岂关门独坐自成其一生乎?此亦时代造成,而余亦岂能背时代而为学者?惟涉笔追忆,乃远自余之十几童龄始,能追忆者,此始是吾生命之真,其在记忆之外者,足证其非吾生命之真。

这本小书里所收的文章,无论追忆或见解,也都是在这个时代里产生和存在的"吾生命之真"。文章是随笔性质的,不是学术论文,但大抵还是跟学术、文化有关。按文章的内容略分为四辑:第一辑是一些回忆性的文章,忆人忆事都有;第二辑是为友朋或自己的书所写的序文与跋文;第三辑是答报刊记者访谈及演讲之文;第四辑则是一些跟文化教育有关的感想和思考。全书收文七十余篇,绝大部分都是我从台湾退休(2008年)之后所作,但也有几篇是在台湾写的,读者从内容和语气可以辨别出来,我就不再注明了。

唐翼明

2014 年 8 月 7 日

第一辑 忆念

童年的梦

我很小的时候,大约几岁吧,我记不清了,总之,是不到十岁,就有两个很奇怪的愿望,你也可以叫它野心或理想:第一,是要受到最高的教育;第二,是要游览全世界。

我知道你要说,这有什么奇怪? 这样平常的事还能叫做野心? 不错,对于今天在台湾长大的孩子,这实在算不得什么。 现在孩子们的野心是要上太空,到外星上去寻找 E.T.。 可是你要是知道我小时候生活的环境,你也许会明白我把它们叫做野心的意思了。

我小时候是在乡下长大的,读小学、念初中都在乡下。 读小学是在老家,念初中则在城关附近了,但离城里还有十几里路。 我的老家是湖南衡阳县金溪庙,那是一个小小的山村,没有车、没有船,不是指没有汽车、轮船,是连马车、帆船都没有,当然更没有火车、飞机。 那里的人世世代代种田,读书的人很少,稍微富裕一点的,顶多在农闲时间请个老先生,教小孩子念几句子曰诗云。 偶尔有一两个到外地去读书做事的,便算是名闻一方的大人物了。 所以我小时候居然想要受最高的教育,并且游览全世界,在那个地方实在可以说是很奇怪的野心了。

我也不知道这念头是如何钻进我脑海的。 我后来仔细想过,这大约还是从孩童时代一些残留的印象幻化出来的吧。 我并不是出生在老家的,我本来和母亲住在城里,在七岁那年被一场奇异的命运风暴吹到那里的。 那一年是 1949 年。 同一场风暴把我的父母吹到了台湾,我和一个弟弟、一个妹妹就吹到了老家,寄住在伯父家里。 我的伯父是农民，因为家中多了几亩地，后来，就被划为地主了。"地主"二字，在那个年代是很可怕的字眼，我的伯父不仅土地、家产被分光，人也被三番五次地关押、批斗、拷打，有一次实在受不住了，他用吃饭的碗猛砸自己的头，想要自杀，不过没有死，被救活了。他当然无力再管我们兄妹，于是我的弟弟便送给别人做了养子。

我和妹妹，那时一个九岁、一个八岁，居然学会了自己做饭吃：用两个土砖块架起一个小铁锅，趴在地上用嘴吹那半干半湿的柴草，满屋都是浓烟。饭大半时候是半生半熟的，不过更多的时候是根本没有饭。不久之后，妹妹就病死了，一场很普通的痢疾就夺去了她的生命。因为没有钱买药，也没有人管，而且，她的身体早已饿得很虚弱了。

我剩下孑然一身。邻居看着可怜，东家叫我去放牛，给我一餐饭吃，西家叫我去砍柴，给我一碗粥喝，还好，总算没有当乞丐。后来，土地改革结束了，伯父放回来了，我也回到伯父家里。可是，生活也还是差不多，放牛、砍柴、扯猪草、喝稀饭，吃了上顿就盼着下顿，常常是一天只有两顿稀饭，稀饭里还要放番薯、萝卜叶子，甚至是野菜。

可是，就是在这样的生活境况下，我却没有放弃念书。家乡有一所小学，离伯父家只有一两里路，十几分钟就走到了，而且不收学费。我每天早上天刚亮就起床去放牛，大约两个钟头后，看看我自己投在地上的影子，用脚量一量，大约有八个脚板长的时候，我就把牛牵回家，背起书包去上学——不消说，常常是空着肚子去的。上完四节课就放学了——我们只上半天课，回家吃完饭便去砍柴，砍满一担柴才能回家。否则回家不仅要挨打，而且没有饭吃。吃完这顿饭又要去扯猪草，扯满一篮猪草，天已经黑了，回来洗洗脚就上床睡觉。如果是夏天，也会聚到禾坪上听大人讲一两个鬼怪妖精的故事才去睡的。这个时候，不睡也不行，因为没有灯，肚子又饿，只有睡觉是最好的办法。

小学毕业考初中，我还清楚地记得考试那一天的情形。考场设在

第一辑　忆　念

离我老家三十里的一个名叫渣江的小镇上。那天天还没亮我就起床赶路，到渣江镇上时考试还没开始。考了两场，一场国文，一场算术。考完后又走三十里路回到家，已经是下午三四点钟了，我那一天还一粒米都没进口呢。

初中考上了，可是没钱去念。后来还是一位怜悯我的乡干部指点我一个诀窍，他告诉我，我的母亲在香港，曾经有信给我的伯父，我可以写信去叫她寄钱来给我念书，这样，政府是允许的。我在此以前，完全不知道父母的去向，多亏了这位乡干部的热心和同情，从此不但同母亲取得了联系（其实，父母那时候都在台湾，是通过香港一位朋友转信的），而且靠着母亲每学期寄来的几十元人民币，得以念完了中学。

中学在城关附近，离老家有一百一十里路，所有的学生都住校。我们村子考取的只有我一个人，我连怎样才能走到学校都不知道。我的伯父不愿送我，他对我上中学始终是持反对态度的，何况他的儿子，与我同年的堂弟又没有考取——也许根本没有去考，我记不清了。结果又是一位好心的邻居指点我一个方法。他说：常有些有商贩，挑了担子来往于城乡之间，在乡里收购鸡蛋卖到城里，再从城里买了针线卖给乡下的妇女，你可以跟他们去。我后来果真依照他的指点办了，而那一天我从乡下老家去上中学的情景，也就成为我童年记忆册中最特别、最难忘怀的一页。

那一天，天还没亮我就从床上爬起来，背上前一天晚上已经准备好的小包袱——那是用一块布包着的几件换洗衣服，急急忙忙赶到村前的大路边。所谓"大路"，就是一条约三尺宽的石板铺成的路，据说是可以通到城里去的。我怀着一种掺和着恐惧与兴奋的心情在路边等着，等一位挑着鸡蛋到城里去卖的小商人。我一点都不知道会不会遇到一位这样的人，他是什么样子。以及他会不会让我跟着他走。终于，在晨光熹微中，远远的，我看见有一个三十来岁的粗壮的汉子，挑着一担东西，快步地走过来了。

我不敢把他拦下来，也不敢问他，只是默默地跟在他身后。他是个大人，又挑着担子，所以步子迈得很大、很快，我几乎要用小跑才跟得上他。后来他发现我了，就好奇地停下来，我只得把实情告诉他，他说了一声"可怜"，把步子放慢了一点。那时是八月，天气格外热，快到中午的时候，我的鼻子开始流起血来。先是一个鼻孔流血，后来两个鼻孔都流，满脸都是血。这位好心的商人把担子放下来，带我到一口井边，用凉水浇我的后颈，止住了血。又陪我到旁边的茶亭里休息，还让我同他一起吃中饭。饭后又继续赶路，终于在傍晚时候来到城关附近。那商人指给我一条小路，说你从这里过去，不久就可以到中学了，他自己则继续往前，向城里走去。以后我怎样到校、怎样报到，现在都记不起来了，只记得第二天早上起来时，发现两条腿都肿得好大。

现在回想起来，我自己都有些迷惘，为何一个十二岁的小孩会那样拼命地抓住每一个求学上进的机会呢？我只能说是从小时候的那点野心或说理想驱策着我前进。我觉得自己像一只鹰，本能让我向更高更远的蓝天飞。当然，我那时的现实处境也逼得我不能不发愤图强。作为一个"地主家的狗崽子"，我是在饥饿与白眼中长大的，如果我不能在读书求学上找到一线生机，那就只能一辈子与贫困和屈辱做伴了。

后来我初中毕业又设法到武汉去念高中，高中毕业两次考大学都因为"出身反动"而落榜，尽管我的分数都很高，其中一次还名列全省第二。那时，我几乎完全死心了，以为小时的理想这一辈子是实现不了了。"文革"中，我两次被打成"反革命"，坐牛棚，劳改，先后有两三年，于是更绝望了。但只要有机会，我还是努力读书，自己进修。终于，"文革"结束后，大陆实行了改革开放。大学开始招生，研究院也办起来了。我以第一名的成绩考上了武汉大学研究院，并取得了硕士学位。1979年，中美建交，我经过一年半的申请，于1981年到达美国，次年进入哥伦比亚大学。这其间每一步都经过无数的艰难曲折，而童年的理想始终是鼓舞我克服困难，努力前行的动力。

当我踏进哥大校门的那一刻,心里真正是百感交集。我感谢命运的艰难玉成,童年的梦终于可以实现了。但是,我知道要真正把梦变成现实还得付出艰苦的努力,何况我还有别的梦呢!

蓝天是无限的,不断向前飞乃是鹰的宿命。

当时艰险费登攀

> 此身恍觉出尘寰,日近云轻碧宇宽。
> 俯瞰层峦多秀色,当时艰险费登攀。

这是我在1979年夏天登上南岳衡山顶时口占的四句诗,虽是即景写真,却也是有感而发。其时我正在武汉大学读研究院,回顾求学生涯——其实何止是求学生涯,根本就是那时为止的我的整个人生旅途——之艰难曲折,不免感触良多。

我七岁那年,风云骤变,父母渡海来台,我和一弟一妹留在老家伯父处。不久,大陆实行土地改革,伯父被划为地主,自顾不暇,弟弟送人,妹妹病死。我则沦为流浪儿,为东家放牛一月,替西家砍柴数天,以此换口饭吃。奇迹似的,我居然在砍柴放牛的同时读完了小学(那时小学免学费),又因为一个极偶然的机会,我得以通过香港的一位朋友的帮助,同当时在台湾的母亲取得了联系,靠着母亲每学期寄给我的几十元人民币,居然把中学也念完了。我的书一直都念得很好。高中毕业时参加大学统考,得分全省第二,但竟然没有一所大学敢录取我。因为其时大陆的阶级政策日趋严厉,像我这样不折不扣的"反动家庭出身的子女"自然无人敢要。我接到不录取的通知后在床上躺了三天三夜,那是一生中最黑暗的日子之一。幸而我就读的那所中学的校长有怜才之心,破例把我这个高中毕业生留下来做老师,教初中的学生。

这样便开始了我十几年的中学教师的生涯。同时,我在夜间去上函授大学,我以为正规大学的门这一辈子是无缘踏进了。其后是十年

第一辑 忆 念

1991年5月14日，博士毕业典礼前一日摄于哥大东亚图书馆

"文革"，我被两次打成"现行反革命分子"，关"牛棚"之后继之以"劳动改造"，连书都不能教了，活不活得下去都是问题，遑论其他？

直到"文革"结束，大陆实行改革开放，不仅恢复大学招生，而且办起研究院来。我也时来运转，竟然以总分第一名的成绩考进了武汉大学研究院中文系中国古典文学专业。还记得邓小平发表决定要办研究院的消息是1977年冬天，起初只打算招收学自然科学的学生，到次年二月才决定也招文科学生，五月便考试，其间只有三个月的时间，我当时白天教书，晚上准备考试，读书每至深夜。偏偏又常常赶上停电，便在桌上一列排起十根蜡烛，烛光跳跃，烛油狼藉，我埋首书堆，视若无睹。此情此景，恍然如昨。

因为准备时太紧张、耗费脑力太猛，以致考上武大之后，我几乎有一年左右的时间，每隔两三天就要发脑鸣一次，一发便是二十四小时，脑内如装小马达，轰轰不已。中西药不知服了多少，差一点绝望到退学。但我终于没有退，因为我们那一届是改革开放以来的首届研究生，考上者时人誉为"中进士"，以我的背景居然能厕身其间——事实上武大为录取我的问题颇伤脑筋，成绩已经公布，不取不能服众，但取了又怕日后出麻烦，虽然其时大陆的阶级政策已有松动，但武大当局还是没有这个胆量,最后是报请湖北省教育厅才定了案的——实在是"三生有幸"! 我的指导教授胡国瑞先生再三劝我:"唐翼明,得之不易呀! 千万不可轻言退学! 身体不好不来上课好了,自己在家里读书,期末交篇报告给我就行了。"

于是我苦苦撑了下来,幸而一年以后病体渐趋康复,心情也随之好转,这才体会到一点艰难胜利之后的喜悦。 前面引的那首诗便是作于这个时候。

但是我当时全然没有料到的是,至少在我的求学生涯中,真正的艰难攀登还在后面,而真正尝到登上峰顶的喜悦也还在后面。

当时大陆草创研究院制度,规定硕士三年毕业,前两年修课,第三年写论文。 我的论文,不到三个月就完成了,经武大报请教育部特准提前毕业,于是我很意外地成了大陆改革开放以来第一个得到硕士学位的人。 因为是第一个,教育部指示要严格郑重,因此答辩委员会由九位教授组成,其中包括千里迢迢从北京赶来的北大中文系陈贻焮先生。答辩整整进行了一个上午,来旁听的武大及外校的师生共计三百余人,湖北省教育厅厅长、武汉市教育局局长、武汉大学正副校长全都来了,事后《长江日报》(武汉市当时仅有的一份报纸)还特别为此发了一则消息。 为一个硕士毕业生举行这样"隆重"的答辩会,现在想来有些不可思议,但在当时似乎是顺理成章,于当事人自然也是一种"殊荣"。 不过那大概是仅有的一次,从前没有,以后也不会有了。 我顺利地,甚至可以说相当风光地通过了答辩,在一片掌声与祝贺中,获得硕士学位,并且被武大中文系聘为讲师。

但是我其时却有了别的打算。 1979 年大陆与美国正式建交,铁幕渐次拉开,开始有少量研究生被公费派出国留学深造了。 我于是暗自下定决心:自费赴美——当时的大陆是绝不会派文科学生出去留学的。经过一年半"不屈不挠"的努力,我终于达到目的,于 1981 年初夏以探亲的名义来到美国,1982 年又得到哥伦比亚大学文理研究学院的入学许可,进入该校的东亚语言文化系就读。 我这里说"不屈不挠"实在一点都不夸张：我的申请曾两次遭到湖北公安局的公开拒绝。他们明白告诉我，我这样背景的人是不能出国的。后来我斗胆告到北京，又经过若干曲折，最后才勉强获准。这其间的担惊受怕、峰回路转、柳暗花明，实在足够写一篇小说的材料了。

仅就求取学问自身而言，我前面说的艰难攀登到这时才真正开始。坦白地说，从小学、中学直到武大研究院，读书于我向来是一件轻松愉快的事。我所遇到的挫折都是外来的横逆，书本却向来对我很客气。但在哥大，我开始感受到书本的严肃与倨傲。我从1982年9月进入哥大东亚语言文化系，到1990年9月完成论文，其间整整八年，可说是我一生中读书最用功、最辛苦，同时也是获益最多、收获最大的八年。经过这八年的淬炼，无论是学问境界或人生境界，才真有一种更上层楼之感。

刚到美国的时候，如刘姥姥进大观园，样样都新鲜。尤其是踏进哥大大门的那一刻，真是百感交集，深感人生如梦——总算是一个先苦后甜的梦。但接着问题就来了，首先是语言。我在中学时代学的是俄语，到美国后拼命苦读了一年多，我戏称那一年多的生活是"顿顿三明治，天天ABC"，到进研究所以前我已经读到外国学生英文专修班的最高一级了。进了研究所才知道自己的英文程度还是不够。一个星期常要读几百页的参考书，还要写读书报告，真是苦不堪言。没有假期，没有娱乐，每天都要在图书馆坐十几个钟头，而我已经不年轻了。然后是经济的压力、家人分居的压力、前途茫茫的压力……我在重重压力之下病倒了，严重的神经衰弱、失眠、厌食、周期性的沮丧，乃至恐惧……各种莫名其妙的症状。我尝到了有生以来最严重的挫败感。我真的有好几次闪过这样的念头：买张飞机票回去算了，何苦这样折磨自己？但是同时我心里总是响起一个更强烈的声音：从前这么多苦难都熬过来了，我偏不信这一关就闯不过去；登山已过山腰，峰顶在望，岂可半途而废？

我终于熬过了第一年，而且打了一个胜仗。那一年，我一共修了七门课，二十一个学分，其中三门是只算学分，不计成绩的；另外四门，我得了三个 A，一个 A⁻，换句话说，我这一年修的课只要是记成绩的全是 excellent（哥大文理学院的计分法分 A、B、C、D、E 五级，分别代表 excellent、good、fair、poor、failing），我自己都觉得很意外，也很幸运，因为这成绩还直接关联到经济问题。 哥大有一种很纯粹的奖学金，叫 President Fellowship，除了免学费之外还有生活补贴，又不要做任何助教之类的工作，得奖者称为 President Fellow，是一种荣誉，唯须成绩优异者才能得奖，名额有限，而且要一年一年地评。

当时东亚系有六十多名研究生，President Fellowship 每年仅六至七个名额，只有成绩进入前七名的人才有希望。 我因为第一年的成绩优异，所以第二年就得到这个奖学金，此后我一直兢兢业业，不敢稍懈，我的成绩也就一直名列前茅，除了有一年的日语为 B⁺ 之外，我在哥大研究院的全部课程的成绩都是 A 或 A⁻。 我从第二年起，连续四年获得 President Fellowship，直到我修完所有的课程通过博士资格考试之后。

第一年的苦斗获胜之后，我不仅重拾了求学上的自信，也卸除了经济上的压力，心情渐渐轻松，病也就不药而愈了。 从此苦尽甘来，渐入佳境，我再一次体会到了读书为学，特别是求取新知之乐。 几年中，我除了读了大量的西方汉学家论述中国历史、文化、学术的著作之外，又读了大量的西方哲学、文学、文学理论，加修了现代文学、比较批评、比较美学、日本语、日本文学、日本历史等课程。 胸襟宽了，眼界宽了，知识结构也得到改造，朱熹所谓"旧学商量加邃密，新知涵养转深沉"，大约正是我这一时期的追求与心得。

但课业仍是非常繁重的。 当时哥大不承认大陆的学位，我得从硕士课程念起。 东亚系的要求又是出名严格与繁琐，除了各种必修课程之外，还要三门外语，博士资格考则包括六门笔试，每门三小时，外加三个小时的综合口试，全部通过之后，才有资格撰写论文。 所以东亚系的博士很少能在七八年以内拿到。 在我那一届同学中，做中国研究

第一辑　忆　念

的有二十几人，但三分之二都没熬到博士资格考，最后只剩下五个人，我是这五个人中第一个拿到博士学位的，也花了整整八年。

我于 1987 年 5 月通过所有的博士资格考，但其后在一家华文报纸作主笔两年多，真正开始潜心撰写论文时已到 1989 年的秋天了。我那时因为各种偶然的因素，居然成了纽约学界与侨界的"知名人士"，外务奇多，每天会议、电话不断。我知道这样下去不行，几位好友也相互勉励要摆脱干扰，在学术上修成正果。我于是下定决心，在住所附近另租了一间小房，房内不设电话、不装电视，仅一桌一椅两个书架。每天早上买一杯咖啡、一个松饼进去，即埋头伏案读书写作，中午出来吃一个三明治，又进去埋头伏案读书写作，直到晚餐才回家吃一顿饭，吃完饭后又回去埋头伏案读书写作，直到午夜。没有人知道我在哪里，同外界的联系几乎完全切断，我仿佛置身桃花源，"不知有汉，无论魏晋"，跟前些时的热闹生活突然绝缘，倒也有一种又似解脱又似恶作剧似的自得其乐。

如此一年，我终于把博士论文写完，题为"*The Voices of Wei-Jin scholar: A Study of Qingtan*"（后来改写为《魏晋清谈》中文本，1992 年由台湾东大图书公司出版）。当我把最后改定的稿子打好送到我的导师夏志清先生手上时，他脸上泛着光，像捧着刚刚生下来的儿子，连声说："I'm proud of you! I'm proud of you!"那才是我这八年来最觉轻松的一刻。

我交出论文后即赶赴台北任教，答辩在那年寒假我回纽约时才举行，时间是 1991 年 2 月 22 日。之前连日阴雨，那一天天气却出奇的好，真正是风和日丽。夏老师早早地来了，穿着最好的西装，系着最漂亮的领带，脖子上还挂着一个照相机——我从不曾看他带过照相机，那是第一次。答辩会在东亚系垦德堂（Kent Hall）405 室举行。主席是文理学院代理院长安德勒（Paul Andeler）教授，他也是我的好朋友。夏老师是 Sponsor（主审人），其他三名成员为名气甚大、著译等身的汉学权威华兹生（Burton Watson）教授、布鲁姆（Irene Bloom）

教授与吴百益教授。 答辩很轻松地通过了，论文是一等，"无需修改"（Passed with no revision）。 在我退出室外几分钟重新被叫进去时，教授们一一露出最和悦的笑容，与我握手道贺。 接着是系里为我举行酒会，好几位教授以及要好的同学都来了，我发现大家突然改口称我为Professor，一时竟感到错愕、尴尬。

1991年2月22日博士论文答辩通过后在哥大与考试委员合影。左起：布鲁姆、夏志清、安德烈、唐翼明、华兹生、吴百益

晚上跟远在台北的父母通电话，向来不苟言笑、遇事不动声色的父亲竟然声音哽咽了，他断断续续地说："我听到你得到博士比我自己得到还要高兴。"一整天处于亢奋状态的我突觉把持不住了，热泪潸然而下，几十年命运的艰难玉成、父母的痛苦关切、妻儿的支持、师友的督导，一时都上心头。 十二年前作的那首诗，这时好像又有了新的意义。 那么，在我的人生之旅和为学之路上，还会有新的艰难攀登和新的胜利喜悦么？

原载《拿到博士的那一天》，台北幼狮文化出版公司，1995年8月。

"父亲"的想象与支撑

我七岁就离开父母。那一年,父母去了台湾,我和一弟一妹则随伯父留在湖南老家。其后世事白云苍狗,弟弟四岁送人,妹妹十岁病死,剩下我孑然一身,给人放牛砍柴,每天两顿稀饭,都吃不饱。又因为这样的家庭背景——当时所谓的"黑五类"——从我懂事起,就饱尝了各式各样的歧视、侮辱与践踏。风雨鸡鸣之夜,雪冷霜寒之时,常常感怀身世,涔涔泪下。世路之险巇,世态之炎凉,在我是从小见惯的。

我高中毕业参加全国大学统考,成绩武汉市第一、湖北省第二,竟然没有一所大学愿意录取我。"文化大革命"中,我不过二十出头,可说是纯洁无瑕、毫无罪过,却被两次打成"反革命",三次关进"牛棚",达两年半之久。又继之以"劳动改造",冒着生命危险去血吸虫区挖湖筑堤。然而连我自己都不解的是,在种种横逆之前,我为何从来没有轻生自残的念头?我为何从来没有自甘沉沦的心理?我为何会昂然不屈、屡仆屡起?一有机会便想展翅冲霄,不肯为人作耳目近玩,作仆役厮养?多年之后,我饱更世事,对自己也剖析更多,我终于明白,这里面原因虽然不止一桩,但有一个非常重要、自己往往并不觉察的原因——或者可以说是在潜意识里,我有一个"父亲"的形象在支持着我、鼓舞着我、影响着我、形塑着我。这个"父亲"的面孔并不清楚,身形也无可捉摸——我离开父亲时年纪太小,离开前也聚少离多,所以一点印象都没有,但是这个形象是确实无疑的。我知道我有一个不平凡的父亲,我是他的儿子,我身上流着他的血液,我灵魂中有他的一部分，我不能让他失望，我不可以沉沦，我不可以不奋发向上以配做他的儿子。 或者，更骄傲一点，我要超过他，让他以我为荣。 诚然，这真是"虚无缥缈"的念头，然而唯其虚无缥缈，乃更牢不可破，乃能历久弥新。 啊，父亲，你虽远在天边，然而，你可知道，你的存在，对于儿子有何等重要的意义！

几十年中，出于保护我的考虑，父亲从没有给我写过片纸只字，更不要说寄照片了。 我第一次看到父亲的相片是在离开他三十年后的1979年。 那是在我进了武汉大学的中文研究所以后。 其时所里有一间专供教师和研究生所用的参考室，收了一部分外国和台港出版的书籍，被小心地锁在玻璃柜里，如要借阅，必须有足够的理由，而且一次只能用两小时，限在参考室内阅读，不得借出。 有一次我看到一本台湾出版的民国名人传，心想里面一定有父亲的传记，便编了一个理由借来看。 果然，父亲有传在其中，而且还附了一张照片，我真是喜出望外。 这是我生平第一次看到父亲的照片。 清癯瘦削，然而神采奕奕，两眼尤其有神。 啊，我的父亲原来是这个样子！ 他和善地、慈蔼地看着我，怎么都不像一个威仪赫赫的大官（那时，他已经是台湾"考选部部长"了），倒像是一个毕业不多久的文质彬彬的书生！

瘦削的文质彬彬的书生，这个形象自此深刻在我的脑中。 直到三年后，我到了美国，成了哥伦比亚大学的学生，父亲从台湾来看我，还是这个样子，只是平面变成了立体，静态变成了动态，言谈举止、音容笑貌把这个陌生的照片变成了我可以真正触摸得到的我的父亲。 从此，我终于有了一个父亲，而不再是父亲的形象了。 这个一般人与生俱来的事实，我却等了三十三年才得到。

我在美国留学将近十年，父亲来看过我两次，我回台湾两次，虽然仍然太少，但同在大陆时的情形相比毕竟不可同日而语了。 那时对父亲只能想象，而且根本不知道此生有没有相见的机会，现在则可以通信、通电话，不仅可望而且可及了；那时父亲的形象是一种潜意识里的榜样，现在的父亲则是实实在在的支撑，精神上的与物质上的。 我至今记得博士口试顺利通过的那天晚上我在电话里向父亲报告这个消息,向来不苟言笑、遇事不动声色的父亲竟然声音哽咽了,他断断续续地说:"我听到你得到博士比我自己得到还要高兴。"一天处于亢奋状态的我突觉把持不住,热泪潸然而下。

1990年9月,我决心放弃在美国求职的机会回到台湾任教,动机固非一端,但因此能亲近父母无疑是其中重要因素之一。父母已经年近八十,此生还能有多少机会呢? 从那时算起,到现在又有九年了,虽然由于种种原因,这九年中的大部分时间我也未能与父母朝夕相处,但平均每个星期至少总能见上一面,仍然是我一生中与父母最为亲近的日子。我当时如果选择留在美国,我今天一定会痛悔不已。

无论从哪一个角度看,父亲都可以说是一个"老派"的人。不必讳言,因为时代的差异、成长环境和教育背景的不同,我同父亲在道德标准、价值观念、政治意识、审美趣味,不论哪一方面,都存在着"代沟"。比如我很喜欢鲁迅的小说,父亲却对鲁迅向无好感,我想这或许是政治宣传所造成的偏见吧。有一次我便特地带了一本《呐喊》给他看,两天之后他把书还给我,说:"我看不出有什么好。"我只好笑笑,承认自己的无能为力了。不过我们谈得融洽的时候还是居多。例如对时局的分析,对中国现代化前途的看法,父亲都颇欣赏我的意见。有一次我写了一篇题为《世界现代化运动的模式之争与孙中山先生的远见》的论文,父亲就大为欣赏,连连感叹说:"希望两岸当局者都能够读到就好。"最近两年,父亲健康大不如前,我们谈话已很少涉及世局,常常聊到的是古诗,是书法。尤其是书法,父亲谈起来总是兴致盎然。父亲平生几乎无所嗜好,唯一的娱乐——如果可以说是娱乐的话——便是写字。退休之后,几乎每天必写字,近一年体力实在太差才停笔不写,但看字仍然有兴趣。今年2月14日,天气晴好,父亲来我住的外双溪山居盘桓一日。那时父亲身体其实已经很衰弱了,几乎对一切都提不起兴致,阳台和后园中的花开得正盛,他都没有称赞一声。只有当我拿出去年写的几幅字给他看时,他才高兴起来。对其中的两幅尤其赞不绝口，他说："这两幅字有宋人米芾、吴琚的风姿，跟古人相比也不逊色。"我提起有人愿出十万元新台币要我的学生割爱，把我替这位学生写的一幅字让给他，我那个笨笨的学生不答应，不料爸爸也竟说："当然不卖，像这幅字，一百万也不能卖。"我自然知道这是父亲对儿子的偏爱，然而心里的温暖与满足仍是久久不去。我想，有一个儿子能够跟他讨论讨论今天已经不太有人感兴趣的书法，并且还能写得像个样子，这大概是父亲晚年相当欣慰的一件事吧。

于古人的诗文，父亲最喜欢的是陶渊明和苏东坡两家，我们父子在这一点上可说有同嗜。这两年父亲的身体日见衰弱，看着生命力一点点从他的身上流失，我常常暗暗心酸，他自己对生死问题自然也存有一种凡人都不免的焦虑。我每于假装的轻松笑谈之中咏陶渊明《归去来兮辞》和《形影神》三首，读到"聊乘化以归尽，乐夫天命复奚疑"、"纵浪大化中，不喜亦不惧。应尽便须尽，无复独多虑"，父亲的脸色就开朗多了，心情也轻松起来。听母亲和妹妹说，父亲临去的时候，非常平静、非常安详，仿佛慢慢沉入睡梦，我想他或许还在默诵陶渊明的诗，有一种纵浪大化、回归自然的解脱与从容吧。

父亲走了。当我从纽约飞回台北，直奔家门的那一刻，我突然强烈地感到，我的世界从此缺了一角，从此没有了那个可以依靠、可以咨询、可以对话、可以共享生命的经验与心灵的愉悦的重要人物了。这种遗憾与哀痛是别人所不能体会的。

然而父亲也并没有走，他不过是回到他所从来的自然，他仍然在大化中流转。我们每个人都一样在自然与大化中流转。而且于我，他更是永远活着，活在我的心中，像我童年时孺慕的

我父亲摄于 1957 年 43 岁时

那个父亲的形象一样,只是更生动、更具体了。在精神世界里,他仍然是我可以依靠、可以咨询、可以对话、可以共享生命的经验与心灵的愉悦的人。

    原载 1999 年 7 月 27 日台湾《联合报》副刊。

大时代里的小故事

记得小时候在乡下，伯父教我读《古文观止》，第一篇是《郑伯克段于鄢》，中间有一段是这样的：

> 颖考叔为颖谷封人，闻之，有献于公，公赐之食，食舍肉。公问之，对曰："小人有母，皆尝小人之食矣，未尝君之羹，请以遗之。"公曰："尔有母遗，繄我独无！"

不知道为什么，我读着读着就哭起来了。别人都有母亲，我的母亲在哪里呢？郑庄公的故事实在跟我不相干，但"尔有母遗，繄我独无"，那句哀哀的感喟，却以它独特的调子，沉郁顿挫于我细小敏感的心灵中好多年，伴随我走过那不堪回首的少年时代。古人说少年丧母是人生大不幸，如果你的母亲还活着，可是远在天涯海角、杳无音信，你知道你有一个母亲，可是看不到、听不见、摸不着。你想依偎在她的怀中，抚摸她的脸颊，向她倾诉你在白天砍柴时手上割破的伤口、放牛时脚底板刺上的蒺藜、上学时老师的呵斥以及同学的白眼……然而这一切都办不到，你会不会觉得你的不幸简直同孤儿没有差别，甚至还更令人伤心呢？每当霜晨月夕，雨晦鸡鸣，望着别人瓦顶上升起一柱柱的青烟，我眼泪就下来了：我的家在哪里呢？"尔有母遗，繄我独无！"幽幽的调子就在心里响起来了。

我是1949年离开母亲的，那年我七岁。一阵狂暴的"龙卷风"把国和家都撕成了两半，把人心也撕成了两半，我的，我母亲的，还有无

第一辑 忆 念

数孩子的，无数母亲的。我那时太小，根本无法理解这场风暴对于中国和世界的意义，甚至也完全不知道是什么东西把我和妈妈分开的，我的妈妈还在不在这个人世？等我确知妈妈还在，并且终于以一种辛酸而神秘的方式同妈妈取得了某种联系的时候，已经是五年以后，我已到远离老家进了当时我们县里唯一的一所初级中学念书了。

那其实也是一段挺奇特的经验。

我离开母亲之后，被送到乡下务农的伯父家里。我记得是坐轿子去的，一到那里，刚进堂屋，就看到一个很凶恶的汉子，两条腿肚子很粗壮的脚上沾满泥巴，裤管卷到膝盖以上，一言不发地瞪着我们——我和妹妹、弟弟。那就是我的伯父。我少年时代的苦难生涯从此和此人结了缘。我没少挨过他的打骂，我的左耳至今失聪，就是他留给我的纪念之一，当然他也教了我最初的古文，那是我们家乡耕读人家的惯例。一年半之后，家乡搞土地改革，他被划为地主。我记得土改工作队来家里贴封条的时候，我正同与我年龄一样大小的堂弟抬了一桶水回家，站在昏黄的夕阳照着的门槛上，像幽灵一样的细细长长的影子投在黑色的泥巴地上，心里有说不出的凄凉，但似乎也有一丝若有若无的幸灾乐祸的快感。后来，我竟然跟在土改工作队的后边，替他们拉皮尺，丈量田地（自然也包括我伯父的田地），计算面积，准备分地给农民。也因此我竟然得到土改工作队员们的喜爱与夸奖，其中一个后来留下来当了乡长，对我一直不错。小学毕业时，有一天，他把我叫过去说，唐翼明，你想不想念中学呀？我说当然想，可哪里有钱念呀？他说，你母亲在香港你知不知道，我说不知道，因为从没听伯父说起过。他说，是的，在香港，她还来过信的，土改时我们扣了几封，你可以叫她寄钱给你上学，政府是允许的，因为你现在是孤儿嘛！我说，我不知道母亲的地址呀。他说，我回去找了给你。他果然找了给我，我果然同母亲——为了安全起见，我那时在信中称呼她为"舅妈"——通上了信。很多年以后，我才明白我母亲其实不在香港，她一直都在台湾——有四年在美国，信是请香港的朋友转的。我跟在台湾的母亲——当时的术语，叫"外逃的反革命分子"——接通了关系，但却是在一个共产党的乡长的帮助下实现的，这实在是不可思议的一件事。

我这样同母亲通了好多年的信，童年时代那句魔咒似的哀啃慢慢解除了。我现在确切知道我同别人一样，也有一个母亲，只是不在身边罢了；她也跟我讲话，只是这话我只能从纸上读不能亲耳听到罢了。每次接到妈妈的信我是多么高兴啊，妈妈的话总是让我无比感动，常常泪水都把信上的字迹都弄模糊了。记得有一次妈妈在信中说："明儿，妈妈有了你，就比当皇帝还更富有。"我读了又读，哭了又哭，心里又温柔，又骄傲，又刚强，又发愤，觉得无论如何都要努力读书，将来出人头地，做一番惊天动地的大事业，给妈妈看看：您的儿子是好样的，他没有辜负您的爱、您的期待。

然而事业并不是我发愤就能做到的，我那时未免太天真了。我的确很努力，我的书一直读得很好，从初中到高中，我几乎总是最优生，我不记得我曾经有一门功课成绩在85分以下，绝大多数功课总评都在95分到100分之间，凡是学校有比赛，无论是数学、作文、演讲，我差不多都是第一名、第二名。高中毕业参加全国大学统考，我是武汉市第一名、湖北省第二名。然而没有用，我连大学都上不了——没有一个学校要我，因为我的"家庭出身"实在太坏了。我愧对母亲，但无可奈何，"非战之罪也"。我在床上睡了三天三夜。

然而更可怕的遭遇还在后面。1966年，"文革"爆发，我竟然变成了"人民的敌人"，连跟妈妈通信的权利也被剥夺了。我再一次品尝了丧失母亲的恐惧。"尔有母遗，繄我独无"，童年时代的魔咒再一次在心里幽幽地响起来。

"文革"十年，我至少有一半的时间是连最起码的自由都没有的。"文革"一开始，我就被打成"现行反革命"，表面的理由是我和几个朋友组织了一个诗社，被视为"反革命小集团"，背后的真正原因自然是我的家庭背景，尤其是我同母亲的联系。我通过母亲的信，接受了身

第一辑 忆 念

为"国民党特务头子"的父亲的指示,在大陆纠集反革命分子,图谋推翻中共政权,颠覆无产阶级专政——批判者们是如此说的。于是打进"牛棚",剃光头、游街、挨打、大会批斗,点名批判的大字报更是铺天盖地,贴满了整个校园——我那时在武汉的一个中学教书。如是者半年多,跟任何人的通信都没有了,母亲那边自然也很快得知了情形,不需说什么,也就不再来信了。

后来,文革的矛头从社会上的"牛鬼蛇神"转向了党内的"走资派",我也被"解放"出来了。而我居然不识时务,怀着一肚子冤枉委屈,参加了"造反派";又居然阴错阳差,成了武汉中学教师一个造反组织的核心人物,于是在两年后的"清队"(清理阶级队伍也)运动中再次被打进"牛棚"。这一关又关了两年。这一次没有再说我是"奉命"混入造反派队伍,因为其时我已经没有同母亲通信,即使真要奉命也奉不成了。我之"混入"造反派队伍,完全是因为反动本质使然,即血统反动——所谓"老子英雄儿好汉,老子反动儿混蛋",其中也包括"解放后"还继续受到反动家庭的影响——这样就又要算我同母亲通信的账了。

我再一次同母亲接上关系是七年以后。1973年春,"文革"已进入后期,气氛不那么肃杀,社会渐渐开始正常运转,中等学校已恢复上课了。有一天,一位学校同事偷偷告诉我,说几年前看到我有一封香港寄来的信被党支部扣下来。我犹豫了许久,终于大着胆子去找党支部要这封信。我说,如果这信不合法,那海关就扣了,用不着你们来扣;如果它合法,你们扣下来就不合法吧。那时中央开始说要"落实政策",党支部的人居然被我这话问倒了,答应查查看。结果当然是找到了这封信,但据说是压在文件堆里,所以从前没有发现,非故意扣押云云。我如获至宝,索性再大着胆子,照着信封上的地址给替我妈妈转信的张阿姨写了一封信,然而信被退了回来,说是原地址查无此人。我的心一下沉到了底,难道老天爷要戏弄我?眼看近在眼前的妈妈的身影如水中的月亮,一捞就不见了。一时间无计可

- 23 -

施。把张阿姨的信找出来反复读，发现有一句话提到她在香港油麻地一家轮船公司做事，便灵机一动，于是再写一封信，信封上写"香港油麻地轮船公司张玉衡小姐收"。不想这封连地址都没有的信竟然寄到了，不久接到张阿姨的回信，我也再一次同母亲恢复了联络。那时的高兴、兴奋、感激，现在想起来，只能用"死里逃生"四个字来形容。

我实在不知道应该痛恨上天的残忍试炼，还是应该感谢上天的仁慈眷顾，这样一件对一般人来说简单至极的同母亲通信的事情，在我却要经过如此戏剧性的曲折起落，充满如此之多的惊吓悲喜！偶尔听到一些母子情薄、音问稀疏的故事，我总觉得难以理解：上天给你如此恩宠你浑然不知，难道一定要经过如我一般的心碎，然后才知道这有多么宝贵么？

然后又经过八年，我才获准到美国探亲留学，当我战战兢兢地推着皮箱走过罗湖桥，确知已踏上香港的土地的那一刹那，我一颗心终于放了下来：我此生终于可以亲眼见到我的母亲了，我终于可以依偎在她的怀中抚摸她的脸颊，诉说小时候砍柴时手上划破的伤口、放牛时脚底板刺上的蒺藜、上课时老师的呵斥与同学的白眼了……紧绷的全身一时松弛下来，头上小豆似的汗珠一颗接一颗掉下来，挂在皮箱上的两瓶茅台酒竟也"叭"的一声掉在地上，瓶子破了，酒香四溢。

我在香港见到了母亲，她在张阿姨家里等我。几天后，我们一起飞到美国洛杉矶，住在表哥的家里。两个半月后，妈妈又飞回台湾去陪爸爸了，我则开始了在美国首尾十年的留学生涯。我仍然一封接一封地给妈妈写信，妈妈也一封接一封地给我回信，一个月至少一封，跟小时候一样。直到十三年前我拿到博士从美国返台任教，这才结束了我同母亲几十年的通信史。我不需要跟妈妈写信了，因为我们母子可以常常见面，常常面对面地聊天了。

母亲不久前过世，清理遗物时我骇然发现我几十年来写给母亲的信全都保存得好好的，一封一封订成若干本，竟然有几百封。

第一辑 忆 念

父母1956年前后摄于纽约

啊，母亲，孩子再给你写信，你如何收得到呢?

  谨以此文悼念我的母亲王德蕙女士(1908—2003)，也悼念一个时代和那个时代里无数有着同样遭遇的母亲们。

抖擞精神看夕阳

你在台北的时候，住在阳明山侧的外双溪。 外双溪其实也是阳明山的一部分，只不过是另外一个山头，非主峰而已。 你的家在半山腰，坐东朝西，前面是山谷，山谷尽处是台北市区的一隅，再过去便是淡水河了。 淡水河的对岸是观音山，是一个披着长长秀发的仰卧的少女。 你有一个大大的阳台，正好面对这个西方的美丽女子。 你最喜欢在傍晚时分，端一杯清茶，看夕阳在观音山上徘徊，满天是瞬息万变的彩霞，仿佛要邀请那美丽的女子一同起舞。 清风徐来，伴着山谷里阵阵花香草气，时不时有几声虫鸣鸟唱。 你觉得在这样的时刻，最能领会自然之美妙，宇宙之神奇，使人一时间尘虑全消，真正进入心旷神怡的境界。

你离开台北旧居七八年了，还常常回味外双溪阳台上那些美妙的傍晚。 每当这种时候，有一个镜头总会鲜明地出现在记忆屏幕的前景，是你永远都不会忘却的。

那是2003年10月12日，一个礼拜天。 下午午睡后，你的妹妹又明一家陪母亲上山来玩。 车子开到山居的后门，你扶着母亲下了车。 老太太挺健朗，拿拐杖指着门前柚子树上结的柚子，连说长得好，又看着篱笆上爬满绿油油的三七叶，说等下可以摘点来，晚餐炒着吃。 你带着母亲在山居花园逛了一圈，她说，翼明还勤快，一个人，还把院子收拾得好好的，栽的花也好看。 然后进屋喝茶，聊天。 母亲精神很好，说话滔滔不绝，一点也不像个九十多岁的老太太。 晚饭后你就把阳台上的桌椅收拾好，扶妈妈过来一边喝茶，一边欣赏夕阳晚霞。 台北的十月是一年中最好的天气，真正是秋高气爽，不冷不热。空气品质也极佳，从山谷和城市的上空望过去，淡水河金波粼粼，像一条闪光的丝带，飘扬在远方。淡水河那边就是观音山柔美的曲线，笔挺的鼻梁，宽阔的额头，一泻而下的秀发，在清明的天空下轮廓分明。夕阳是玫瑰色的，正在秀发的上方闪耀。夕阳的光线像一个魔法画师，把整个西方的天空渲染得绚丽异常。橘红色、金黄色、玉白色、蓝色、绛色、紫色、淡墨色，你搞不清到底有多少颜色，全都极其自然地调和在一起，而且不停地变动着，幻化着，组成形形色色的云团云块，像羊、像马、像飞鸟、像羽毛、像城堡、像宫阙、像山、像林，但更多的时候是像一幅幅现代派的抽象画。

2001年在台北外双溪寓所阳台上与母亲的合照

老太太兴致真高，目不转睛地盯着西方的天空，说你这里欣赏晚霞真好，你父亲从前下班后就喜欢在这里喝茶，还作了好几首诗呢。稍停她又说，有一联我还记得："门前淡水潮声远，林口屏风夕照迟。"林口是观音山那边的高地，刚好可以做屏风挡着从台湾海峡吹过来的海风。你父亲还特别跟我解释说，"林口"是地名，"门前"不是地名，但词意却对得好，"淡水"是地名，"屏风"不是地名，但词意也对得好。"淡水"、"林口"又错落相对。这两句诗得之于偶然，你父亲很得意。

过了一会，她又说：李商隐说"夕阳无限好"，还真是不错，你看这景色多好，说不出来的好，没法形容的好。 停了一下，她突然又说，李商隐这个人太容易感伤了，夕阳无限好，你就好好地欣赏，好好地享受呀，说什么"只是近黄昏"呢？ 黄昏就黄昏，你不要老想着那个黄昏嘛。 妈妈说着说着又笑起来。

你现在想起来，母亲当时绝对没有想到自己十天之后就要告别这个世界了，就要告别这变化万千的夕阳和晚霞了。 一个如此热爱生活的人，一个如此充满活力的人，如果不是一块可恶的小血块，突然堵住了她的脑干，她至少还应该再活五年十年，甚至二十年。 这个傍晚你母亲在阳台上说的话以后无数次地回响在你的耳边，你毫不怀疑地认为，这是你九十六岁的母亲给你上的最后一课。 这一课的内容是在诠释《周易》的首卦："乾。 元亨利贞。 ……象曰：天行健，君子以自强不息。"天永远是那样不停地运行着，日出，日落，又日出，黄昏过了将是另外一个黎明，天永远不会爽约，天也永远不会疲倦，永远不会停在某一个点上。 君子要效法天，以天为榜样，永远不断地前行，永远不消极，永远对生活充满热爱。 黄昏是会到来的，对每个人都一样，坦然接受它就是了，不必感伤，不必念兹在兹。 而且对于一个像你母亲这样有信仰的人，黄昏并不是终点，还有更辉煌的黎明在天堂里等着她呢。

你自己现在也过了古稀之年，也已经进入生命的黄昏，但你没有恐惧，没有焦虑，也没有愧疚，每天做你应该做的事，读你应该读的书，欣赏那满天变幻的彩霞，你觉得比青壮年时代更加坦然，更加从容。 你知道，你之所以能够这样，正是得之于母亲的遗传和教导。

谢谢你，妈妈！

诗话珞珈

珞珈三载沐春风,已见新桃点点红。
更借蓬莱仙雨露,他年硕果报群公。

上面这首诗是 1981 年 3 月 5 日我硕士论文答辩通过之后口占的,题作《留别武大诸师长》。 两天之后,我就启程赴香港,由香港转飞美国,从此告别了我在武大的两年半的学生生涯。 诗中说"三载",不过是举其概数,认真算起来我在武大停留的日子是两年又 149 天,从 1978 年 10 月 8 日报到那天算起,到 1981 年 3 月 5 日获得硕士学位为止,一共 879 天。

当我回顾自己的求学生涯时,突然发现武大是我念的学校当中待的时间最短的一个学校,如果不把最开始为我发蒙的衡阳市临江小学也算在内的话。 但呆得最短的武大却是到那时为止我过往的生命中一段少有的亮光,也是一个关键性的转折。 我进武大的时候已满三十六岁,虽然已经教了十八年的书,却只有一个高中毕业生的文凭,如果不进武大,说不定终身就是一个中学老师,也终身就是一个高中毕业生了。即使我后来或许会用探亲的名义去美国,但留在美国又能做什么呢?到唐人街洗盘子吗? 诗中说"沐春风",既是感谢各位老师,也是感谢武大,感谢在珞珈山度过的那 879 天愉快而宝贵的时光。

1978 年是当代中国人很难忘记的一年。 那时"文革"结束了,邓小平上台了,并且成了中国最有影响力的人物。 在他的主政下,改革开放开始了,一个新的时代来临了。 我跟一小批(在百度上查到的数字是 10708 人）幸运儿赶上了浪潮，成为新时代的第一批研究生。 此前中国的高等教育几乎停顿了十年，而普遍招收研究生则更是 1949 年以后的首次（虽然在 50 年代曾挑选了少数的大学生给苏联专家指导，名为"读副博士"，但很快就无疾而终，没有成为制度），所以我们这批人很为当时人尤其是知识分子所艳羡，竟被冠上"新进士"的雅号。现在回过头来看，我们这批幸运儿也的确没有辜负国人的期盼，今天中国各界特别是教育文化界的骨干们大部分就是 1977、1978、1979 这几年考进大学或研究所的"新秀才"、"新进士"。

这批幸运儿当中更幸运的就是后来有机会出国留学的少数人。 我记得 1980 年春天武大就有十来位学理工的研究生被公费派往欧美留学，那十几个人简直就成了天之骄子，令所有其他的研究生都羡慕不已。 尤其是我们这些学文科的，因为文科学生在当时几乎完全没有出国的可能。 当时的主政者认为在科学方面我们或许赶不上欧美资本主义国家，但在文科方面我们则有绝对的优势，因为马列主义是人类有史以来最先进的思想体系，有马列主义的指引，我们的哲学、历史、文学哪一方面都绝对比资本主义国家强，自然也比以苏联为代表的修正主义国家强，我们难道还要向他们学习吗？ 他们的东西只有作反面教材、作批判对象的份儿。 既然无经可取，当然也就值不得花国家的钱。

1980 年武大派向欧美学习理工的研究生中有一个是我的好朋友，叫苏守棋，他被派往比利时鲁汶大学，临行前我送他一首诗：

> 珞珈山径偶同行，数语相投若弟兄。
> 往事同嗟风浪恶，今朝幸见海空晴。
> 平生落拓心犹壮，前路迢遥鬓尚青。
> 万里长风期并驾，千年史册耻无名。
> 乘桴惜不与君共，春水绿波满别情。
>
> 《送苏守棋兄留学比利时》

第一辑 忆 念

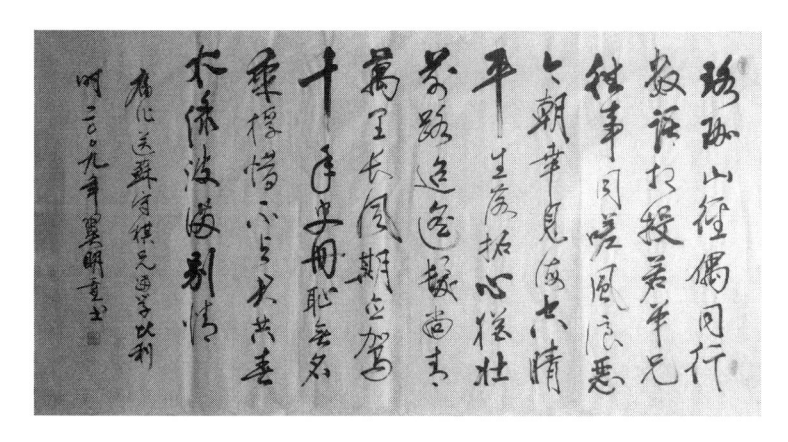

苏守棋学的是理论物理,好像是从福建那边考过来的。我刚到武大不久时,有一天在校园里碰到他,就觉得印象特别好,五官端正,眼睛清澈明亮,还有点络腮胡,又斯文又有男人味。于是就攀谈起来,很快成了好朋友。没想到他不久之后就交了这样的好运。我一方面为他庆幸,一方面心里也有些失落。诗中的壮语与遗憾,都是真实的。

自从苏守棋走后,我就一直在盘算,既然公费不派文科学生出去留学,那么我就真的一点机会都没有了吗?我少年时候就有两个很奇怪的梦想,我也不知道它们怎么钻进我的脑子里来的,一是要受完这个世界上最高的教育,当然包括留学,一是要游遍全世界。但自从两次考大学都名落孙山之后,我就知道这两个梦想恐怕也就只能止于梦想了。尤其是"文革"中,两为反革命,三进牛棚,便彻底熄灭了这个念头。不料这个时候又在心里猛烈地翻腾起来,真是野火烧不尽,春风吹又生。想来想去,终于想出一条借探亲出国留学的办法,经过一年半不屈不挠的努力,我居然达到了目的。

我1980年冬拿到护照,很快也拿到了美国的签证,我记得那天是12月18日,签证三个月之内有效,我必须在1981年3月17日之前到达美国。我那时研究生已经念了五个学期,而当时的学制一律都是三年,我不得不向武大提出申请提前毕业,武大做不了主,于是呈报教育部。感谢武大,感谢教育部,一切都顺利通过了。我3月5日论文答

- 31 -

辩，3月7日离汉赴香港，3月15日就到了洛杉矶。我在洛杉矶待了半年，白天跟日本人、韩国人、非洲人、南美洲人一起学英文，晚上却常常回到珞珈，神游故园：

故国归来晓梦残，分明又到珞珈山。
如云如雪樱花好，更有花边人若兰。

《春梦珞珈寄武大诸师友》

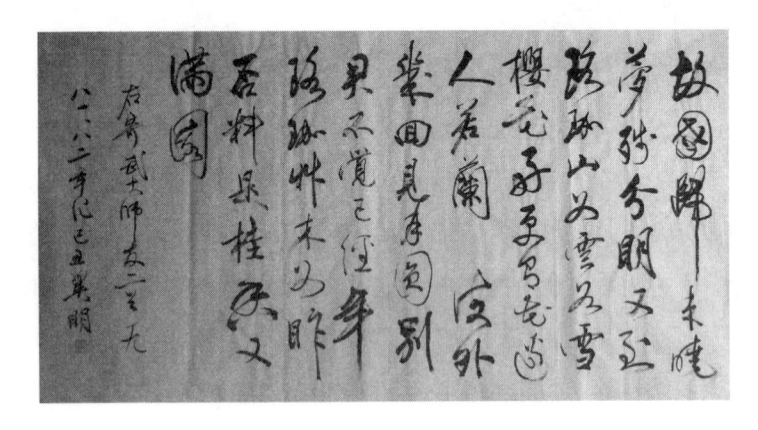

这诗是1981年4月写的，那时离开祖国不过月余，心里时时记挂武大的老师们、同学们，诗里写的就是梦中实景，全是白描，毫无夸饰，"花边人若兰"取"芝兰玉树，生于阶庭"（见《世说新语·言语篇》92条）之意，并非专指女同学，自然更没有特指之意。

我平生很庆幸读了几个好的学校，初中是湖南省衡阳县私立新民中学（现已改为衡阳市六中），那时候是全县最好的学校；高中是武昌实验中学，那是当时湖北省公认的王牌；然后就跳到武大，武大是中国中南部最好的大学；到美国又进了哥大，做了胡适的学弟。哥大无疑是世界一流大学，去年在美国大学排行榜上名列第四，仅次于哈佛、耶鲁、普林斯顿，碰上奥巴马又是哥大大学部的毕业生，名气自然就更大了。但我觉得以校园的自然风景而论，我读的这些学校中，不，甚至是我所看过的全世界的学校中，武大是确然无疑的NO.1。我记得我刚进哥大的时候心里常常有这样的感叹：哪怕用办哥大的钱的十分之一来办武大，武大就可以成为世界名校了。 哥大每年春秋两季都会举办公开的募款会，主要对象是已毕业的校友，如果我没记错的话，我记得1982年春季哥大募到的款项是9亿美元。 其实哥大本身就一个大财团，哥大是纽约除了市政府以外的最大的房产主，哥大的投资遍布世界各地，我就看到过南非学生拉起的大横幅"反对哥大投资南非"，因为南非是一个种族主义的国家，那时曼德拉还关在监狱里。 我手边没有具体的数字，我也没有调查过武大跟哥大每年办学的费用，但是凭我的直觉，我相信1982年武大办学的费用恐怕还不到哥大的百分之一。 总之，我人在哥大，却还常常会想起武大，总会下意识地比较两个学校的各个方面，一方面为哥大骄傲，一方面为武大惋惜。 在读哥大的前两年，这种心情尤其强烈，下面这首诗是1982年10月写的：

海外几回见月圆，别君不觉已经年。
珞珈草木如昨否，料是桂香又满园。

《秋怀武大师友》

我在哥大读完ALP（美语进修班）以后，于1982年9月正式成为哥大东亚语言文化系（EALAC）的研究生，繁重的学业把我压得喘不过气来，对武大的思念才渐渐转淡，而写诗的闲情逸致也没有了。

我的诗里再次提到珞珈山，已经是十五年以后了。 那时我已在台湾政治大学当教授。 1997年我的导师胡国瑞先生九十初度，武大为他举行庆礼，我正在学期中，无法抽身，只好作了一首诗，并用宣纸写好，寄到武大，委托同学们装裱，在寿筵上挂出：

九十传经世所稀，三千桃李耀门楣。
珞珈高远瞻师范，礼乐东来播海湄。

《贺芝湘师九十寿诞》

1997年至今，又是十多年了，我在美国、台湾到处转了一圈，终于又回到武汉定居，并且被母校聘为国学院兼职教授。我又有机会常亲珞珈山色了，春赏樱云，夏观荷海，秋把桂枝，冬品梅香，我觉得自己好像又回到了在武大做学生的时候。

2011 年 5 月 9 日

怀念芝湘师

九十传经世所稀,三千桃李映门楣。
珞珈高远瞻师范,礼乐东来播海湄。

　　上面这首诗是 1997 年冬天你在台北写的,其时你的武大校友们正在筹备庆祝芝湘师的九十大寿,你人在台北,又在上课中,一时赶不过去——那时两岸还没有直航,就写了这首诗,寄到武大,算是表达你一点心意。万万没有想到,芝湘师在做完寿庆之后不久,就遽归道山了。没有能够在芝湘师辞世前陪侍左右,成了你永久的遗憾。

　　你一直想写一篇长文来纪念芝湘师,多少做一点弥补。但人总有惰性,做起事来总是先挑容易的,写文章也一样,你写了几百篇回忆性的小文章,但于你最重要、最值得你感念的几个人,却涉笔不多。不是不想写,而是不敢轻易下笔。你每次想写芝湘师,每次都放下,因为要说的话太多,总想留到有大块时间的时候再说。结果这样的时间总是没有。这次你是下定决心,无论如何要写写芝湘师,但是你一边这样想,一边又担心,你能把芝湘师写好吗?你能写出他对你的好,和你对他的思念吗?

（一）

　　芝湘师名国瑞,姓胡,湖北当阳人。还记得他给你们讲王粲《登楼赋》的时候,特别说,王粲登的楼就在他的家乡,但《三国演义》里面说赵子龙救阿斗的长坂坡却并不在当阳。 此说跟传统说法不一，你一直怀疑是不是自己听错了，但后来也没问，一直到现在都还没有弄清楚。 胡先生生于1908年，收你的时候，已经七十岁了，但你觉得他身体很好，走起路来步子很快，人瘦瘦的，一点老态都没有。

你听同学说，胡先生"文革"前就是武大中文系的骨干教师，是所谓"八中"之一。 20世纪五六十年代武大中文系学术实力很强，在全国是有名的，大概仅次于北大。 那时武大中文系的名师有"五老八中"之说，五老指的是刘永济（字弘度，人称"弘老"）、刘赜（字博平，人称"博老"）、黄焯（字耀先，人称"耀老"）、席鲁思（人称"鲁老"）、陈登恪（人称"登老"）；八中指的是程千帆、刘绶松、胡国瑞、周大璞、李健章、李格非、缪琨、沈祖棻。 个个都是中文学界大名鼎鼎的人物。 你进武大的时候，五老里只剩下了博老和耀老，两个月后博老也去世了，你只见到耀老。 八中里刘绶松、缪琨、沈祖棻都去世了，程千帆先生去了南京大学，于是八中只剩下了一半，后来都成了你的老师。 李健章先生那时是系主任，似乎没开过课，周大璞先生是训诂学专家，李格非先生是声韵学专家，耀老是经学家，所以真正治古典文学的便只有胡先生了。

现在说起来都好笑，胡先生那时候的职称连教授都不是，只是一个副教授——你很怀疑武大中文系"八中"之中到底有没有教授。 那是一个贱视知识人的年代，一个学者孜孜矻矻一辈子，培桃育李无数，而且执教名校，又不是无名之辈，结果年届古稀还只是一个副教授，这种事情大概只会发生在上个世纪六七十年代的中国。

胡先生还算运气的，没有背时到底，比起他那些临死都还是讲师、副教授的同仁好得多了。 1978年改革开放后第一批招研究生，他就成了当然的指导教授。 作为他的学生，你能感觉到他心情的舒畅，好像有一种终于时来运转，终于碰到好时代了的兴奋。 其实不只是胡先生，那个时候好像人人都兴奋，老师兴奋，学生也兴奋。 大家都觉得一个新的时代到来了，国家要中兴了。 大家都有点亢奋，都很主动地关心国家大事。在研究生大楼一楼的报刊栏前，总是聚集着很多人，尤其是吃中饭的时候，同学们都端着碗，一边吃饭一边看报，一边七嘴八舌地议论。

（二）

那年开学很晚，你们 10 月 5 日才进校，10 月 6 日一大早在中文系办公室跟导师见面，分两个组，一个组是古典文学（魏晋南北朝隋唐专业），一个组是古代汉语。你们古典文学组一共有八个"新进进士"，除你自己外，另外七个是：何念龙、李中华、陈书良、毛庆、易中天、付生文、马承五。后来又增加了一个在职研究生张金海，就成了九个。导师除胡先生外，还有吴林伯、刘禹昌和王启兴。开始时是几位导师一起指导，分别开课，到写论文时才分开：你跟何念龙、付生文由胡先生带，陈书良和易中天由吴林伯先生带，李中华和毛庆由刘禹昌先生带，张金海和马承五由王启兴先生带。王启兴先生是当时中文系古代文学教研室的党支部书记，在四人中年纪是最轻的，大约五十开外，胡先生最大，吴、刘二先生次之，但也都过了花甲了。

胡先生那年开的是魏晋南北朝文学史，每节课都会认认真真地写上十几页讲稿，课讲完，一本书也就完成了，后来印出来就叫《魏晋南北朝文学史》，是 1949 年以后中国第一部断代文学史。那时候老先生们个个都兢兢业业，记得周大璞先生也是这样，讲义写得工工整整的，讲完也是一本书，后来印出来叫《训诂学要略》。吴林伯先生讲《文心雕龙》，旁征博引，一字不苟，后来印出来也是厚厚一本，叫《文心雕龙义疏》。黄耀老给你们讲毛诗、讲韩柳，李格非先生讲声韵，夏渌先生讲文字学，个个都是大家。而且个个都学有渊源，比如耀老是黄侃的侄儿，吴林伯是马一浮的学生，胡先生是刘永济的学生，夏渌是容庚、商承祚的学生。你现在想起来，觉得你们作为改革开放后第一批研究生，真是格外幸运，因为文化大革命所造成的历史断裂与错位，使得你们有机会直接受教于这一批"前朝余孽"——本来应该是受教于他们的学生或学生的学生,现在却在他们垂暮之年得以亲承音旨,何其有福!虽然他们个个在历次运动中都被整得七荤八素,但毕竟还是书生,身上还残留着千百年来的文人血统,没有完全被革掉的。 从他们身上你们多少还学到了一些真正的学问,也多少还看到了一点真正的学人气象。现在的学生恐怕就没有这个福气了。

你们那一批学生跟老师有一种很特别的关系,你们对老师有一种发自内心的尊敬,因为在你们眼里,他们就是学问的象征,又比你们大那么多,做父亲绰绰有余,所以大家谈起老师来总是"某先生"、"某先生",不要说不敢直呼其名,连"老师"都不用,因为觉得"先生"两个字更庄重,更有分量。 每次上课前都会给老师准备好热水瓶、茶杯,刮风下雨还会派人去老师家里接老师来上课。 都是三十来岁的人了,上课时还像小学生一样起立,向老师鞠躬,问老师好,一点不敢马虎。听说现在的大学生早就没有这一套了,你觉得简直不可思议,那不是一群乌合之众吗?

但你们跟老师的关系却又很亲密,课后假日你们常常会三三两两去老师家里玩,到吃饭的时候了就在老师家里吃饭,一点也不客气,师母总是很热情地招待你们,也一点不觉得麻烦。 你们那时候都很穷,不要说红包,连一点小礼物都买不起,也不习惯买,来来去去总是两手空空,学生老师都习以为常,觉得本该这样。 听说现在也大不一样了,师生如路人,教育如买卖,学术商品化,校园官场化,大家也都认为本该这样。 世道之变化也真是日新月异啊。

你们那一批学生跟老师的关系也许真的难以复制,因为师生之间都有一种劫后重生的惺惺相惜,如果从老左们的观点看起来,老师和学生其实都是一批十年"文革"之后从底层翻起来的"沉渣"。 比如你跟胡先生,你固然是当年高考考了武汉市第一名、湖北省第二名还没有任何一个学校敢录取的"外逃的反革命分子"的儿子,而胡先生也是1957年反右运动中差一点就戴上帽子的"中右分子",现在一个能当研究生一个能当导师了,那不是劫后重生是什么? 所以那年你被录取后胡先生逢人便说今年终于招到一个好学生了,古代汉语居然考了九十多分!副校长童懋林在开学典礼上引胡先生的话说明本届招生质量好,但她大概想不到胡先生的话后面其实有非常丰富的潜台词:这么多年来我们国家都在搞阶级斗争,一切以政治画线,大学招生也是看家庭出身而不是看考试成绩,所以招不到好学生,而无数英才却被埋没了。 此后应该会有一番新气象了吧。

(三)

1960年你十八岁,高中毕业,考大学不被录取,到此刻你已经三十六岁了。 整整十八年,这十八年是你生命中最可宝贵的十八年,最有活力最有创造力最有野心的年龄,你无数次朝思暮想,都想回到校园,接续你的读书梦。 你还真考过第二次,但再一次不被录取。 最后是十年"文化大革命",让你彻底熄灭了这个梦,明白了此生再无进学校之可能。

然而世事难料,"文化大革命"结束了,大学又重新办了,不但办了还要招研究生,不但招研究生还可以不看出身只看成绩。 绝处逢生会让一个人爆发出两倍乃至几倍的生命力,所以你一到武大便觉得浑身都是劲,一头扎进书海学海,珍惜每一分钟,恨不得一天二十四小时都拿来读书才好。

考前已经紧张奋斗了几个月,进了学校又如此剧烈用功,终于把你累垮了,累病了,大楼走廊里终日弥漫着一股浓浓的中草药味,你成了研究生当中有名的药罐子。 最后严重到你的脑袋里像装了一个小马达,整天嗡嗡作响,脊椎也痛得不能支撑你上完一节全课了。 你不得不考虑休学,甚至退学。 胡先生知道了把你找去,说,你千万不可以轻言退学,能读研究生,这是多么难得的机会啊,大家都把你们叫做新进士,中国有史以来第一遭啊,身体不好,你可以不来上课,自己在家里看看书，期末交一份报告给我就好了。他的诚恳与体贴让你毕生难忘，你终于挺过来了。

生命中有这样的老师，你能不感激命运吗？你这一生中波折连连，但总是在关键时刻碰到这样的好老师，他们的正直善良与无私关爱，伴你度过一道一道生命中的难关。小学里你摔断腿后把你托给老中医治疗的李老师，初中毕业时偷偷帮你改掉一个学期丙等操行的王校长，高考落榜无处可去时把你留在母校任教的何校长，此刻的胡先生，这些人让你见证了中国师道传统的博大和坚韧，让你始终对人性抱有信心。

（四）

胡先生治学的重点除了魏晋南北朝文学以外，便是唐代文学，尤其是唐诗。在唐诗中他对李白有独到的研究，早在20世纪五六十年代，就在《文学遗产》上发表过好几篇研究李白的文章。《文学遗产》是中国科学院文学研究所的机关刊物，当时是全国古典文学研究领域里最具权威的杂志，能在这个杂志上发表文章的都是一时的翘楚。所以到研究生第二年胡先生就给你们开了《李白研究》一课。

你本来就喜欢李白，好多李白的诗你都能背，现在有机会听胡先生讲李白研究，你觉得特别喜欢，特别幸运。那时候身体也渐渐复原了，所以你能做到一堂课都不缺，而且趁着修这一课的机会，把清朝学者王琦注的《李太白全集》上中下三册1700多页从头至尾一字不漏地看完了。你至今还记得那时候挑灯夜读的无比乐趣。唉，现在年纪老了，读书的兴趣依旧，精力却不再了。"少壮真当努力，年一过往，何可攀援！"幸亏你三十六岁的时候终于有研究院可以读，终于下工夫读了一点书，不然到现在会怎样地后悔啊。

李白研究是一个学期的课，你期末写了一篇万字左右的读书报告，题为《李白的失败与成功》。报告发回来的时候，只见胡先生在封面上

第一辑 忆 念

写了一个小小的"优"字，通篇几乎没有改动。寒假过后，有一天在校园里迎面碰上胡先生，你恭恭敬敬地鞠了一个躬，便站在一旁。胡先生却停下脚步来，对你说：你那篇读书报告写得不错，寄给《文学遗产》吧。你吓了一跳，以为自己听错了，《文学遗产》在"文革"中停办了十年，这时刚刚恢复不久，全国那么多大学，那么多中文系的教授，谁不想在上面发表一篇文章呢，怎么会轮到你这个小小的研究生？当你确定没听错时，便问胡先生：那先生能不能写封介绍信呢？不料先生却正色说：唐翼明，好文章是用不着介绍信的，你就寄去吧。你寄去了，居然很快就得到回信，很快就发表了。当时审查你的文章的是北大的陈贻焮教授，你们原本不认识，后来也成了师生——你硕士论文答辩的时候他特地从北京赶来参加，所以成了你的"房师"。

  "好文章是用不着介绍信的"，这句话对于先生或者只是一个常谈，但对于你却是终生不能忘记的洪钟。这里有赞赏和信任，同时还有原则和正直。这句话激励了你一生，你从此以后凡动笔写文章都不敢马虎，每篇文章都要达到能发表的水准，也从不屑于求人推荐。

  先生还有一句话，也让你终生受益。有次你和几个同学去胡先生家里聊天，谈到写研究文章的问题，胡先生说，写研究文章第一是读原材料，别人的研究文章先不要理，只管自己读原文，把你最初最新鲜的感受写下来，这才是最有价值的东西。胡先生说这话的时候并没有很着重，只是轻描淡写，但你却听进去了，这跟你自己的领会很契合，你从此就把这句话视为自己作研究的座右铭。你后来写任何文章，都会想到胡先生这句话，决不让别人牵着你的鼻子走，自己没有新意宁可不写。

  后来你自己当了教授，常常要指导学生写论文，学生们每每苦于第二手材料太多，钻进去就爬不出来。还有些不长进的，原文不好好读，就跟着其他的研究者人云亦云。你也常常把胡先生的话和自己的经验告诉他们，但你实在不能保证他们都听得进去。现在电脑发达，偷懒的人越来越多，以抄袭拼凑为创作，慢慢到了习非成是的地步。

连某些教授都这样干,完全不知道廉耻,更谈不上学术道德,还谈什么好呢?

(五)

你们那一届研究生学制是三年,一般不能提前,但你却破了例。也不是有意破例,其实是不得已。 1979年中美建交以后,你就看到了留学美国的机会,于是提出申请,辗转一年半,终于在1980年年底拿到护照,美国领事馆也给了你签证,但期限只有三个月,1981年3月15日之前你必须赶到美国,于是被逼上梁山,你不得不提前半年毕业。你办到了,因此意外地成了中国第一个拿到硕士文凭的人,居然还上了报纸。

因为是第一个,所以教育部要求特别严格,九个教授组成的答辩委员会,三百多个前来观战和取经的学生与老师,省市教育部门的官员,加上武大的各级领导,全部到齐,真可谓空前绝后。 一个上午的答辩完满结束,学校领导过来跟你握手,嘉勉你的表现,你看着胡先生脸上洋溢着孩子般的喜悦,连连说,答辩得好,我还生怕你不敢坚持自己的观点呢。 你看得出他是真诚地为你高兴,也有几分自得。

后来你去了美国,进了哥伦比亚大学,你一直跟胡先生保持着通信联系,时不时就接到先生的信,总是毛笔小楷,工整舒徐,读来格外亲切,还常常附一首他自己的新作,或诗或词——先生的诗词都是很好的。 1989年11月底,你突然接到先生写给你的一首诗,这以前他的诗词都是写他自己生活感触的,这次不同,是专门写给你,而且抄写得特别工整,并且落了名,落了日期,还盖了章,是郑重其事的。 题为《赠唐生翼明》:

当日欣看吾道东,超腾溟渤鼓鹏风,
文章有价堪华国,试待虬髯域外功。

第一辑 忆 念

芝湘师亲笔所书赠唐生翼明

    1989 年是一个很特别的年代，国内的一场大风暴把在纽约的你也卷了进去，你有大半年都忙得不亦乐乎，很意外地成了中国留学生当中一个小名人。 不过到 10 月底你就开始清醒了，你冷静下来，知道社会活动绝对不是你的正业，学术研究才是。 于是你从大潮中退出来，把自己关在一间连电话电视都没有的小房子里，埋头写你的博士论文。 这个时候突然读到先生的诗，觉得先生不是随便写的，便一字一句地琢磨起来。 从前面两句看得出先生对你出国后的表现显然是满意的，对你一年来的社会活动也颇嘉许，"鼓鹏风"并无贬义；后面两句则似乎在提醒你，最后对国家有贡献的还是要靠"文章"，希望你在海外能在学术方面作出成果来，这个"虬髯"当然是文的虬髯，不是想跟李世民们争天下的那个豪士。 你这样解读或许只是你自己当时心情的投射，但应该也不至于离题太远。 这是胡先生写给你的仅有的一首诗，不早不晚，偏偏写在 1989 年 11 月，岂能毫无深意？ 可惜你后来见到胡先生时也忘记向他请教了。

(六)

你在哥大毕业后去了台湾,一方面陪侍父母,一方面在台湾教起书来。1993年以后开始回大陆参加一些学术活动,这样终于在暌违十三年之后又见到胡先生和师母。最始料未及的是你居然有了在台湾接待先生和师母的机会,那是1996年,台湾"中央研究院文哲研究所"邀请胡先生访台,师母也一起来了,一共五天,你陪了他们四天,你很高兴自己终于有了一次"弟子服其劳"的机会。记得有一天大雨,你为他们撑着伞,在大直区的街上走,师母的鞋跟脱了胶,你赶紧扶他们到附近的鞋店去买新鞋,师母再三推辞,好不容易才让你付了钱。他们在台期间,你的父母特地去旅店看望先生和师母,又在圆山饭店宴请他们。圆山饭店是台北最早也最气派的五星级饭店,据说是宋美龄最喜欢的侄女孔令侃开的,是传统宫殿式的建筑,金碧辉煌,从前蒋宋接待外国元首大半都在这里。你父亲那时已从"考选部"部长的职位上退下来,但还担任"总统府"的顾问,还享受"部长级"的待遇,因此可以偶尔这样豪华地请请客。看得出先生和师母那一次是真高兴,听你的同门师弟讲,先生和师母后来多次提到此事,你知道不为别的,为的是你父母对他们那种真诚的感谢和礼遇,这是他们在大陆从来没有得到过的。你的父母那一辈不仅自己尊师重道,对你的老师也都从心底里充满尊重和敬意,你后来在哥大的导师夏志清先生和师母到台湾来的时候,他们也是同样隆重地款待。

尊师重道本来是中华民族的优良传统,几千年无人质疑,不料在史无前例的"文化大革命"中也变成了必欲除之而后快的"四旧",天真幼稚的孩子们被发动起来斗争教育自己成长的老师,天下事之荒唐莫此为甚,而流毒至今未息。今日治国诸公有复兴中华文化之雅意,你以为首当其冲的就是要重塑尊师重道的风气。2007年先生百岁冥诞,易中天出资出版《胡国瑞集》，序言是你写的，中间一段即申明此意：

> 呜呼，易君此举其有深意乎？吾中华文化向尊道统而重师传，昌黎所谓"道之所存，师之所存也"，虽愚夫愚妇亦知"一日为师，终身为父"之语，余童稚时犹及见乡间祠堂高悬"师"位，与"天"、"地"、"国"、"亲"并祀。然曾几何时而"文革"飙起，四凶横行，狂童以虐师为荣，高文博学骈死于道路，中华传统扫地以尽矣。所幸群丑不旋踵而灭，天日重昭。近二十余年来，国力渐盛，仓廪充实，衣食丰裕，广厦通衢，无日不增，寖寖乎近于强国矣。然求之社会文明与乎国民素养，则犹远未逮也。盖树木易而树人难也；有形之富易，无形之富难也。吾中华今日不图强则已，图强则必重教育，重树人，不啻充仓廪、裕衣食、建广厦、筑通衢而已也。树人则必尊师，尊师则必自感恩始。不知重师道、感师恩之民族，何能建设深厚灿烂之文化？无深厚灿烂之文化，又何能成为名副其实之强国？此无待深论而自明也。易君之意，其在斯乎？易君以编集事商诸同门，同门皆曰善，师母沈命余为序。余不敏，不可为先师集序，然又乌敢辞？乃略书所感如此，以告世之求学谋国者。

你这些话不过是一个知识人不可已于言的一点感慨和谠言，明知说了也白说，但不说总是不快。从2007年到现在，又是七年过去了，政府之不重视教育如故，社会之不尊师重道如故，学术之腐败如故，而且每况愈下，愈演愈烈，真不知将伊于胡底。但你还是止不住又说了这么多，一方面是因为想起胡先生和其他的先生们的教导，一方面也还是对"世之求学谋国者"没有完全死心的缘故。中国老实的读书人大概都会从孔夫子那里继承一点"知其不可而为之"的傻劲，你所佩服的先生们如此，你自己也不例外。胡先生想来不会责怪你的吧。

怀耀老

"好文章啊，好文章！ 实在是好文章！"

老先生脸上架着一副眼镜，手里拿着一本线装书，是《韩昌黎文集》。 念完一段，又半眯着眼睛：

"唉，妙文！ 实在是妙文！ 好啊！"

学生们翘起头，看着老先生，等着他讲解妙文的妙义，不料他又往下念，念完一段，这回竟然把书放下来，两手拍着巴掌，大声说："真是好文章！ 天底下妙文！"

文章念完了，下课铃也响了。

每次想起耀老，就出现上面的镜头。 那时候我在武汉大学中文系读研究生，耀老给我们开了一门课，记得是《韩柳文》。 我那时简直怀疑他到底会不会讲课。 总之，除了念文章，念完闭着眼睛自我陶醉一番，他似乎就没给我们讲什么东西。 但不知道为什么，我偏偏喜欢这个老头，我就喜欢他讲课的样子，我就喜欢跟着他陶醉。 师生陶醉了一番之后，文章自然也就懂了。 其实我们那一届研究生底子都还不错，韩柳的文章大部分从前也读过，老师讲不讲是无所谓的。 耀老那种真诚得像孩子一样的陶醉，其实也就是最好的讲解。

耀老姓黄，名焯，字耀先，学生们老师们都叫他耀老，因为他辈分高年纪大，在中文系里是坐第一把交椅的人物，何况又是黄季刚先生的侄儿，所以大家都尊称他为耀老而不名。 耀老的学问在经学，尤其是对《诗经》的研究，功夫最深，成就卓著。 我们那一届的研究生分为两组,一组是古典文学,一组是古代汉语。 耀老是古代汉语的导师,但也给我们古典文学组开一些课。 不知为什么,耀老特别喜欢我,我也特别喜欢他,只要过一阵子不见,他就会叫他的学生传话给我:

"叫唐翼明来,我要跟他谈天。"

于是我就去了,一老一小,无话不谈。 他常跟我讲起他小时候,才十二三岁吧,就跟着叔父念书,叔父写字他就磨墨牵纸。 季刚先生要求很严,他说自己很笨,所以常常挨骂,但也因此把书念好了,所以很感念叔叔。 他也常跟我谈到季刚先生的一些往事,其中有一件事我一直记得。 他说在北大的时候,有一次刘师培先生向季刚先生借一本书,季刚先生就顺便请他来家吃饭。 刘师培到得早,先翻书,吃完饭就告辞,却没拿书。 季刚先生对他说:"你书忘记拿了。"刘师培说:"不必了,我已经看过了,记得了。"季刚先生吃惊地说:"你这就记得了?"刘师培说:"你不相信吗? 我背给你听。"果然就从头至尾一句句背起来。

"季刚先生不止一次对我讲过这件事,说,你看刘师培的记性有多好! 季刚先生自己的记性已经好得不得了,但对刘先生却佩服得很。 唉,这世界上还真有过目不忘的人,你不要以为是夸张,就有这样的人。"

有一次先生又叫我去,那个时候他已经八十都过了,我问他近来身体如何,他说腰腿不大好,然后撩起衣服在背后上下搓动,说:"我每天把这个动作做两百下,早晚都做,还真有些好处。"说着说着就谈起他写的《毛诗郑笺评议》,说终于有出版社愿意出版了,然后笑起来,很天真的样子,嘴里却骂道:

"管他娘的,狗屁也罢,总算出了一本书,这辈子也可以交代了。"

我理解他的牢骚,刚刚结束的那个年代,还真是史无前例的,一个学者做了一辈子学问,写了书却没处出版,还被批得一钱不值,叫人不骂娘也难。 我出国前去拜访他,那是 1981 年 3 月,他显然很为我高兴,说:"我写一张字送给你。"立刻弯下腰,从床底下拖出一口旧皮箱，翻了半天，从皮箱底抽出一叠发黄的宣纸来，说："这是我藏了几十年的好宣纸。"打开，在桌上铺好，提笔写了这样一段话：

　　大丈夫行事，论是非不论利害，论逆顺不论成败，论万世不论一生。志之所在，气亦随之。儒者常谈，所谓为天地立心，为生民立极，为往圣继绝学，为万世开太平，正在我辈人承当。

又在文末加了一段小字：

　　翼明仁弟方数岁时，其父母远适海外，乃于髫龀时即知勤奋向学，虽备历艰辛，终得成其所志，洵所谓豪杰之士也。今将赴美洲省亲，爰取《谢叠山集（五）·〈与李养吾书〉》后半篇，书以为赠。一九八一年三月，黄焯耀先甫。

　　这幅字我带到美国，在纽约唐人街找到一家装裱字画的铺子，裱好装框，悬在我的书桌上方。1984年1月，我给耀老寄了一封贺年卡，卡中夹了一张我在这幅字下照的照片，我在照片的背后写了几句话："耀老：三载未聆教诲矣，思何如之！ 老师临别赠言，已裱好高悬案头，时时温习，不敢一日忘也。 学生翼明拜上。"

　　1984年到现在，居然又二十有六年矣。 耀老不久就去世了，而今墓木拱矣。 但我还时时想起他。 现在大学还有这样的老师吗？

平生风义兼师友
——怀曾卓

我认识曾卓快三十年了，想到这一点，就觉得稀奇。今年春节曾卓在贺年卡中说准备编一本纪念集，要我也写几句话，"以纪念我们近三十年的交往和情谊"。我当时就吃了一惊：真有三十年了吗？算算还真是的。人生真是一弹指间的事，古人说白驹过隙，年轻时觉得这话太夸张，现在的感觉就不同了。曾卓比我大二十岁，我认识他的时候，他才五十出头，现在居然进了八十。啊！时间，时间，就这样"唰"地一下过去了。

我认识曾卓应当是在1972年，因为1973年他就有一首诗送给我，在我三十一岁生日的前夕。诗是这样的：

> 在严冬的黑夜中出世，
> 大喊大叫地来到人间，
> 在大风大雨中锻炼自己的翅膀，
> 从黯淡的童年飞向生命的春天！

"生命的春天"那时其实离我还很远，只能说是他对我的美好祝愿，"黯淡的童年"则是事实，我七岁离开远走台湾的父母，在饥饿和屈辱中、在恐惧和白眼中、在替人砍柴放牛还换不到一天两顿稀饭的辛酸中，我度过了不堪回首的童年。"大风大雨"也说的是事实，1949年以来的翻天覆地且不说吧，至少1966年以来的狂风暴雨、山崩海啸我都见识过了,批斗、游街、剃光头、挂牌子、坐喷气式、拳打脚踢、刷厕所、灭钉螺,样样都尝过了,"反革命"当了两回,牛棚坐了三次。 曾卓的诗很短,却表明他对我的了解已经不少,而且是一种同情的了解,如果从当时流行的观点来看,阶级立场是非常可疑的。

三年后,他五十四岁的前夕,我也有诗给他,是两首五律:

其一
曾是繁华客,于今罗雀家。
是非惟自问,得失不须磋。
西涧宜垂钓,东山好看花。
童心喜犹旧,登月可乘槎。

其二
恢弘男子气,六九安足论?
白首心犹壮,清寒骨尚存。
文章千古在,富贵片时尊。
珍重生花笔,持之画乾坤。

这两首诗也表明了我对他的一种同情的了解。 曾卓是胡风分子,而且是经伟大领袖钦点过的"骨干",50年代初期曾贵为《长江日报》副社长兼总编辑,武汉文联副主席,可谓一时风云人物,然而一夜之间便从云端跌入污泥,成了无产阶级专政的对象,被捕、入狱,满目繁华刹那间便成了过眼烟云。"文革"初又再度入狱,我认识他时,虽已出狱却仍是随时要听候批判的"群专"(群众专政)对象,门可罗雀是自然的。 我还清楚地记得第一次去他家的情形,那天我同老友周翼南在街上逛,黄昏时分走到滨江公园附近,翼南突然压低声音对我说:"我带你去看一个朋友。" 我奇怪他何以那样神秘,不过那年头什么都神秘,何况我和翼南早有种种"反革命"的经历,便也不多问,随着他沿着一条窄窄的暗暗的梯子走到三楼,于是见到了曾卓。其实,我此前已在翼南家碰到过他一次,只是没谈什么,这次就谈了许多,立刻就觉得这是一个真正的"人",是我认为人应当是这样子的那个意义上的人。他天真像一个孩子,他敞开像一本书,他善良像是一道早上透过窗帘的晨曦,你没有理由不喜欢他。他比你大二十岁,经历了那么多的事,读过那么多的书。他是一个有名的诗人,也是一个有名的"反革命分子",可是他既不卑屈,也不高傲,既不倚老卖老,也不故作高深,他就是他。他那样平等地对待你,使你完全忘记了二十年所意味的种种差距。这就是我初见曾卓所得到的印象,而这个印象一直保留到今天,从来没有改变过。

总之,我们气味相投,很快就成了人们常说的那种忘年之交。曾卓、翼南和我,还有一个年纪更长的朋友,那时来往颇频繁,后来又加入我的一些年轻朋友,我的学生,俨然形成一个以沫相濡的小圈子。其时"文革"前几年的剧烈动乱已经过去,副统帅已从天上掉了下来,我们这些看戏的人也渐渐看清楚了一些门道,对大人物及其追随者们,不再抱希望,也不再表尊敬,但对国家和民族,尤其是这个民族的文化,倒还不曾绝望,不相信情形会一直这样下去,于是便"逍遥"在一起,画画、写字、读书。谁弄到一本好书,必会在这个小圈子中传阅,那时还真读了不少好书,而这些书,往往是曾卓首先推荐的。还有那些谈天,纵横中外,上下古今,无拘无束,现在想起来还叫人怀念不已。尤其是当只有我和曾卓两个人,或曾卓、翼南和我三个人的时候,有时真会谈得兴高采烈,忽忘形骸,时局的混账、人生的失意、世事的不平也就可以或直面、或不屑、或淡忘了。记得我那时有首七律是写赠翼南的,尾联说:"北窗风雨逐云急,陋室弦歌有布衣。"正是我们当时的自画像。"北窗风雨"自然是影射北京的权力斗争,而"陋室弦歌"则是我们的自慰兼自豪了。不敢说我们那时就有明确的"挽斯文于不坠"的使命感,但不相信一个民族的文化传统会那样消亡下去则是当时真实的心情。那时的中国,像我们这样的地下小圈子各地都有,"文革"结束后便一一浮出地表,蔚成了八九十年代中国文化学术界的繁荣盛景。 去国二十年，我至今还怀念那些日子，怀念曾卓、翼南以及我的那些年轻的朋友们。

人是很奇怪的东西，社会也是很矛盾的存在。 在那种专制暴戾的年代，像我和曾卓这样可以任人宰割的"分子"，偏偏会在周围聚集起一批朋友，一批很有志气的青年，关系之亲密融洽，感情之自然纯洁，反而是我后来在民主自由的美国和台湾所没有遇到的。 不能单用"相响以湿，相濡以沫"这样的话来形容我们当时的关系，因为这未免有点可怜；其实我们在高压之下仍然有欢笑、有歌舞、有爱情，仍然有意气风发的一面，有时甚至可以借用伟大领袖"指点江山，激扬文字"的豪语来形容，不过这多半是发生在我和我的那些年轻朋友之间，在曾卓面前则会含蓄一些。 但有一次曾卓的一句话却着实让我吃了一惊，他说："等有一天我看清楚了，我会提着我的头向那面铜墙掷过去。"我现在已经记不清楚他是在什么样的语境中说出这句话的，我甚至也记不清楚当时除了我和他还有没有别人在场，但我被电击中似的感觉却是永远不会忘记的。 那样一个文质彬彬甚至可以说是弱不禁风的人，又年过半百，满头白发，且挨过那么多打，竟然会说出这种"无法无天"的话，你能忘记得了吗？ 他愈是漫不经心，你就愈是印象深刻。 1977年3月他55岁生日前夕我又有一首诗给他：

> 憎命文章信有诸，史公屈子命何如？
> 昔时杜甫面有菜，今日曹霑食无鱼。
> 处士河汾将相出，朱门王谢燕雀居。
> 天生我材莫轻负，烈士暮年好著书。

诗虽是写给他的，其实是写我自己的心情，或者说是我们那一群朋友的自信与自负。 夸张一点，就说是当时中国知识分子的普遍心理写照也没有什么不可以。 那时"文革"虽已宣布结束，但邓小平还没上台，"两个凡是"还唱得挺响，知识分子的处境并未有多大改善，但时局正处在大变前夕则是大家都感觉到了的。

此后国家时来运转，我们大家都跟着时来运转，曾卓自然也时来运转，我庆幸他，也庆幸我们大家无须"提头掷向铜壁"，而是可以"持笔描画乾坤"了。我们这群朋友各有出息，各有作为，而结果最丰硕的还是曾卓，这棵被暴风吹到悬崖边却紧紧抓住泥土没有跌下去的老树。我后来去了美国，但与曾卓及国内的朋友还是保持着联系，我高兴地听到《老水手的歌》响彻诗国、《听笛人手记》誉满文坛，"烈士暮年好著书"，我的祝愿已成为事实。前不久我应约给陈思和主编的《中国当代文学史教程》写书评，我特别赞赏他"挖掘了前此被压抑被埋没的许多作家及其作品"，这里面就包括曾卓和他的诗。我是怀着一种异样的心情来读这本书里分析《有赠》和《悬崖边的树》的段落的，我想起这两首诗的手稿在我们那圈朋友中传诵时的情景，我记起曾卓喃喃地读它们时的样子，我难以言说我当时心中的感动和此刻心中的温馨。

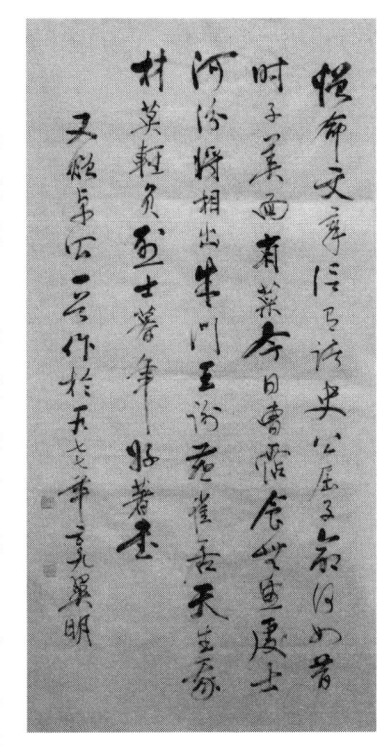

去国二十年，我只回过武汉三次，也就只同曾卓聚过三次，但每次相见，都还是跟从前一样自然、一样亲切。我有时会羡慕曾卓、翼南以及留在国内的许多朋友们，因为他们可以常常聚在一起，常常上下古今地神聊，常常回忆从前的时光和品味眼前的情谊。朋友们告诉我，今年 3 月 5 日曾卓八十初度的时候，居然有将近三百人前来为他庆祝，许多老朋友从北京、从上海、从广州、从海南、从香港赶来。我真诚地替他高兴，也遗憾自己未能在场。一个人，不靠地位，不靠权力，不靠财富，只是凭着自己的真诚、善良与才华，赢得这么多朋友，赢得这么

多人的衷心爱慕与尊敬，实在是足以自豪的，也实在是令人羡慕的。

1996 年与忘年交曾卓

曾卓从来把年轻人当做自己的朋友，他是真正没有任何架子的人，他从来不懂得在任何人面前摆什么资格——不论是"革命"的资格或是"反革命"的资格，他似乎压根儿就不懂得这种事。我跟翼南以及我的那些年轻的友人们大多称他为"曾老师"，有时也叫他"老曾"。我们都实实在在地把他当成一个大朋友，称他老师，主要是因为他年长许多的缘故；但我们又的的确确在心里把他当成老师，当成一个可以咨询、可以仿效的榜样。我很庆幸自己有这样一位特别的朋友。我一生朋友不少，也有几个我尊敬的师长，但细想一想，真正名副其实的义兼师友、亦师亦友的恐怕还只有曾卓一个。

在一个初秋的台风夜，在遥远的台北，我怀念二十多年前武汉那些苦乐相兼的日子，那一群真诚坦率的朋友。我怀念曾卓。

二〇〇〇年九月十五日

翼明按：关于曾卓的简历与作品可参看陈思和教授主编的《当代大陆文学史教程》，pp.423—424，pp.105—107，pp.168—169。

追忆程千帆先生

今年7月,我从国外回到台北,清理积信,竟得程千帆先生噩耗,一时震悼莫名。

我之知千帆先生,是在二十多年前的1978年。那一年10月,我考进武汉大学中文研究所,而千帆先生则于前一年从武大中文系退休,两个月前被匡亚明校长请到南京大学去了。诗人曾卓对我说:"可惜,程千帆去南京大学了,不然你可以好好向他学点东西。"曾卓是我亦师亦友的忘年交,千帆先生则是曾卓的老友。不久,就在曾卓的介绍下,我开始同千帆先生通信,向他请教一些学术上的问题。次年,我写了一篇讨论建安文学的文章,题为《论"通侻"》,便托家住武汉、其时正在千帆先生门下攻读硕士的张三夕兄带给他看。他给我回了一封长信,颇多慰勉之辞,又帮我改正了几处错误,指出若干可加强的地方,还说正在请系里另一位对魏晋很有研究的周勋初先生也看看。不久之后,我把改过的稿子再寄给他,他回信说很好,他要推荐给《文艺理论研究》。大约过了半年,1981年初吧,我正在申请去美国,很希望在出国前发表,千帆先生好像猜中了我的心思,写了一封信给我,特地附了《文艺理论研究》主编徐中玉先生的回函,大意是说,《论"通侻"》一文决定发表,只是目前稿挤,可能稍迟一点。此文后来在1982年初刊出,其时我已到达美国,正准备申请进哥伦比亚大学东亚系的研究所,这篇论文同我前一年在《文学遗产》上发表的《李白的失败与成功》及在《学术月刊》上发表的《别开异径的杜甫七绝》,对我申请哥大的成功很有帮助。我心里着实感激千帆先生爱惜人才、提携后进的热忱。

　　此后十年中,我与千帆先生时有书信往还,我一直执弟子礼,他却把我当一位年轻的朋友那样关心着,不时给我一些鼓励。他甚至爱屋及乌,从南京去武汉时特地抽空去看我家人。独在异乡为异客的我,端详着千帆先生和我家人的合照,心里真是充满了温暖与感激。

　　从美国到台湾任教的头几年,我因为忙于应付新环境,很少同国内亲友联系,跟千帆先生通信也因此中断了好几年。直到千帆先生大弟子莫砺锋教授于1995年来台访问,我才有机会请他带一封信和拙著《魏晋清谈》给千帆先生。很快就接到千帆先生的回信,仍然充满鼓励与欣喜。他在信中说:"未通问有年,侧闻久返台北执教,而苦不知遵址。砺锋南游,带来新着,捧读欢喜。惟苦目患白内障,不能席卷鲸吞,但当细细咀嚼耳。"数月后,先生又专作一信论拙著,说:"清谈是一热门话题,近代及当世学人颇多染指。尊着晚出,评量诸家之得失,独出一己之心裁,大处落墨,小处亦见功夫。我常感到,最理想的著述应当是文献学与文艺学的高度结合,互相渗透,融为一体,亦即考据、义理均详且精,再加以文辞优美,即清儒所标举之高境。读尊作,每有此乐。英时先生是我佩服的海外学人之一,书序也写得好。"

　　此后四五年,千帆先生的弟子张伯伟教授、程章灿教授先后来台,我和千帆先生的联系也就更加密切起来。他寄来自己的近照,又让伯伟等带来自己的著作,并嘱我:"目前两岸来往较易,如有学术会议,望能回来看看。我则目瞽耳聋,走路也困难,不能行动矣。"我近年除继续研究魏晋之外,兼治当代文学,写了几本小书,原以为千帆先生不会有兴趣的,所以只提了一笔,没有把书寄给他,不料他来信说:"大着论现当代文学者,或更客观,颇思拜读,如尚有复本,幸见示也。"国内有人写了评我的《魏晋清谈》的文章,他也特地剪下来寄给我。千帆先生的热情一如往昔,对我的爱护也一如往昔。

　　但是我跟千帆先生却一直没有见面的机会。直到去年5月,南大哲学系请我去演讲，这才有幸去拜望先生。那天天气格外的好，真是风和日丽，我和伯伟、章灿兄到达先生南秀村寓所时，先生和师母早就等在那里了。先生握紧我的手，握了很久，眼中充满温暖与喜悦的光彩，口里连连地说："翼明，我们这一面见得不容易呀！"那一天先生兴

1999 年和程千帆先生合照

致很高，精神也很好，我们说了很多话，还和先生、师母照了好些相片。临别，先生还特地从书架上取出早就准备好的《校雠广义》四册和《程千帆沈祖棻学记》一册，在上面题了字，郑重地送给我。我深深感到先生身上有一股温煦的吸引力，有一派令人如沐春风的儒者气象，正与我在通信当中得到的先生印象一致。事后伯伟兄对我说："真想不到你跟先生是第一次见面。"的确，我跟先生二十年来除了通信几乎没有别的接触，然而先生对我爱护不减，我对先生敬仰不减，这多少是有点令人奇怪的。我自己也曾经思索过，除了学问，除了惜才，这里面还有些别的什么吧。千帆先生的遭际我是清楚的，通过曾卓，通过武大别的师友，我的遭际先生他也是清楚的吧。每读先生诗文，常有一些微言慨叹，令我戚然感动。例如他给吴志达先生（吴先生也是我在武大研究所的老师）《文言小说史》作的序中有一段感人之辞："志达早岁从余问学，纯笃勤勉，余颇重之。其后余以非罪获严谴，厕身刍牧

者垂二十年，故人多绝还往。其关射羿之弓者，殆屡觏不一觏。每诵张芸叟'今日江湖从学者，人人讳道是门生'及'传语风光好流转，莫将桃李等闲栽'诸句，辄为陨涕。然亦有二三子，虽在本初之弦上，犹存师弟子之谊，未忍以非礼相加，其风义有足称者，君其一也。"这种因无端被祸而尝尽炎凉世态的滋味是我所深知的。学术与生命分不开，除了学术，我与千帆先生生命中自有一种深深的契合，这应当是联结我跟先生的一条无形的纽带吧！

回台后不久，又收到千帆先生寄来的一张毛笔字，上面写着他1982年游西安时所作的两首七绝："吴钩越甲出秦坑，妙相犹凝战伐尘。曾扈始皇吞六合，雍州子弟六千人。""发冢诗书一炬灰，祖龙当日亦惊才：栖惶没世龙蹲叟，枉费微词记定哀。"感慨是相当明显的。诗后题款说："西安杂题旧作奉翼明贤友，八六衰翁，笔力已退，勿哂也。"其实看先生书，笔力仍健，我并未在意。10月，先生有信来，要我帮忙寄一本台湾学者的书给他在复旦大学中文系研究所读书的外孙女张春晓，信是师母写的，中间说："我近来身体很差，所以请老伴代笔，乞恕不恭。"这时我才有点担心起来。但12月书寄出后收到的答谢信又是先生亲笔，我于是又稍稍放心。今年1月，连得先生三封亲笔信，要我替他买一套法国国家科学研究中心与台湾大英百科有限公司合资出版的《姑妄言》，我乃心中窃喜，以为先生体力转健，又急着要做研究工作了。谁料数月后先生竟归道山。去年5月那一面竟成了我跟先生的永诀！

7月得先生噩耗以来，我就想写一篇悼念先生的文字，却总是不能成篇。现在先生逝去已过百日，我仍然只能琐琐追述与先生的因缘如上。谨以此纪念先生，亦以告先生之灵，并诔以诗曰：

廿年沾雨露，一面成永诀。
人生多怅恨，此恨何由辍！

人师世所稀,经师岂易得?

燃指虽有尽,爝火终不息。

　　原载台北武汉大学校友会《珞珈》第 147 期,后刊 2007 年 6 月《沈祖棻诗词研究会会刊》第十、十一期。

桃李不言，下自成蹊

夏志清老师今年退休，哥伦比亚大学东亚系及他的学生、朋友、同事们将在 5 月 4 日举行一场盛大的学术讨论会，以表示对他数十年来在中国文学研究方面的杰出贡献之敬意。

会议的发起者两个月前就通知了我，今天下午又接到夏老师自己的信，知道会议已大体筹备妥当。 当天的会将在哥大校园东区的"教职员俱乐部"（Faculty House）举行，早上 10 点开始，下午 4 点结束。会议上将有多人发表论文。 4 点半至 6 点半是酒会，6 点半开始在"教职员俱乐部"中的"校长厅"（The President's Room）有隆重的晚宴，晚宴后则是来宾致辞及夏老师作答。 已确定要参加这个盛会的有 120 多人。 但这是两个星期以前的统计，人数还在增加中，预计那天会超过 150 人。

翻翻已确定要参加会议的来宾名单，我见到下列名家：华兹生（Burton Watson）、狄百瑞（W. T. de Bary）、毕汉思（Hans Bielenstein）、韩南（Patrick Hanan）、杜迈可（Michael Duke）、葛浩文（Howard Goldblatt）、林培瑞（Perry Link）、金介甫（Jeffrey Kinkley）、耿德华（Edward Gunn）（以上为美国学者）、唐德刚、陈庆、高友工、李欧梵、刘绍铭、郑愁予、吴百益、白先勇、李又宁、王德威、丛苏、高克毅、罗郁正、洪铭水、陈幼石（以上为华裔学者）。 无需介绍，凡对美国汉学圈，尤其是中国文学研究圈稍有了解的人，都会知道这些名字意味着什么。 这不是一个普通的纪念会，这实实在在是这个领域里一流学者的大会师。 像这样高手云集的聚会在美国汉学界恐怕也是空前的。

"桃李不言，下自成蹊。"这个完全由友朋与学生自发筹备的素朴而又隆重的纪念会，对于夏老师在美国的中国文学研究领域里的首席权威地位是一个最具说服力的认定，对于他在这个领域里所作的开创性与经典性的杰出贡献是一个最佳的欣赏，而对于他30多年来教育英才的努力也是一个最高的礼赞。他在信中说："我的朋友、学生远道而来参加此盛会，最让我感激。"我可以感受到他真心的喜悦。对于一个平生孜孜矻矻、唯知严谨治学，而遗落世事、淡于名利的学者而言，有什么会比来自友朋与学生的真诚情谊与真心赏佩更令他感动的呢？

然而我却不能参加。明知自己的缺席于会议的成功毫发无损，也知道夏老师会原谅我正在学期中不能分身前来，但是我心里仍然觉得有深深的歉疚。30年来，从夏老师手上毕业出去的博士有十几个，其中不少人今天已经是著名的学者，像吴百益、Gunn、DeWoskin、Chaves、Hegel、Anne、Birrell，都在美英名校任教，各有专著多种。我则是最后一个（有一个美国学生答辩比我还晚两个月，但他进校则在我之前）。中国人说父母常疼爱最小的孩子，我也觉得夏老师和师母对我这个"关门弟子"，有一份特别的钟爱。如果我能参加这个盛会，他会多么高兴啊。

人生最难得、最解释不清的一件事是缘分。中文里这个从佛教借来的"缘"字实在妙不可言，最可以补圣经贤传之不足。记得十年前刚到美国时，在一个亲戚的书架上读到夏老师的《中国现代小说史》中译本，当时倾倒之至，立刻就想，我若能有幸列在此人之门墙就好了。但接着也就自笑，因为那时我连到底要报考哪个学校都还没有决定呢。后来居然如愿以偿，居然还在夏老师手上得到博士学位，这不是缘分是什么呢？夏老师在他教书生涯的最后几年中，收了三个大陆来的学生：梁恒、查建英和我。梁恒因出版《革命之子》曾经名噪一时，读完硕士就离开哥大了。查建英则在口试以后不再写论文，专业搞写作，现在已经是颇有名气的作家。只有我一个人坚持到博士毕业，夏老师有一次对我说:"我离开大陆 40 多年,近年才教了几个大陆学生,现在把你培养成博士,也总算表达了一点我对故国的情怀。"看来,夏老师心里,也有某种缘分之感吧。

我从 1982 年秋冬进入哥大东亚系到去年 9 月来台教书,其间整整八年。我已经习惯于大大小小的事情都跟夏老师和师母商量,他们给了我无数的关怀和教益,也真心分享我的欢乐与痛苦。我来哥大的前几年,家眷还留在大陆,前途茫茫,各种压力很大,心情相当郁闷。有时免不了找夏老师诉苦,他总是很用心地听着,师母也常常陪在旁边,两个眼圈红红的。有一次我从他家里出来,他坚持要把我送到我住的公寓,后来他告诉我,那一天我的情绪特别低沉,他觉得不把我送到家不放心。数年之后,我的家眷终于接出,来到纽约,第一个请我们全家吃饭的就是夏老师和师母。夏老师那天特别高兴,连连地说:"唐翼明,这下好了,苦尽甘来,你可以好好用功了。"又对我的太太说:"你真了不起,真了不起,一个人带三个孩子,伟大、伟大!"

我从 1989 年秋天起,正式动笔写毕业论文,到去年秋天基本完成,前后大约一年。这一年里,我跟夏老师见面的机会自然更多了,有时一个星期要去他家好几次。我的论文题目是"魏晋清谈",实在说来,这并不是他研究的内容。但是我不胜惊讶地发现,他很快就把相关资料弄得极熟,而他给我的每一条建议后来都被证明为不仅中肯,而且英明。最让我感动的是他为我修改论文稿时的严谨负责、一丝不苟。三百多页的稿子他从头至尾改了三遍。每次取稿回来,总见他用红、绿、黑三种极细的圆珠笔,改动了无数地方,连一条脚注、一个标点都不放过。文中引用的少许梵文,字母上应有一些小符号,我忘记加上了,他也一一补上。有的地方则整段划去重写,高兴的时候他会自己在旁边批曰:"现在精彩了!"纽约盛夏的天气是令人生畏的,想象他曲着背、挥着汗,在拥挤的书房里、凌乱的书桌旁,埋头细看一页又一页的稿纸,直至深夜,我心里就涌满了感激与不安。夏老师英文之美是有口皆碑的，我就亲耳听到几个美国教授和同学跟我讲过，说夏老师的英文比大多数的美国文学教授写得更好。我的论文能得到夏老师的修改和润色，自然是天赐之幸。经他改过的稿子，我预备装订成三大册，留作永久的纪念与仿效的榜样。

当我把最后改定的稿子打好送给他时，他拿在手里翻了翻，忽然脸上泛出光来，好像捧着一个刚刚生下的儿子，连声对我说："I'm proud of you，I'm proud of you!"我立刻觉得喉头哽咽了。那是八年来最轻松的一刻。到了答辩那一天，他显然比我还高兴，穿上最好的西装，系上最漂亮的领带。等到答辩完毕，我退出室外几分钟，重新被叫进去时，教授们露出最愉悦的笑容，一一跟我握手道贺，夏老师则孩子似的高叫道："来，来，去喝酒，照相！照相！我带了照相机！"我这才发现，我竟然连照相机也忘记带了。那一整天，他都兴奋得像一个孩子。晚上吃饭的时候，他把酒瓶抓在自己的手中，边斟边喝，还一面上下古今，高谈阔论。那天餐桌上话差不多由他包办了，还不时发出天真的开怀的大笑，直令满座生风。华兹生教授则在一旁姁姁地笑着，恂恂如经师。

1991 年与夏志清老师

因了夏老师的退休纪念会，这些细节一时涌来脑海，历历如昨日。对于我来说，夏老师首先是一个最富有同情心、最有真性情的人，一个最平易近人、又最严谨负责的老师。至于作为一个大学者，则世有公论，无需我来饶舌，亦非这篇短文所能尽。

智者的寂寞
——记我的老师夏志清先生

我 1982 年 9 月进入美国纽约哥伦比亚大学的东亚语言文化系，到 1991 年 5 月正式取得博士学位，前后 9 年。在这 9 年的时间里，夏志清先生一直是我的指导教授。从那以后到现在又过去 9 年了，我和夏老师还保持着书信往来，寒暑假我去美国，也总会去看他，请他和师母吃一顿饭。

从我这一面看，夏老师无疑是我生命中最重要的一位老师。9 年差不多占去我全部求学生涯的三分之一，18 年则又差不多占去我过往时光的三分之一，这样的老师你生命中很难有第二个。从夏老师那一面看，我自然无法知道他的感觉，他比我年长 20 多岁，友朋遍天下，慕名仰望他的人很多，他一生教出来的博士就有 13 个，那么，我在他生命中的分量不可能像他在我的生命中一样，这是不言自明的。

但是名人多寂寞。名学者尤其寂寞。慕名者慕的是名，并非人；以文会友，又往往会的是文，而非友。所以一个学者，一个教授，生命中真正实在的往往是同自己学生的关系。在中国文化中尤其如此。中国士大夫自古讲"在三"（事父、事师、事君）之义，民间也有"天地君亲师"的传统，"一日为师，终身为父"，是中国人的习语，至今也还有人提起。虽然奉行者是凤毛麟角，但有此一说与无此一说到底是不同的。夏老师一生教了十几个博士，洋人居多，其中不乏已成为名教授的，但一直往来密切的有多少，我就不知道了。不过以我在纽约时所见到的，我总觉得夏老师其实很寂寞。我老是记得，在秋冬黄昏时分，在哥大校园附近的街道上，常见他头戴一顶软帽，颈上围一条厚厚的羊毛巾，身着黑色短外套，手上提着一袋蔬果，微微偏斜着身子，迈着急急的碎步，头也不抬踽踽独行于萧瑟的寒风中。有时我离他很远，或在街道的另一边，不便打招呼，我便停下来，静静地看他走过去，消失在远处。这时候心中满满溢着的总是两个字：寂寞。

夏老师在公众场合喜欢说笑，尤其喜欢跟女孩子们开玩笑，这几乎是所有认识夏老师的共同印象。他那带着浓重的苏州口音的国语，杂着高分贝的英语，时时爆出一串大笑，飞过聚会，飞过饭桌，飞过人群，诙谐百出，洋溢着智慧，洋溢着生命力。然而奇怪地，我每每在他喧哗而夸张的笑语中，感觉到一种隐藏在背后的深深的寂寞。他的无拘无束，没有忌讳，我总觉得像一个面具，把一个内向、害羞、不善社交的紧张敏感的灵魂掩盖起来。人群中，他的话总是滔滔不绝，迅速地、毫无预兆地从一个话题跳向另一个话题，让人难以追踪。你有时甚至觉得它没有逻辑，但不久就发现大半倒是自己的迟钝，而并非对方的混乱。你也许有点尴尬，但更多的是惊佩。我常常听到他在课堂讲了一个笑话，而底下居然没有反应时，他惊奇而悲哀地问："你们为什么不笑？"

夏老师是耶鲁的英美文学博士，而让他饮誉学界的却是《中国现代小说史》(*History of Modern Chinese Fiction*) 和《中国古典小说》(*Classical Chinese Novels*)，以这样的学问要在美国找到几个知音，自然是不容易的。有一次我陪夏老师去送在斯坦福大学任教、其时正来哥大演讲的刘若愚先生回去。火车尚未到，我们在车站里的咖啡店小饮，刘先生在微醺中大发牢骚，抱怨美国那些教中国文学的同行们的浅薄与不通：中国人的英文不通，美国人的中文不通。在刘先生的愤世嫉俗中，我也感到他深深的寂寞与悲哀。刘先生不久就去世了，夏老师特地写了一篇纪念文章《东夏与西刘》，登在纽约的《世界日报》的副刊上，那篇文章的内容我一点都不记得了，但是我敢说，最能体会与同情刘先生的寂寞与悲哀的，舍夏老师外，怕没有第二人吧。

1991年拿到博士证书后与导师夏志清先生合影

夏老师在曼哈顿西一一五街的家，我去过很多次，每次留给我的印象都是五个字：凌乱的书堆。桌上、沙发上、茶几上、书架上，到处是横堆竖叠的中英文书籍、报纸、杂志、学生的论文，要找到一块放茶杯的地方都不容易。后来他搬了新家，在西一一三街，特地沿墙装订了一排排的搁板来安顿他那些拥挤的、混血的"臣民"。他得意地指着搁板对我说："唐翼明，我花了五千美金做的这些书架，你看，很扎实！"想象他一个人深夜埋首在那些书堆中——他喜欢工作至凌晨两三点才睡觉，孜孜矻矻、跋前涉后，应该会邂逅许多古今中西的贤哲吧，应该与他们谈得很愉快、很充实吧。但是不知为什么，我在他的话里感到的还是寂寞。

"Professor C. T. Hsia"，在美国汉学界，尤其是中国现代文学研究圈中，可说是无人不晓，它同"祖师爷"、"最高权威"差不多是一个意思。至于在中国人的文学研究者与爱好者中，台湾自不必说，就是大陆，"夏志清"三个字也是人人皆知的。我常常想，像夏老师这样一个名满天下的人，为什么留在我记忆中最深刻的印象竟然是寂寞呢？或许寂寞只是我自己当时心境的投射？在纽约的几年，我不是没有欢快热闹的日子，除了读书，我也交了不少朋友，也参加侨社的活动，做过一家中文报纸的主笔,组织过一个文学社,举办过书法展览。在一次偶然性的事件中,我还莫名其妙地成了纽约地区留学生中的头面人物,上过美国的电视和报纸。但是我不得不承认,自己心境的基调其实是寂寞。一种远离主流、远离中心、缺乏认同感与归属感的文化"边缘人"(Marginal men)的寂寞。这种寂寞是促使我后来决定离开美国到台湾任教的重要原因之一。夏老师有没有这种"边缘人"的感觉,我没有问过他,但我记得有一次同余英时先生谈起这种感觉,余先生说:"其实我们大家都是边缘人。"那么,夏老师大概也不能免吧。

得志清师贺年卡有感,兼寿先生九秩

夏老师过几天就要满九十了①,旧历年前我收到他一张贺年卡,依然是他一贯的娟秀的小字,密密写了两页半,几乎卡片上能写字的地方都写满了,我觉得应该把这封信全文誊抄下来,这是一个珍贵的纪念。

翼明吾弟:

今天重阅《归来》此书②,非常高兴。当年我们日常见面,现在您在武汉,我在纽约,真是难得见一次面了。我已90岁,不想离开纽约到别处去玩,吾弟在武汉,想也难得有机会来纽约了。吾弟已是书法名家,可否赐我一两幅较小的书法作品留在家里或挂在墙上,日常观摩。最好是已裱好的,邮寄很方便。我藏有一幅郑孝胥的字,你没有见过。友人董阳孜③送我一幅大字《多福》,可惜我不太喜欢,挂在客厅。

内人前几年常去大陆,现在不到那里去了,我自己90岁了,更不到那里去了,能保持健康就不容易了。要做的事太多,今年决定先把我们兄弟④的书信来往,出本专书。

---

① 夏老师生于1921年农历正月十一。
② 《归来》是我2010年3月在武汉美术馆举办书法个展的作品汇集。
③ 董阳孜女士是台湾著名的书法家。
④ 夏老师的哥哥夏济安教授(1916—1965)也是著名学者,文学评论家,是台湾现代文学的启蒙者与精神领袖,著名作家白先勇、陈若曦、丛甦、刘绍铭、叶维廉、施叔青等人都是夏济安的学生。

Della① 忙于 shopping，做家事也很辛苦，你们全家都好为念，即颂

Happy New Year!

愚师　志清

Salutes you & wishes you all a Happy New Year!

PS：你给我的 address 没有写错。我觉得"三期"②二字不妥，才要问问"期"字是否写错了？吾弟血压有时高得可怕，仍需小心。我每天都量血压，你也应如此。我即将 90 岁，以前血压高而近年不算高，也是我的 good luck，但写文章不如当年这样勤快矣。

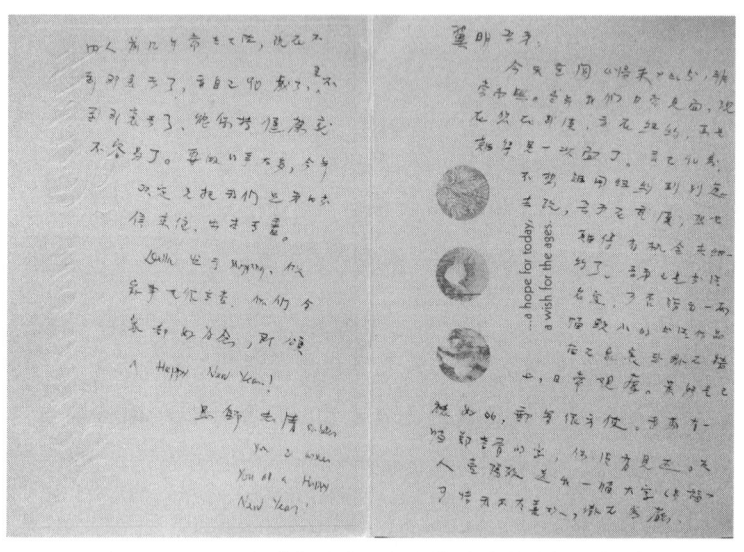

2011 年 2 月 13 日，志清师九秩大寿来临前给我的贺年卡（内页）

---

① Della 是师母的英文名。
② 我的住址是汉口滨江苑三期，"三期"这种说法具有中国特色，大陆以外的人大多看不懂。夏老师曾托于仁秋打电话问我。

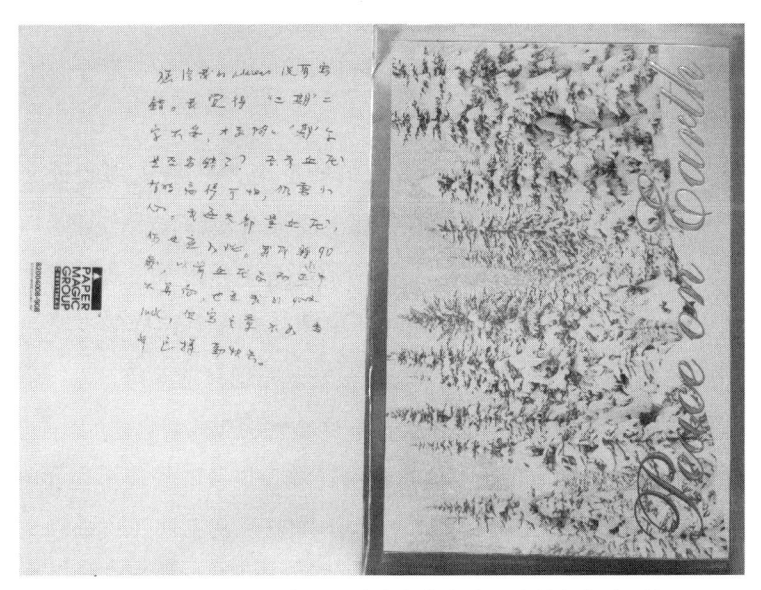

2011 年 2 月 13 日,志清师九秩大寿来临前给我的贺年卡(封面)

我自从哥大毕业赴台任教后,夏老师每年在圣诞前后必寄一张贺卡给我,每一张也都像这样,总是密密麻麻的娟秀的小字,写到没有空白为止。 现在他 90 岁了,还是如此,而且思维清晰,文理通达。 我为老师的健康庆幸,同时也心生感慨,以往每年都会收到许许多多的贺年卡,学生的、朋友的、亲戚的,或当年打过一些交道的,还有一些是某些单位寄来的,说句实话,我并不是收到每张贺年卡都感到高兴,单位寄的那种只有几个印刷字的贺年卡我通常都是随手扔到垃圾筒里,有时连信封都不拆,因为除了浪费几分钟的时间外,实在别无意义。 但凡手写的,我至少都会回一张,但其中不少我虽然也回,却也往往叹息,何必多此一举,因为那上面除了几句照例的套话以外,实在也别无意义,只是说明这个人还记得我而已。 我自己如果写贺年卡,习惯上也跟夏老师一样,通常要把卡片写满,不然就觉得对不起人。 现在大家都不写贺年片了,改为电子贺卡或手机短信,就更令人感叹了,有的只有一张贺卡,上面几个套字或几句套语,自己的话一个字也没有。 最令人讨厌的是群发,全是同样的话——而且大多数还是从别人那里贩来的。 我自己现在也偶尔时髦一下，发个电子短信，但从不群发，对于群发给我的短信也从不回信，你按一下手指，我费神半天给你写一段话，犯得上吗？

夏老师的年卡让我想起他给我改的博士论文。 我的博士论文初稿（英文）长达三百多页，至今尚在，那上面天头地脚布满了夏老师的修改，是三种颜色的圆珠笔写的字，因为他从头至尾改了三次，字比年卡上的还要小还要密。 我不知道现在的中国还有没有这样的老师，肯在挥汗如雨的夏天，以 69 岁的高龄——正好是我现在的年龄，为一个学生几十万字的博士论文花这么多精力，下这么大的工夫！

夏老师的年卡又让我想起他给我的好友于仁秋的长篇小说《请客》（人民文学出版社，2007 年 3 月）所写的序言。 那是四年以前的事了，夏老师那时已经八十六了，为了替于仁秋写这篇序言，他居然花了半年的时间，看完了于仁秋几乎所有的著作——不是小说，而是学术著作（于仁秋当时是纽约州立大学帕切斯分校历史系的教授兼系主任）。 我也不知道现在中国还有没有这样为人写序的，至少我自己做不到。

前人说："狮子搏兔，亦用全力。"作为一个蜚声中外的著名文学史家，夏老师免不了常常为别人写书评，而每写一篇书评，他几乎都是像给于仁秋《请客》作序一样，要读遍那个作家的所有作品才动笔。 不熟悉夏老师的人绝对猜不到他是这样做学问的，因为他完全是一个才子型的人物，在友朋聚会的时候，他的话总是像连珠炮一样，又快又多，他可以从头至尾包全场，而且妙语如珠，思维又是跳跃式的，刚刚讲到一个问题，你正在沿着他的思路思考，突然他又跳到别的话题上去了，让你疲于奔命。 他又很幽默，喜欢开玩笑，喜欢漂亮的女孩，只要见到美女，他就兴高采烈，主动伸手跟对方搂抱，如果是学生，又还没有修他的课，他就盯着人问："你怎么不修我的课？ 赶快修我的课！"至老不改。 朋友们甚至给他送了一个"老顽童"的绰号，他也不以为忤。 一个这样性格的人，很难令人相信他做学问是如此的老实、严谨、一丝不苟。 但这是真的。 我跟他八年，你应该相信我的话。

大师就是大师，大师的称号是用一辈子的兢兢业业、孜孜矻矻换来的，大师不是靠投机取巧得来的，大师不是靠哗众取宠得来的，也不是靠炒作炒出来的。大师不是官帽，不是可以靠搞关系搞得到的，自然也不是可以用钱买得到的。大师大都是天才，但光靠天才也是不够的，像钱钟书那样具有照相机一样过目不忘的记忆力，据说也还有一些密密麻麻的别人看不懂的钱氏专门笔记（有人称之为"钱抄"）。可惜

2011年2月13日，志清师九秩大寿留影

今天的中国很少有人崇拜天才、理解天才，当然更不崇拜天才身上的汗水，更不理解天才居然也会发出汗臭。

去年十月份台湾和海外学术界已经提前给夏老师做了九十大寿，马英九亲自致送贺轴，曰"绩学雅范"。我作为夏老师的关门弟子，未能与会。过几天就是夏老师的真正生日了，我仍然因为血压太高不能前去祝寿，内心有无限的愧疚。不过，我写了一首贺寿诗，于半月前裱好，交付DHL快递公司，除夕（2月2日）下午已送到了夏老师手上，总算略微尽了一点心意。诗如下：

曾經秦火十年劫，幸有程門八載功。
應喜斯文天未喪，傳經不敢忘伏公。

谨以此诗此文为先生寿。

冯友兰来哥大

读哥大的一个好处是可以见到许多名学者。哥大自己就有许多国际知名的大学者，诺贝尔奖得主往往一个系里就可以有好几个，这自然是不消说的。而哥大还有一个特别的地方，是因为它地处世界第一大都市的中心，是每个南来北往的高手都要在这里会一会的世界大码头，所以你在这里也就可以碰到世界各地的著名学者。如果你有足够的求知欲又有足够的闲情逸致的话，你几乎可以每天听一场名家演讲，而且保证不重复。一到中午，你总会看到一些人，右手端一杯咖啡，左手拎着一个也是咖啡色的牛皮纸小袋，里面装一个三明治，有时还加一个苹果，匆匆忙忙往某个大厅赶去。到了大厅后，找一个座位坐下，找不到座位就坐在地板上，学生教授没有差别，你就知道这又是某个国际知名学者来演讲了。这种场合通常就叫"brown bag lunch"，字面上讲的是吃饭，其实意思是听演讲。

我进哥大东亚系研究所的第一个学期，就去参加过几次这样的中餐演讲会，但坦白地说，是看热闹的成分居多，因为那个时候我对美国学术界简直一无所知，英语也不好，听起来云里雾里的，半懂半不懂，只是满足好奇心，所获实在有限。那一个学期留在我印象中最深的是冯友兰先生来哥大接受荣誉博士的颁奖典礼。

时间是1982年的秋季，具体的月日却记不清楚了，9月的可能性最大，因为我记得是开学不久的事。那一天天清气朗，秋阳高照，哥大行政大楼一楼的大厅一早就布置好了，那是一个极典雅极堂皇的大厅，地面是名贵的花岗岩和金黄色的铜片铺成的，交织成美轮美奂的画面，

第一辑 忆　念

圆厅的四周是十几根巴洛克式的石柱,石柱上依次排列古希腊罗马的大学者们,例如苏格拉底、柏拉图、亚里士多德,屋顶则是一个彩绘琉璃的穹窿,如我们常常在西方教堂所见到的那样。 那天大厅的前面设了一个讲台,下面则是一排一排的临时摆好的椅子,中间从大门到讲台留出一条长长的通道。 九点左右与会的人陆续进场,几乎所有的人都穿着博士服,戴着博士帽,是不是全部是哥大的教授,或许还有外校的教授,我无法确定。 大家坐定在椅子上,一些学生包括我自己,则坐在最后。 所有的椅子都坐满了,没有一个空着的。 九点半左右,突然一阵优雅的乐音响起,全场肃静,大家回过头来,只见一位中国老者也穿着博士服,戴着博士帽,由一个女士搀扶着,从大门进来,慢慢走过中间的过道,向主席台走去。 看到前面整整齐齐地坐着一两百位峨冠博带、高鼻深目的学者,此时都转身向这位老者默默行注目礼,没有鼓掌,没有欢呼,没有雄伟的国歌,没有飘扬的红旗,但是你却突然感到一种特别的庄严肃穆的情绪流遍全身,几乎是此前你从来没有体验过的。

那老者就是冯友兰,搀扶他的女士是冯宗璞,他的女儿。 他们慢慢登上主席台,坐定,会议主席站起来演讲,介绍他,并授予他荣誉博士证书,这时才响起一阵热烈的掌声,经久不息。 接着是冯友兰致辞,他先用英语作了一个开场白,接着就说他体力不佳,英语也不流利了,所以下面由他的女儿冯宗璞朗读他的演讲稿。 冯宗璞据说是英文系出身的,果然念起来音调铿锵,比她父亲清楚多了。 冯先生在演讲稿中讲了些什么,我现在想不起来了,不过记得他讲到他是1920年进的哥大,师从杜威先生(也是胡适的指导教授),1923年毕业,获得博士学位,但没有等到次年五月正式颁发证书便先行回国了(胡适也是如此)。

在"文革"中,冯先生的遭遇倒并不怎么惨,虽然也批了一阵子,但很快就被吸收进了"梁效"(北大、清华"两校"也)写作班子,被当作顾问,日子也就好过了。 同时进"梁效"写作班当顾问的著名学者还有周一良。 周一良我后来也见到过，也是在哥大，他来访问，我听他演讲，不过那已经是好几年以后的事了。 海外许多人，尤其是老一辈的学者，对冯、周二人颇多微词，但哥大似乎能够理解他们在大陆文革中没有不说话的自由，仍然尊敬他们在学术上的成就，这也令当时才离开一切都遵循"政治标准第一"的国度的我深有感慨。 第二天上午，我竟然面对面地见到了冯先生，他离开我不过一两公尺的距离。那是在一个 seminar 的小课上。 这个课的老师是狄百瑞教授（Prof. Wm. Theodore de Bary），课名是中国思想史，一共也就七八个学生，中国学生则只有我一个。 狄百瑞是美国专治宋明理学的著名汉学家，也是哥大的资深教授，还曾经做过哥大的副校长（Provost），那天给冯友兰先生颁奖的大会上，他是坐在主席台上的，所以他有本事把冯先生请到我们的班上来跟学生们见面。 大家都很兴奋，纷纷向冯先生提出一些问题，冯也一一作答，不过都讲得很简单。 突然有一个学生请冯先生在他书上签个名，于是大家跟着效法。 我那一堂课没带书，只带了一个笔记本，于是就请冯先生在这个笔记本上签了一个名字。 我还记得他签字的时候手有些发抖，字写得挺慢，那一年他已经 87 岁，再过 8 年他就去世了。 冯先生签名的那个笔记本我倒是一直保存着，但这次从台湾搬回大陆时却不知道塞到什么地方去了，一时找不出来。

　　冯先生的著作很多，但我以为最好的还是他早年（那时他才三十三四岁）写的两卷本的《中国哲学史》，后来美国的布德教授（Prof. Derk Bodde, 1909—2003）把它译成英文，在美国学习中国哲学的人至今还以布德译本为教材或必读参考书。 1949 年以后，马列主义席卷中国，冯先生与时俱进，以今日之我否定昨日之我，费了九牛二虎之力，重新写了一本"观点正确"的《中国哲学史新编》。"文革"中，评法批儒，原来正确的观点又不正确了，冯先生又与时俱进，加进评法批儒的内容，把《中国哲学史新编》又修改一番。 但"文革"之后，风气又一变，冯先生这才猛醒，始觉今是而昨非，决心回到自己，也回到孔夫子（"文革"中冯先生曾经一度跟风批判过的孔丘）的教导"修辞立其诚",以八十五岁之高龄,又费十年之力,把全书重写一遍,出版了《中国哲学史新编修订本》三册,接着写四、五、六、七册(现已出版的《中国哲学史新编》上、中、下三本包括一至六册,第七册由于是写现代的,因故尚未在国内出版),终于写完,才瞑目而逝。《中国哲学史新编》和后来的修订本我都读过,《中国哲学史新编》就不去说它了,连六册修订本比起最早的两卷本来,内容虽然丰富了些,但似乎也没有更好到哪里去。 冯先生想回到自我,但终于回不去了,在阶级与阶级斗争理论的大框架下,想要"修辞立其诚",谈何容易? 我至今想起来虽然对冯先生的毅力敬佩不已,但也为他生错了时代而惋惜莫名,一个那样聪明的人,活了九十五岁的高龄,却为一本书改来改去,就把一生给打发掉了。 唉!

周汝昌访哥大纪实

1987年4月4日晚上，忽然接到夏志清老师的电话，说周汝昌先生7日要来哥伦比亚大学讲《红楼梦》，问我届时能不能去纽约领事馆接一接。我向来对送往迎来之类的事情没有耐心，这回是奉导师之命，接的又是我仰慕已久的周先生，情形当然不一样，就立刻答应了。

周汝昌先生是国内外公认的《红楼梦》研究权威，他的两卷本洋洋八十余万言的《红楼梦新证》至今还是这个领域里最有分量的著作。但我之知有周先生其人，却不自《红楼梦新证》始。说起来大概有二十多年了，我那时正是一个刚刚过了对演义小说着迷的少年时代而开始热衷唐诗宋词的青年。一天借得一本《杨万里选集》，咿咿唔唔地读下去，颇觉得他的诗活泼可喜，尤其让我高兴的是批注也同样活泼可喜，我至今还记得注者前言当中对杨万里做诗的"活法"有俏皮而透彻的介绍。老实说，在1949年以后出版的汗牛充栋的古典文学的注释本中，有特色、无八股气的并不多。我真正心悦诚服的只有一本，就是钱锺书先生的《宋诗选注》，那种博洽、精辟、幽默，实在是独步一时，无人可以比肩。接下来便是这本《杨万里选集》给我的印象最深了，而选注者就是周汝昌先生。

读到周先生的《红楼梦新证》则是多年以后了。那是在"文革"中，在著名诗人、被毛泽东点过名的"胡风分子"曾卓的家里。曾卓那时很倒霉不用说，我也是牛棚里进进出出的"黑五类"。因为另一个同是爱好文学、又同是"不干不净"的朋友的关系，我和曾卓成了忘年之交。我们借以相濡的"沫"便是偶尔得到的一两本好书。那天我去看曾卓，他正在桌边翻一本新书，见我来了，便指指那书说："这书不错，可以看看。"我一瞥，是《红楼梦新证》，心里颇奇怪，曾卓对考据一类的学术性文章向来不感兴趣，甚至有点厌恶，怎么会称赞起这本书来？再看作者，正是周汝昌先生，才释然。我想，他大概是被周先生的文笔吸引了，而不是因为考据详尽吧。说来遗憾，我当时也只是随手翻了翻。我自己不是研究《红楼梦》的，以后又忙着考研究生、出国，竟一直没有机会再读这本大著。

但周先生在《红楼梦》研究中的声名如日之升，友朋中也常常谈到。出国前不久，我结识了一位朋友，叫梁归智，因为都爱古典文学、都写旧诗，颇谈得来。其时他正耽于《石头记》，时时谈起他对于高鹗续书的不满，说做了几篇文章，大旨为揣摩雪芹的原意应该如何如何。他便屡屡提到周先生，露出钦佩之意。不想我出国后不久，他竟将这些文字集成一本书出版了，又添了好些篇新文章，取名叫《石头记探佚》，特地托人万里迢迢捎了一本给我。打开一看，冠在书前的序正是周汝昌先生写的。一开头便说："此刻正是六月中伏，今年北京酷热异常，据说吴牛喘月，我非吴牛，可真觉得月亮也不给人以清虚广寒之意了。这时候让我做什么，当然叫苦连天。然而不知怎么的，要给《石头记探佚》写篇序文，却捉笔欣然，乐于从事。"下面便分析"探佚学"是《红楼梦》研究中最重要最艰难的一个分支，称赞梁归智是"数十年来我所得知的第一个专门集中而系统地做探佚工作的青年学人"，"成绩斐然"，是"卓异之材"，他所做的工作"值得大书特书"，"在红学史上会产生深远影响"。我一方面为朋友高兴，一方面对周先生又增加了新的景仰。

所以，这回奉夏老师之命去接周先生，在我也正如周先生之为《石头记探佚》写序一样，是一件平时会"叫苦连天"而此刻却"欣然，乐于从事"的事。7 日下午 2 点 20 分，我按前一天晚上电话中约好的时间准时来到中国驻纽约总领事馆。推门进去，不明亮的走廊里摆着几张破旧的沙发，一位瘦削清癯的老人手里拄着一根拐杖，正坐在离门最近的一张沙发上发愣。目光呆滞，耳朵上还带着助听器。牙齿显然掉得差不多了，嘴巴是瘪进去的。头发已经花白，长长地分披在瘦削的两颧上。一套中山装倒是合身而整洁，脚上穿着黑面白底的布鞋。我突然有一种奇异的感觉，觉得面前这个老者是一个从金庸的武侠小说中走出来的人物，文弱衰拙中透出一股仙气道貌。我想，这一定就是周汝昌先生了，虽然跟想象的极不一样。我过去一问，果然就是。他颤巍巍地站起来，木然的脸上立时有了笑容，呆滞的目光也似乎增了精彩。他向里面站着的一个年轻女子招了招手，说："伦苓，唐先生来了，我们快走。"这个叫伦苓的女子是周先生的小女儿，我们昨晚通过电话的。这时才看清楚，大约三十出头，健康而端正。"噢，您是唐先生！"立时伸出一双手来，颇有一点豪气，不像父亲那样文弱。

我们叫了一辆出租车直奔哥大而去。在颠簸的车子里，断断续续地交谈了几句，知道周先生今年七十岁了，天津人，毕业于燕京大学西语系。

到了哥大，时间还早，便领着周氏父女在校园里逛逛。周先生似乎很欣赏哥大的建筑，连连称赞，说有一种特别的气派，是他处所无的。他去年八月来美，作为鲁斯基金会邀请的学者驻节威斯康星大学，此行迤逦东来，哈佛、耶鲁、普林斯顿都去过，倒对哥大格外欣赏，我听了自然高兴。我带他去看哥大校园正中的圆顶大厦，从前的老图书馆，现在是行政大楼。我告诉他1982年冯友兰先生来受领荣誉博士时，仪式就是在这里举行的。他似乎很用心听着，木然的脸上又出现特别的精彩。"他们毕竟重视学术。"他自言自语地说，一边用手小心抚摸着厅内光滑而粗伟的大理石柱，招呼着他的女儿，"伦苓，过来，你看这气势！"3点差5分，我们来到东亚系所在的垦德堂，夏老师已在办公室门口等着了，看他们寒暄着，一个凄凉的对比掠过我心头，两人实际年龄才相差三岁，看来简直是两代人。夏老师生龙活虎，行动敏捷，手快脚快，说话如连珠，诙谐百出。周先生则讷讷地笑着，一双失神的眼睛似乎在探索对象，又似乎茫然望着另外的地方，手里的拐杖提起又放下。我心里很难过，突然想起陈寅恪晚年，双目失明，心境悲苦，会不会也像这个样子，或者更糟？

屋里坐着十来个人，大多是夏老师的学生，除了三两个以外，我差不多都认识。查建英、江宇应、汤晏更是常见的朋友。陆铿先生也到了，比大家来得晚一点。这位鼎鼎大名的新闻界老将近来常常出现在纽约各种文学和学术的集会上，他的出色的政论是我爱读的。

周先生慢条斯理地开讲了。一口纯正的京腔很中听，偶尔插入几个英文的短语和句子，令人惊讶于他的英语发音也相当纯正。夏老师低声跟我说："到底是燕京大学毕业的，就是不一样。"后来在晚餐席间闲谈，听周先生自己说，他从来没有出过国，大学毕业后四十年不讲英语，但大学时代英语是极好的，教书的老师大多是美国人。他说有一次赶写一篇论文，一口气写了六十页，竟没有一个语法错误，美国老师在卷面上批了一行字，说这篇论文不止值得一个优等的分数，而且值得做老师的一鞠躬。"现在不要提了，连一句完整的话都说不上来了。"周先生叹息着，浮起一脸苦笑。

"讲《红楼梦》要从《水浒》讲起。《金瓶梅》的作者从《水浒》传得到启发，曹雪芹则从《金瓶梅》得到启发。《水浒传》写绿林好汉，《红楼梦》写红粉佳人。《水浒传》写了多少好汉？一百零八个。《红楼梦》写了多少佳人？一百零八个。这一百零八可是个重要数字，不可等闲视之。中国人最讲数，数中最重要的是九，读中国古典小说，处处离不开九，唐僧取经要过九九八十一难，孙悟空有八九七十二般变化。这一百零八也是九的倍数，是十二乘九。你们知道佛寺里打钟，每次打多少下？一百零八下；和尚脖子上套的念珠是多少颗？一百零八颗。所以这一百零八又同佛教有关。我说《红楼梦》还受了《西游记》的启发，孙悟空是从石头里跳出来的，贾宝玉不也是石头变的吗？"

讲《红楼梦》如此讲法，我还是第一次听到。更令人入胜的是周先生演讲时的语调和表情，抑扬疾徐，丰富多彩。最叫人难忘的是那份自我陶醉的神情。他时时会插上一些不能自己的赞叹:"曹雪芹的心灵真是伟大!""这段描写实在美极了!""你看,这是一幅画一首诗嘛,哪儿是小说！红楼梦整个儿是一首诗。"每到这样的时候,我总会暗暗想,他手上实在应该有一块惊堂木才对。他女儿说,只要讲《红楼梦》,他兴致就来了。不管什么场合,不管多少听众,他总是讲得神采飞扬、口沫横飞。平时病恹恹的,一讲《红楼梦》,精神就好了。但每次讲完,又要委顿好些时。我想这话是可靠的。真的,只有在讲《红楼梦》的时候,你才觉得他是活泼泼的一个人,你才看得出藏在那个木然萧然的身躯里是一个丰富、生动、极有创造性的学者而兼艺术家的灵魂。

1987年,周汝昌先生在哥大讲《红楼梦》,右起周汝昌、夏志清、唐翼明

谈到艺术,我不能不提到周先生的书法。周先生不以书法名家自居,但他的书法实在盖过当今海内许多有名的书法家。周先生的书法秀丽而险峻,结构紧密而飘宕。笔画瘦削,一如其人。粗看有点像宋徽宗的"瘦金书",但细看精神全不一样,"瘦金书"呆板少变化,笔画拘束;周先生的字却极活泼,用笔放纵,笔锋好像弹跳而出。周先生对书法理论也有极深的修养,我来美后在一本国内书法杂志上读过他一

第一辑　忆　念

篇以问答体写成的书法论文，许多见解一扫前人陈说。他主张用笔要用硬毫，取其有弹性，说书法以流利为美，不以人为迟拙取胜；对前人"锥画沙"、"屋漏痕"等说法也都有全新的解释。此文不久前被台湾《书画家》杂志转载，署名"墨客"。我向周先生说起，他似乎很高兴，笑笑说："墨客也是我从前用过的笔名之一。不过他们用墨客二字也许只是巧合。"这次周先生带来一张写好的条幅送给夏老师，是一首自撰的律诗，虽然他谦称目力不济，没有写好，但大家展视，仍觉相当漂亮，都一致喝彩。夏老师说："周先生的字比你写得更好。"我说当然。周先生眼睛里立刻放出光来，说："唐先生也喜欢写字么？"

从前读周先生论诗、论文、论书法的文字，议论恣肆，不怕标新，总以为周先生是一个才气纵横、善谈喜谑，甚至有点盛气凌人的人。这回一见，却恂恂如经师，心里不觉奇怪。及听他讲《红楼梦》，越讲越带劲，不觉手之舞之，足之蹈之，我这才恍然释然，心里对自己说："不错，正是这样子。"周先生讲红楼，新见迭出，不怕惊世骇俗。比方说，他断定《红楼梦》原作应为一百零八回，曹雪芹生前即已写完。因为后二十八回中有对清朝统治者不利的文字，乃为乾隆所销毁，并组织一个以高鹗为首的"写作班子"加以篡改，成为现在流行的一百二十回本。他又断定，在后二十八回中，黛玉得与宝玉结婚，不久死去，宝玉又和宝钗结婚，而宝钗不久又死去。史湘云则嫁人而寡。贾家经过一番惨烈的政治风波后完全败落，宝玉流落为打更的，最后在一侠士的帮助下，根据雌雄玉麒麟的线索，宝玉和史湘云得以结合在一起，相依为命，共度晚年。故《红楼梦》就爱情婚姻而言，实际上是一个三部曲，第一部写宝玉和黛玉的爱情，第二部写宝玉和宝钗的婚姻，第三部写宝玉和湘云的结合。因此，他推测《红楼梦》应当还有一个名字，叫《玉钗云》，从与宝玉有婚姻关系的三个女子的名字中各取一字作书名，与《金瓶梅》命意相同。又说为《红楼梦》作评点的脂砚斋即史湘云，玩其语气可知。凡此种种，在一个不深于"红学"的人看来，大概都是非常可怪之论。但周先生引经（当然是《红楼梦》之经）据典（亦当然是《红楼梦》之典），言之凿凿，不由得你不相信。

总之，按照周先生的意见，曹雪芹和他的伟大杰作《红楼梦》在死后都蒙受了千古奇冤，今天的红学家应为曹雪芹洗刷冤枉，恢复《红楼梦》的本来面目。他称这一工作为"探佚"，他说："在红学中，现在有一门新的学问在兴起，即探佚学。"我忽然想起梁归智托人捎给我的那本《石头记探佚》来，便问他对梁的看法。不料这引起他格外的惊奇："怎么，梁归智是你的朋友？嗬，这个年轻人了不起，我觉得是年轻一辈红学家最有才华的学者。"停了一停，又说："他现在的境界又不同于当年写《石头记探佚》的时候了。"他呆滞的眼里又放出光来，看定了我，再加一句："我真高兴你是梁归智的朋友。"

周先生讲完，轮到大家提问了。这下可费劲，因为他耳朵聋得厉害，每个问题都要由他女儿大声重复一两遍，他才弄得清楚。记得汤晏问到他和胡适的关系，他承认自己开始研究《红楼梦》是受了胡先生的影响。他第一篇研究文章发表后，胡先生曾著文评论。后来他想研究甲戌本，当时只有胡先生一人有此稀世之珍。"我那时才二十几岁，是燕大的学生，跟胡先生一面都没有见过。我的胆子真有斗大，我居然敢写信向胡先生借甲戌本。而胡先生居然也把甲戌本带给我。那甲戌本天下仅此一册，无价之宝，胡先生居然连一句叮嘱爱惜的话都没有，也没有限定多久要还。"他停了一停，脸上的肌肉紧了一紧，才又说下去："我后来带到乡下去研究了一个暑假。为了怕翻坏原书，决定全部誊抄一遍。事前写信征求胡先生的意见，并表示将来归还原本时，连抄本一起交上。胡先生回信说：'我研究《红楼梦》，是为学术，甲戌本自应传世，你抄一本正好，抄本留着自用好了，不要还我。'我当时的感动的确非言语所能形容。此后甲戌本一直在我手上，直到1949年胡先生在烽火中离开大陆前夕，我觉得这书应该送还胡先生，于是派人偷偷送去。这事我在大陆一直没有对人讲过。如果我当时贪心一点，留下不还，台湾现在就看不到甲戌本的影印本了。"周先生说完，不再作声，大家也都沉默了好一会，只有夏老师说了一句："从前你们写文章骂胡适，胡先生总说他可以理解。我们大家都能理解的。"

会后夏老师夫妇请周先生父女在月宫餐厅吃饭，让我和查建英作陪，吃饭时间还早，便先步行至夏老师家小坐。不久，唐德刚先生也来了，说本要来参加座谈的，但临时另有饭局，只能顺道来坐坐。后来由唐先生开车，把夏先生夫妇和周先生父女送至月宫餐馆。我和查建英则步行前往。席间自然谈到因《红楼梦》而引起的去秋唐夏笔战。伦苓说，那时他们刚到美国，住在威斯康星的陌地生（Madisan）。"周策纵先生天天带报纸给我们。父亲拿着放大镜，一个字、一个字地读得很带劲。"我们问周先生看法如何，他但笑而不答。

后来话题渐渐扯到周先生的家事，伦苓不断诉苦，说父亲工资不高，而食指浩繁，生活从来都是不宽裕的。母亲因操劳过度，几年前得癌症去世，三个女儿至今没有出嫁。大哥小的时候得脑膜炎，弄得又聋又哑，讨个媳妇也是聋哑人。还有一个小弟。所有这些人全在父亲这里吃饭，那两百元人民币的工资管什么用？刚刚又碰上"文化大革命"，五个孩子没有一个受过中学以上的教育。伦苓现在给父亲做秘书，但自认对文学对《红楼梦》都是外行。伦苓说："爸爸，怎么你的脑子我们一点都没遗传呢？"周先生似乎没有听见，脸上纹丝不动。夏老师提高了声音对他说："我说你是个书呆子，只顾自己读书，老婆不管，孩子们也没有教育好。"周先生突然像孩子一样地笑了，说："你这话说得最好。我就是一个书呆子。我也最喜欢人家叫我书呆子。"然而在座者都惨然，终席不再说话。

出得月宫，百老汇大街上已是华灯璀璨。我目送伦苓扶着父亲在人丛中蹒跚远去，心中若有所失。刚才在夏先生家里看字时，我曾趁机向周先生讨一幅字，他很爽快地答应了，说是回到陌地生后写来寄我。此刻我却有点后悔了，我对于周先生的钦佩和对于书法的贪婪，会不会显得有点儿残酷呢？

倾盖如故
——记我和刘道玉校长在美国的第一次见面

古人说："有白头如新，有倾盖如故。"还真不假。有的人你常常见面却没什么印象，他在场和不在场一个样，有他没他一个样；有的人第一次见面或许没什么印象，但见了几次面之后，你就记住了；只有极少数的人你只要见他一面便一辈子不会忘记——我说的不是什么主席、委员长、总统、总理之类，这些人不算，这些人即使从未谋面，你也是印象深刻的，因为你在报纸上、电视上常常见到，我说的是另外一种人，他给你的冲击，不是来自权势，也不是来自时髦，而是来自他的人格，他的性格，来自他作为一个人对你的吸引。

在我的生命中，很幸运的有几个这样的人，是我所喜欢、所欣赏、所敬佩的。刘道玉先生就是其中的一个。

刘道玉先生做了六年多的武大校长，我是武大毕业的学生，可是我们在学校里并不认识，刘校长上任的时候，我已经毕业去美国半年了。我们的初次见面是在美国，在我念哥伦比亚大学博士的时候，也就一面，前后几个钟头而已，但我从此就记住了他。我永远记得那个瘦瘦的、黑黑的中年汉子，在机场和我告别的时候，拍着我的肩膀说：

"小唐，快点拿到博士吧，回武大来，我们一起来把武大办好。"

我看着他诚挚的眼神，就在那一刻，我被他深深地感动了。一股力量，人格的力量，性格的力量，一个真诚的人的力量，重重地撞击了我。我说：

"好，我记住了校长的话。"

那一刻我就下定了决心：毕业后回武大。

可惜，人生是不能规划的，形势比人强，计划没有变化快，1988年春刘校长被免职，1989年初夏北京起了风波。到1990年暑假我完成博士论文以后，心情大变，已经不想回武大了。并且我也不想回国了，我年过古稀的双亲正在台北倚门而望呢。

于是我在台湾教起书来，这一教就是十八年。90年代中，我终于可以回大陆参加各种学术会议了，每次回到武汉，我必去拜望刘校长，不为别的，就为他当年在机场跟我说的那句话。他已经不是校长了，他已经不能请我去武大做教授了，我也完全无意再回武大做教授了。但没有一个大学校长曾经那样诚挚地跟我说："快点回来，我们一起来把武大办好。"就为这句话，我要来看他。情义无价，士为知己者死，中国读书人这点死心眼我是看得很重的，我知道刘校长也是看得很重的。至于他还是不是校长，对于我并不重要。他不当校长了，可他在我心里的分量一点都没减。如果给他二十年、三十年，他必然是蔡元培、梅贻琦、张伯苓那样的人，可惜他生错了时代，劣币驱逐良币，正是这个时代的特点，我知道，他也知道，相视一笑，莫逆于心，何须多说。

刘校长马上就八十岁了，我自己也七十岁了，幸喜我从台湾退休后又回到武汉定居，因此我们现在还能常常见面，每次见面，我都会想起1986年9月我们在纽约初次见面的情形，想起他临别对我说的那句话，心中充满无限感慨。我一直想用毛笔宣纸写上我自己的一首旧作送给刘校长，但又迟疑着没写。那是一首题为《答人》的七绝：

贾生自是怀经论，无奈汉文问鬼神。
千古英豪同一笑，劝君举酒莫含颦。

这诗写于70年代初，其时还在"文革"中，到70年代末，一时云开天青，以为这诗以后用不上了，哪里想得到到现在也还没有过时呢，唉！

我有记日记的习惯，我现在就把当天写的日记移录在下面，作为此文的结尾，一字不增，一字不删，以存其真，也算一个"微档案"吧：

1986 年 9 月 7 日

下午去 Newark 机场接刘道玉校长，但因该班飞机取消，空跑一趟。晚与校长通电话，谈留学生政策。刘说他同钱学森在这个问题上持开明意见，并有一篇文章发表于《内参》。

1986 年 9 月 8 日

早起乘长途汽车（107 from Port Authority）去 Seton Hall University 的 Student Center，刘道玉校长及胡茂荃（研究生院副院长）、朱祖荣（外事处）、黄洁（翻译，女）正与该校文理学院院长等会谈，杨力宇教授稍后亦至。其后又与校长、副校长等见面。中午在该校吃饭。下午偕刘校长至 Newark 机场，他由此去 Huston 儿子处小聚。在机场候机时与刘校长畅谈一个多小时，意见契合，甚为愉快。我提出的建议包括：

1. 留学生政策宜取长远眼光，不要加任何限制；
2. 注意多派学生去国外学人文科学；
3. 大力加强图书馆的革新和建设；
4. 鼓励学术自由，保护教师和学生；
5. 鼓励学术组织；
6. 提高教授地位；
7. 革新教师评级制度，取消讲师一级，考虑工资多级并保密；
8. 提拔年轻教授；
9. 加强与世界各大学的学术交流；
10. 设法在华侨富翁中筹资。

刘校长表示希望我在学术上取得成就，作第一流学者，随时向母校和他本人提出建议，做他的顾问。我还建议他组织一个智囊团。

唐德刚先生

想写一篇文章纪念刚过世的唐德刚先生,出现在我的记忆屏幕上的第一幕竟然是山王饭店。这山王饭店在纽约曼哈顿中城,好像是55街跟百老汇大道相交处不远。那天一群华裔学者大概十几位吧,在山王饭店二楼包厢里席开两桌,大家嘻嘻哈哈,全无平时的学究气。"Hug! Hug!"众人嚷闹着,主角则是唐德刚先生跟夏志清先生。唐先生跟夏先生从两张桌子旁被大家推着站起来,面对面走近靠拢,果然伸开手臂抱了一抱。接着有人举起酒杯叫起来:"不行!不行!还要喝交杯酒!"唐、夏从善如流,接过递过来的酒,互相环了臂,真的喝了交杯酒。两人原本就是老朋友,因了一点小事,好像同《红楼梦》有关,打了大半年的笔战,但从此休战言和。

唐先生是我的父执,我平时总叫他唐伯伯,因为他曾经跟家父在哥伦比亚大学同过学。他其实比家父年轻好几岁,家父那时任驻美文化专员,业余在哥大读硕士,唐先生则在哥大念博士。1958年家父任满回台,唐先生则留在哥大任教,后来又转任纽约市立大学的教授。我到美国进了哥大之后,不久就见到了唐先生,因了这层关系,唐先生对我总是很亲切。每次跟华裔学者们吃饭,只要他在场,总会把我介绍给大家。他的介绍词开头总是:"这位是唐翼明,台湾的高干子弟。"我曾经仔细读过他的《胡适口述自传》跟《胡适杂忆》,深知他的幽默无所不在,无论什么事情到了他的笔下总是变得诙谐有趣。古人说"嬉笑怒骂皆成文章",唐先生的文章就是典型的例子,不过他是嬉笑为主,怒骂倒不多。他的文章读起来非常过瘾,但也常常为一些敦厚的君子所不喜。 胡适是他的老师，他却把胡适比喻成"玻璃缸里的一条金鱼"，我的父母谈起来就颇不以为然。 唐、夏笔战的时候，我的左耳听唐先生批夏，右耳听夏先生批唐，一个是父执，一个是老师，我只好点头唯唯，只进不出。 那天喝交杯酒，我也被请去观礼，正是因为跟两人的这种特别关系。

　　我第一次见到唐先生其实很偶然。 那天我正在哥大东亚系图书馆写一篇关于《杨家将》的论文，随手翻阅《余嘉锡论学杂著》中关于《杨家将》的一段话，读到"固当等之自郐，不欲多所论列"，一时想不起"自郐"的典故，手边又没有词典可查，正好看到不远处坐着一位头发花白、西装笔挺、身板壮实的老教授，便走过去向他请教。 心里却想，恐怕他也不一定知道，姑且试试吧。 不料他抬起头来，从眼镜片下认真看了看我，便一五一十地把"自郐"的意思和出处讲得一清二楚。 我当时立刻为他的渊博所折服，便请教他的大名，才知道他就是《胡适杂忆》的作者唐德刚先生。《胡适杂忆》我当时已经看过，非常喜欢他的文笔，今天居然见到了作者，心里着实高兴，便邀他一同去吃中饭。 席间聊起彼此的经历，他不禁叫起来："哦，你就是唐振楚的儿子！ 他是我的同学啊！"我从此便称他为唐伯伯了。 他知道我从大陆来，又谈起大陆的许多事，他说他第一次回大陆安徽家乡的时候，地方有多么破烂，人们对外界了解多么少，他笑着说："他们对我非常客气，说：'中国只有三个博士，都是我们安徽人。'"然后俏皮地看着我："你知道哪三个吗？"然后又自己回答："第一个是胡适博士，第二个是杨振宁博士，第三个，便是在下——唐德刚博士。 哈哈！ 哈哈！"

　　此后便在许多场合见过唐先生。 至今只要一想起他，那一口浓浓的安徽腔便在耳边响起。 我后来还去过他家里，并且跟唐伯母也渐渐熟稔起来。 唐伯母个子娇小，风度优雅，一看就知道是出身名门的大家闺秀。 好久以后我才知道唐伯母的父亲原来是三十年代上海的名人，曾任上海市社会局局长的吴开先。 吴开先这三个字一度跟杜月笙、黄金荣一样显赫，是跺一跺脚就可以让上海滩发生小地震的人物。

唐伯母一直在哥大附近一所大医院做事，我 1989 年肾结石发作时在那家医院住院检查，就是唐伯母介绍我进去的。

　　唐先生在纽约市立大学任教数十年，长期担任该校历史系主任。我赴台不久，就听说他要退休了，但后来又听说不退了。因为美国的制度，大学教授，特别是公立大学教授，没有硬性退休的规定，只要你身体好，自己愿意做，便可以一直教下去。如果有人逼你退休，你可以控告他"年龄歧视"。唐先生一向身体很好，所以他打算退休应该是自己想退，不退休，也应该是他自己又打消了退休的念头。几年前听说他得了一次中风，后来恢复得还不错，也许从那个时候起他就真的退休了。

　　不知唐伯母现在还康健否？ 夏老师今年也 89 岁了，我实在应该回纽约一趟了。

忆纽约晨边文学社，兼谈留学生文学

昨天接到仁秋电话，今天打开邮箱，又得到加东的短信，突然让我有了写写晨边社的冲动。

我毕生——自然是指的是今天以前——没有当过官，连跟什么主席、主任、长等词挂个勾的职务也没任过。只有唯一的一个例外，就是做了三年晨边社的社长。说三年，是因为晨边社实际上有成效的存在只有三年，然而晨边社也从来没有宣布解散，所以我这个晨边社的发起人兼首任社长也可以说现在还在连任，而且并无政变的危险，看来可以终身当下去。何况我这个社长没有任何权力，也无任何资源，又不影响任何人的利益，所以无人觊觎，也无敌可树，绝不需要担心独裁者们必然要担心的种种内忧外患。晨边社成立时我四十五岁，至今已任此职长达二十四年有余，如果本人活到九十五岁，则为晨边社社长足有半个世纪，简直可与当今世界上在位最久的英国女王伊丽莎白二世相媲美了。呜呼，猗欤盛哉，此生足矣，现在即使有人请我出去当什么大官，我也没有兴趣了。

1987年5月，我在纽约哥伦比亚大学东亚语言文化系念博士，刚刚通过资格考试（通过此考试，才具备博士候选人资格，也才可以开始写论文），课程已经修完，论文则还没有着手，颇有一点余暇，于是便邀集了几个朋友：王渝、于仁秋、查建英、谭加东、吴千之、江宇应，一共七个人，发起组织了一个文学社，起名叫"晨边社"，英文为"Morningside Literary Society"。这名字其实来源于"Morningside"这个字。Morningside是哥伦比亚大学所在地，我们七个发起人有四个人

第一辑　忆　念

（唐、查、吴、江）当时都是哥大的学生，都住在 Morningside，于是懒得多想，便以地为名。对应译成中文，便变成"晨边"，似乎也不俗。后来才知道，胡适七十年前在哥大修博士时也曾经跟几个朋友组织过一个文学社，名字也叫"晨边社"，这真是"英雄所见略同"了——不过我们当时的确不知道胡适的"晨边社"，并没有谬附骥尾的意思。

晨边社成立的宗旨，是团结一批志同道合与兴趣相近的朋友，保持经常性的接触，互相切磋、互相鼓励，集中大家的智慧和力量，在创作、研究、译介当代中国文学，尤其是留学生文学方面做点认真有益的工作，并推动大陆、台湾、香港和海外在这个领域内的联系和交流，同时努力在海外鼓动一个有生气的文学朝流。我们约定，平时每六周固定聚会一次，每次有一个主题，一人主讲，大家讨论；遇到有国内外作家来纽约访问的时候，就邀请他们来演讲或座谈。在晨边社成立的头两年里，我们定期的讨论从未中断，共有二十余次，地点多半是轮流在各个成员的家里，偶尔也在餐厅、公园，或美洲华侨日报社——因为当时我兼任该报的主笔，王渝则是副刊主编，于仁秋、谭加东都先后在这家报纸做过编辑和记者。请来演讲或座谈的作家也先后有好几十人，像刘宾雁、王蒙、高晓声、阿城、北岛、舒婷、戴厚英、张贤亮、冯骥才、韩少功、何立伟、王安忆、张抗抗、白桦、邵燕祥、张辛欣、王小鹰、於梨华、李黎等，都曾经是晨边社的座上客。

我们那时候劲头不小，抱负也很大，觉得 1920 年代的文学研究会与创造社也未尝不可以重现于 1980 年代。开始时成员几乎每周都有作品见于美洲华侨日报的《海洋副刊》。1987 年年底又通过张抗抗跟上海的《小说界》杂志发生了关系，从 1988 年 1 月起，《小说界》辟出"留学生文学专栏"，常常发表晨边社成员的作品。我们还决定每年编一本《晨边社文选》，条件成熟时再出版《晨边杂志》。到 1988 年 6 月，我们已经编好了一本《晨边社短篇小说选——留美故事》，与花城出版社商谈出版，到次年都筹备得差不多了的时候，大陆却刮起了一系列的风潮，纽约的中国留学生也跟着情绪激昂，于是不仅出版的事暂置一边，连晨边社的文学活动一时也让位给政治了。随后我们发起人中有几个相继取得博士学位，如鸟觅食般地去外地赴教职。我这个社长也于1990年秋到了台北，先后任教于中国文化大学与国立政治大学，晨边社的活动竟不得不无疾而终了。所幸因晨边社而结缘的朋友，包括《小说界》的几位主编副主编，至今还鸿雁往返，保持着亲切的友谊。

晨边社当年的宗旨与主要的活动其实都是围绕着"留学生文学"这个主题展开的。晨边社第一次正式聚会讨论的题目就是"留学生文学"，当时的主讲人是于仁秋。座谈纪要先是发表于美洲华侨日报1987年8月24日的《海洋副刊》，后来又被上海《小说界》杂志1988年第一期所转载。当年10月，《小说界》编辑部又特地就留学生文学的创作召开了一个座谈会，有十几位作家、评论家和学者参加，包括当时晨边社成员查建英（座谈纪要见《小说界》1989年第一期）。与这次座谈会相呼应，晨边社联合哥大东亚研究所及二十世纪史学会于1989年2月24日在纽约共同举办了一次"留学生文学讨论会"。我在那个会上发表了一篇题为《一个留学生文学热正在兴起》的演讲（全文发表于1989年3月15日的美洲华侨日报），其中有一段话谈到我对"留学生文学热"的看法，现在看来也还没有过时：

> 一个"留学生文学热"正在海内外兴起。在我个人看来，这个"热"正方兴未艾。留学生文学的创作和研究一定会形成更高的浪潮。这道理很简单，因为中国目前有几万留学生在国外，有更多的在等着出国，再加上关心他们、羡慕他们、与他们有种种关系的人，少说也有百万之数。这么多人的不同命运、悲欢离合、多姿多彩的人生经验与感受一定会要求文学的反映，文学也一定会反映它们。而且，尤其应当指出的是"留学生"这个群体是一个非常特别的群体。它是中国现代化运动的产物。中国的现代化运动要求革新中国的政治、经济体制，也要求革新中国的文化。而留学生这个群体无疑在这个革

第一辑　忆　念

新运动中起着先锋、媒介、启蒙者和领导者的作用,这是由他们的特殊身份注定的,也是他们出外留学的根本目的。留学生们亲身经历着中与西、新与旧的两种文化、两种价值观、两种社会体制,他们的身心成为这两种文化、两种价值观、两种社会体制相互较量、相互碰撞、相互排斥又相互吸引的场所。他们是强者,也是弱者;他们是勇敢的先锋,也是痛苦的"边缘人"(Marginal Man)。他们对两种文化都熟悉、都热爱,然而又都有某一方面的陌生和不满。他们像某种两栖动物,在陆地上的时候怀念水里,在水里的时候又怀念陆地。他们的内心深处有着比中国社会其他阶层的人更多更猛烈的冲突,更强的责任感,更清醒的批判精神。因此,反映这个群体的文学不仅必要,而且必然有异彩。在中国社会的转型期中,它将成为某种结晶性的精神记录。

我这里的中心论点是说出国留学其实是中国现代化运动的产物,留学生群体是现代化运动中一个非常特别、非常重要的群体,因而留学生文学也就必将成为一代中国社会转型期中重要的精神记录。这个论点我至今还以为不仅无需加以修改,而且还应当更加强调。对于留学生文学的重要性只有站在中国现代化运动(而中国现代化运动也就是一部中国现代史)的高度才能够真正看清、真正说透。

中国现代化运动开始于晚清,所以留学生文学也开始于晚清,但真正成气候是在1960年代台湾留学生大量涌入西方(特别是美国)之后,这不仅因为1960年代台湾留学生的数目远远超过从前中国留学生的数目,而且特别是因为1960年代台湾留学潮是发生在"国共斗争"之后。因为"国共斗争"远不只是两个政党争夺中国的统治权而已,它在本质上是代表了世界现代化运动中的两个模式——西方模式与苏联模式——之争,因而有更深广的意义。1980年代之后空前大量的大陆留学生涌向国外,也是这两个模式之争的某种形式的延续。如何超脱狭隘的意识形态,而以更宏观的历史文化视野来看这两个模式的互相影响与互相吸收，这或许正是当代留学生文学（大陆的与台湾的）必然特别致力之处和必然引人注目的地方吧。

在晨边社成立不久之后，纽约还出现了另外一个留学生文学团体——一行社，社长是诗人严力，我和严力交往不多，但在纽约也见过许多次面，前些年听说他已回上海定居，不知确否？另外一个写留学生小说的戴舫，则是只闻其名未见其人，但数年前却因为于仁秋的介绍而认识，现在也成了好朋友了。戴舫现在还在纽约市立大学做教授。晨边社的几个发起人除了我这个社长外，现在也都还留在美国。吴千之和江宇应在发起的时候就是边缘分子，参加过几次活动之后就开溜了。吴千之本是北京外国语学院的教授，后来在美国的一所贵族高中教中文，以后又听说去了某大学做教授。江宇应更是善变，在大陆也是学外语的，到美国先是学文科，后来居然转入商学院，拿到博士，现在是加州某大学商学院的教授。吴、江二人已多年没有联系，只是在想起晨边社的时候还会想到而已。王渝是台湾来的留学生，原来写诗，后来做《华侨日报》的副刊主编，便也散文、小说的都写起来了，她比我还大几岁，现在早已退休。最年轻的是查建英，我们都叫她小查，她后来写小说的时候也常常用"小楂"或"晓楂"做笔名。她在哥大跟我同系，而且同是夏志清老师所指导的学生，所以走得很近。她考完博士资格考之后，不耐烦再写论文，便一心一意去搞文学创作了。小查绝顶聪明，中英文都好到能写小说，而且都有作品出版，人又长得漂亮，嫁了一个 ABC（American Born Chinese，出生在美国的中国人，或说华裔美国人），丈夫是纽约 New School University 的副校长，她自己则是该校中印研究所驻北京的研究员，所以一半时间在美国，一半时间在中国。我们三年前在北京还见过面，最近又常常看到她出现在凤凰卫视"锵锵三人行"的节目中，跟窦文涛、梁文道、许子东们你来我往唇枪舌剑。谭加东虽然一直在华盛顿做翻译，却也从未忘情文学创作，而且也跟查建英一样，左手写英文右手写中文，去年香港三联书店才给她出了一本散文集，最近又有一本新书出来，听说她手里还有一部中文的长篇小说和一部英文的长篇小说,正在联系出版中。晨边社的几个发起人中跟我最要好的是于仁秋,我在美国十年,认真说来只交到一个知心朋友,就是仁秋。仁秋在纽约大学获得博士以后,在纽约州立大学帕切斯(Purchase)分校历史系任教,很快就升到正教授,且做了系主任,不仅学术著作得奖,居然还有余力写了一部长篇小说《请客》,2007年由人民文学出版社出版,夏志清老师作的序,我也写了一篇评论。《请客》的主题是中美文化的冲撞与融合,结构新颖,文字精彩,后人谈到留学生文学的时候,《请客》是绝不会被漏掉的。除了上述七人以外,后来加入晨边社的还不少,比较重要的有李明霞(笔名张耳,诗人,现居美国)、黄旦璇(笔名唐婕,小说家)、周亦培(现居美国),现在都没有什么联系了。

2007年年初,我去美国纽约探亲,碰巧查建英也在纽约,谭加东则从华盛顿专程赶来,王渝和于仁秋则本来就住在纽约郊区,于是晨边社的几个主要创始人便在仁秋的家里团聚了,算算刚好是晨边社成立二十周年,我口占了一首七绝,因为当时还在农历的2006年12月里,便题作《丙戌腊月晨边社诸友相聚纽约赋此寄意》,现抄在下面,就作为此文的结尾吧:

晨边花发忆当年,浥露迎曦亦自妍。
廿载枝繁增劲骨,举杯人醉月团圆。

哥大的中国校友

说起世界上最有名的大学,大家首先想到的是英国的牛津、剑桥,美国的哈佛、耶鲁,这当然毋庸置疑,去年全世界大学的排名前五名就被差不多被这四个大学包办了,中间只加了一个麻省理工学院(第三)。这个麻省理工学院如果不特别留心,就有被忽略之虞,尤其在一个中国人的眼里。你看这牛津、剑桥、哈佛、耶鲁念起来多顺口多爽朗,就像一个人的名字。在双音词特别发达的汉语当中,麻省理工学院念起来就有点怪怪的,不仅不好读也不好记。所以像普林斯顿大学、哥伦比亚大学、加州理工学院、芝加哥大学这些世界名校,在中国人的心目中,比牛津、剑桥、哈佛、耶鲁简直就好像差了几个档次。但这实在是很错误的。在去年美国自己的大学排行榜中,普林斯顿居第二,哥伦比亚居第四,与第一名的哈佛和第三名的耶鲁其实不过是伯仲之间耳。

记得我当年进哥大的时候跟国内的亲友写信,很多人都不知道我进了一个什么样的学校,一位三阳路中学的资深英语教师就说:什么哥伦比亚?从来没有听说过,大概是个野鸡大学吧。

不知道世界上有个哥伦比亚大学,在那个时代不算什么,如果在今天,又是个知识分子,居然也不知道世界上有个哥伦比亚大学,那可就太丢脸了。只要指出下面几点就知道这个笑话闹得有多大:

第一,哥伦比亚大学(以后咱们就称哥大吧,这比较合乎咱们中国人的习惯)是美国历史最悠久的八个常春藤盟校(Ivy league)之一,它成立于1754年,至今已有257年的历史,仅次于哈佛(1636)、耶鲁

（1701）、宾夕法尼亚（1740）、普林斯顿（1746）四个大学。

第二，哥大在20世纪的前半叶一直是美国大学中的三强之一（其他两个是哈佛和芝加哥），后来耶鲁、普林斯顿、斯坦福等校你争我赶，哥大地位才略有下降，但也很少掉出七名之外。

第三，哥大的学生和教授中一共出了87个诺贝尔奖得主，居全世界名校之首。哈佛的诺贝尔奖得主也才四十来个。

第四，哥大出了四位美国总统，三位是哥大的毕业生（老罗斯福、小罗斯福、奥巴马），一位是在哥大做了校长之后再去做总统的（艾森豪威尔）。

但是我此文特别想说的是，在论及欧美大学对近代中国的影响方面，哥大也是第一，超过哈佛，自然也超过牛津、剑桥、耶鲁、普林斯顿等名校。

首先，中国新文化运动的领军人物胡适（1890—1962）就是哥大的博士，胡适的画像至今还高悬在哥大哲学楼的休息厅里（整个大厅只有他一幅，没有别人）。他的指导教授杜威（1859—1952）是美国近代有名的大哲学家，他所提倡的实用主义是近代西方最有代表性的思潮之一。杜威还是一个政治活动家，曾经竞选过美国总统，以不大的差距败给了杜鲁门。除了胡适以外，杜威还教出了几个中国近代几位著名的学者，包括教育家陶行知（1891—1946，生活教育理论的提倡者）、蒋梦麟（1886—1964，北大校长）、张伯苓（1876—1951，南开大学校长）、哲学家冯友兰（1895—1990，清华、北大教授，新儒家代表人物之一）和金岳霖（1895—1984，清华、北大教授，中国逻辑学创始人）。

比胡适等人更早的还有做过民国首任国务总理的唐绍仪（1862—1938）以及有民国第一外交家之称的顾维钧（1888—1985）。顾维钧是哥大的国际法和外交系的博士，在北洋军阀时期做过外交总长、财政总长和代理国务总理，并且参加了1919年巴黎和会，是在会上为维护中国权益做出了巨大贡献的中国代表团成员。他在哥大做学生的时候就已经很出色，以一个外国学生却担任了哥大校报《瞭望者》（*Spectator*）

父亲(右二)和胡适夫妇等 1955 年摄于美国

的主编和哥大橄榄球队的队长，真可谓文武全才。

以上大概是最早的几位哥大的中国留学生，他们之后相继在哥大留学的中国名人就太多了，随便数一数也有几十个：

一、著名的教育学家马寅初（1882—1982，北京大学校长）、罗家伦（1897—1969，清华大学校长）、凌鸿勋（1894—1981，交通大学校长）、黎照寰（1898—1968，交通大学校长）、蔡翘（1897—1900，医学教育家）；

二、著名社会学家潘光旦（1899—1967，清华大学教授，清华百年史上四大哲人之一）、吴文藻（1901—1985，中国社会学研究会顾问，中国民族学学会顾问，著名社会学家费孝通的老师）；

三、著名文学家许地山（1893—1941，小说家）、徐志摩（1897—1931，诗人）、闻一多（1899—1946，诗人）、梁实秋（1903—1987，散文家、翻译家）、严歌苓（1957— ，小说家）。 著名文学史家夏志清先生（1921—　，我的导师）则从 20 世纪 50 年代起就在哥大东亚系执教；

四、著名音乐家周文中（1923—　，哥大艺术学院副院长）、谭盾（1958—　，奥斯卡音乐奖获得者）、周龙（1953—　，作曲家，普利策音乐奖获得者）、陈怡（1953—　，作曲家，多次大奖获得者，美国国家文理科学院终身院士）；

五、著名物理学家吴健雄（1912—1997，长期任教于哥大）、袁家骝（1912—2003，袁世凯之孙，吴健雄之夫，长期任教于哥大）、李政道（1926—　，华人第一位诺贝尔奖获得者，长期任教于哥大）；

六、著名的化学家侯德榜（1890—1974，"侯氏制碱法"的发明人、化学工业部副部长）、唐敖庆（1915—2008，化学工业部部长，吉林大学校长）；

七、著名的历史学家蒋廷黻（1895—1965，还做过中华民国驻美大使、驻联合国大使）、唐德刚（1920—2009，纽约市立大学教授）；

八、著名的政治人物孙科（1891—1973，中华民国行政院院长）、陈公博（1892—1946，中共一大代表，汪伪集团二号头目）、宋子文（1894—1971，中华民国行政院院长）、张奚若（1889—1973，中国人民外交学会会长）、罗隆基（1896—1965，民盟中央副主席、森林工业部部长）、李焕（1917—2010，台湾"行政院"院长）、唐振楚（1914—1999，台湾"考试院"考选部部长）；

至于社会上其他各界名流那就一时说不完了，我在台湾的时候知道台湾有两个顶级大富翁，一个是裕隆财团的董事长吴舜文（已故），一个是远东集团的董事长徐旭东（尚在），都是哥大毕业的。政治大学前校长张京育、国民党名誉主席连战的儿子连胜文也是哥大毕业的。大陆的我不熟悉，只知道新闻界现在挺活跃的主持人杨澜是哥大毕业的。

在以上提到的这些人中，我认识的有李政道、袁家骝、吴健雄、唐德刚。我在哥大读博士的时候，李政道在做教授，我常常在哥大门口的月宫中国餐厅碰到他和他的同事们或学生们吃饭。袁家骝和吴健雄那时已经退休,但我因为一个老画家的关系认识他们,老画家去世时有一个小型的追悼会,我致悼词,他们夫妇俩都参加了。唐德刚先生跟我关系最近,因为我父亲在哥大念书的时候他也在哥大,所以我都尊称他唐伯伯,我们交往颇多。音乐家谭盾、周龙、陈怡,都是周文中的学生,和我同时在哥大读书,是相当熟悉的朋友。还有李焕、吴舜文、徐旭东,李焕是我父亲(唐振楚)的同班同学(蒋经国所主持的江西干训班),我也叫他李伯伯。吴舜文和徐旭东则是在台北哥大校友会里认识的,只见过几次面。

跟我同时在哥大的中国校友除了前面提到的谭盾、周龙、陈怡之外,还有不少人现在也已经是名流了。据我所知,在台湾的有苏起(1949—),是国民党的要员,现任台湾"国安会"秘书长;周阳山(1957—),曾任"立法委员",新党召集人,现任"监察委员"。在大陆的有经济学家钱颖一(1956—),现在是清华大学管理学院的院长,他在哥大念了硕士以后又去耶鲁念了一个硕士,最后到哈佛得到博士学位;经济学家王波明,是中国证券交易系统的创始人;在香港有银行家李小加(1961—),现在是香港交易所总裁,也是该所第一位有内地背景的掌门人。留在美国的应该不少,但我只知道一个李开复(1961—),他是当今世界上有名的计算机专家,曾经创立微软中国研究院(现微软亚洲研究院),后又担任谷歌全球副总裁兼中国区总裁,现在是创新工场的董事长兼首席执行官。他在哥大念本科时我正在念博士,不过我们并不相识。

有这么多中国人在哥大读书,这除了因为哥大是世界上首屈几指的名校之外,大概也跟它的地理位置有关。近百年来,纽约不仅是美国政治经济文化的中心,也无疑是世界的首善之都,同时又是欧美城市中华人最多的地方,而哥大位居纽约的市中心,从前从中国到美国来的留学生们往往先乘船到纽约,哥大雄伟壮丽的校园和辉煌灿烂的校史一下子就把他们吸引了过去,因而他们纷纷把哥大做为自己留学的首选之地也就不奇怪了。

第二辑 序跋

《古典今论》自序

收在这本集子里的是我批评中国古典文学的十篇旧作,写于 1979 年至 1985 年间。七篇作于大陆,时在武汉大学,三篇作于美国,时在哥伦比亚大学。其中《李白的失败与成功》与《读霍小玉传,兼论莺莺传及李娃传》两篇曾发表于北京的《文学遗产》杂志,《论"通悦"》发表于上海的《文艺理论研究》,《别开异径的杜甫七绝》发表于广州的《学术月刊》,《陶诗"任真"说》载武汉大学《哲学社会科学论丛》专辑,《思想解放与唐传奇的繁荣》载武汉师范学院(后改为湖北大学)汉口分部《学报》。《重读杨家将》曾经缩写发表于纽约《华侨日报》书林版。其余三篇则是未经发表过的。

1979 年到 1985 年是我自己全面研读中国古典作品的时期,所以这十篇论文涉及的面很广,讨论的问题也很杂。1985 年以后,我研究的重点渐渐集中到魏晋,尤其是《世说新语》一书。其成果后来部分地反映在我的博士论文 *The Voices of Wei-Jin Scholars: A Study of Qingtan* 里。同时,在师友的影响下,我另一部分兴趣则转向当代文学。我和几个朋友在纽约组织了一个以创作与研究当代文学为旨趣的"晨边社",不务正业地写了好些批评当代文学的论文——不料此刻倒似乎成了我的正业。

文学批评是对文学作品的一种接受,一种解读,一种审美再创造。每个阅读者都同时是一个批评者。作品经过阅读者的批评,而其中特别是形诸文字的文学批评家的批评,而变为活泼泼的生命。一切文学作品都需要批评。现代作品如此,古代作品更是如此。而且,如果后代子孙甘心丢掉自己的传统则已，否则这种批评还必须世世代代不断地做下去。前人的批评只能供我们的参考，而不能代替我们自己的批评。对于古典，一代人有一代人的理解，也就有一代人的批评。这种批评，不是重复，而是更新。古代文学作品的当代生命完全取决于当代对它的批评。批评愈多，生命愈丰富。而彻底地未经当代批评的古代作品，对于当代人而言，就几乎是没有意义的，没有生命的。正是在世世代代不断更新的批评中，古代的文学作品，乃像一部管弦乐谱，在其演奏的过程中不断获得听众/读者的新的反响，使本文从词语的物质形态中释放出来，成为一种当代的存在。

于是，我乃敢于将这些旧作集了起来，名之曰"古典今论"，为这场伟大的演奏增加一分微弱的音色，以献给那些在这个物质丰盛、人欲横流的现代工商社会里仍觉需要精神的滋养，且未能忘情于传统的乳汁的人们。

1991 年 6 月 24 日于台北。

《胡国瑞集》序

先师当阳胡公讳国瑞字芝湘,辞世十年,而届百岁冥诞。同门友易君中天感念师恩,既醵资立胡国瑞奖学金,复取先师之著作为集付印,俾传于后。

呜呼,易君此举其有深意乎? 吾中华文化向尊道统而重师传,昌黎所谓"道之所存,师之所存也",虽愚夫愚妇亦知"一日为师,终身为父"之语,余童稚时犹及见乡间祠堂高悬"师"位,与"天"、"地"、"国"、"亲"并祀。然曾几何时而"文革"飙起,四凶横行,狂童以虐师为荣,高文博学骈死于道路,中华传统扫地以尽矣。所幸群丑不旋踵而灭,天日重昭。近二十余年来,国力渐盛,仓廪充实,衣食丰裕,广厦通衢,无日不增,寖寖乎近于强国矣。然求之社会文明与乎国民素养,则犹远未逮也。盖树木易而树人难也;有形之富易,无形之富难也。吾中华今日不图强则已,图强则必重教育,重树人,不啻充仓廪、裕衣食、建广厦、筑通衢而已也。树人则必尊师,尊师则必自感恩始。不知重师道、感师恩之民族,何能建设深厚灿烂之文化? 无深厚灿烂之文化,又何能成为名副其实之强国? 此无待深论而自明也。易君之意,其在斯乎?

易君以编集事商诸同门,同门皆曰善,师母沈命余为序。 余不敏,不可为先师集序,然又乌敢辞? 乃略书所感如此,以告世之求学谋国者。 至于先师之学,有文集在;先师之生平行事,则具见另文。

2007年中秋受业唐翼明拜撰。

夏志清《中国现代小说史》导读

夏志清先生的《中国现代小说史》在林林总总的中国现当代文学史经典著作中，无疑是一部体例最完整、见解最独到、影响最深远的天才之作。它横空出世，前无所承，是一本作者自创体例，以一人之力，凭借深厚的学术修养，独到的学术眼光，自始至终独立完成的巨著。

夏志清是苏州人，生于1921年，1946年毕业于上海沪江大学英文系，1947年赴美，1951年获得耶鲁大学英国文学博士。当1952年他开始撰写本书时，除了不久前（1951年9月）大陆刚刚出版的王瑶《中国新文学史稿》上册之外，无论中国学术界（包括台、港）和美国学术界都还没有一本像样的论述中国现代文学的专著，至于小说史更是全付阙如。夏志清从一点一滴收集阅读原始材料开始，历时七年，至1958年底初步完成此书。又经过若干增订，到1961年3月由耶鲁大学正式出版，前后十年。原著是英文，1979年由刘绍铭等人翻译的中文本在港台出版，至于大陆的简体中文版则迟至2005年7月才由复旦大学出版社出版发行。

此书最可注意的特点，是它的理论原创力和它在其所研究的领域内所建立的典范品质。

此书出版至今已超过半个世纪，在中国现代小说史的研究上几乎还没有出现可以视为新的典范的作品。在美国，它一直是研究现代中国文学的学生必备的教材和最重要的参考书。在中文版出来之后，它又被台港学生与学者奉为圭臬。时至今日，海外每一个从事中国现代小说的研究者，几乎都还是受着此书的滋养成长起来的。不论他（她）

后来接受了多少夏志清当年未见的理论与材料，都无法绕过此书。大家仍然必须从夏著出发，认真学习、仔细研究夏氏的见解，才能在夏著的基础上进行拓展与辨证。

改革开放后，此书渐次传入大陆，尽管它所持的观点与大陆学界的理论传承大相径庭，但它的理论原创力和典范品质，不仅没有因之失色，反而因为立论新异而散发出更加引人注目的光彩。大陆自1949年以后，意识形态定于一尊，学术界也是政治挂帅，少数几本文学史大致都遵循着相同的思想框架，千篇一律，缺乏新见。单独的小说史更是一本都没有，直到1980年代中期以后才出现杨义的《中国现代小说史》（此书1986、1988、1991共出了三卷），而杨书显然也受到了夏著的影响。1988年大陆学术界陈思和、王晓明、夏中义等人提出"重写文学史"，更是明显受到夏志清《中国现代小说史》的刺激和启发而出现的思潮。

夏志清出身英国文学，熟谙西方文学及其理论，在《中国现代小说史》一书的论述中，时时可以看到他以西方文学的视野对中国现代小说所做的分析和比较，作者学养之博洽多闻和观点之新颖独到每每让读者心折，这是此书最可注意的另外一个特点。当然，他对西方文学的钟情多少会在他评价中国现代文学时产生一些负面影响，其中最为人诟病的就是他认为中国现代文学由于缺乏宗教的信仰，尤其是缺乏基督教"原罪"的观念，因而对人性的刻画和道德问题的探讨都不免缺乏深度。不过，他自己后来对此有所认识和纠正，他在此书中文版的序言中说：

> 我国固有的文学，在我看来比不上发扬基督教精神的固有西方文学丰富。二十世纪的中国文学当然也比不过仍继承基督教文化情绪的现代西洋文学。但西方人的宗教信仰也愈来愈薄弱了，他们日后创造的文学将是个什么样子很难预测，但无论如何，莎翁时代、十九世纪西方小说的黄金时代将是一去不复返了。在中国情形恰恰相

反。我们的先民宗教信仰极简单,而后世的读书人宗教信仰也较薄弱,大半可说不信什么神佛——假如凭这个假定我们认为中国的文学传统应该一直是入世的,关注人生现实的,富有儒家仁爱精神的,则我们可以说这个传统进入二十世纪后才真正发扬光大,走上了一条康庄大道。……本书一九六一年出版后,中国新旧文学读得愈多,我自己也愈向"文学革命"以来的这个中国现代文学传统认同。比起宗教意识愈来愈薄弱的当代西方文学来,我国反对迷信、强调理性的新文学倒可以说是得风气之先。富于人道主义精神,肯为老百姓说话而绝不同黑暗势力妥协的新文学作家,他们的作品算不上"伟大",他们的努力实在是值得我们崇敬的。

夏志清留学美国期间,正值美国学术界新批评派(New Criticism)理论流行,夏在耶鲁的受业老师之一的布鲁克斯(Cleanth Brooks)就是新批评派的大将。夏受此派的影响,认为身为文学史家,首要工作是"优美作品之发现与评论"(the discovery and appraisal of excellence,见英文版原序和中文版序言),因此《中国现代小说史》十九章中的十章,都以重要作家的姓名为标题,如鲁迅、茅盾、老舍、沈从文、张天翼、巴金、吴组缃、张爱玲、钱钟书、师陀。而夏氏选定这些作家的标准即是前述宗旨,他特别强调自己的书"无意成为政治、经济、社会学研究的附庸"(见英文版原序),他更重视的毋宁是所选作品在文学本身上的成就——当然包括内容与形式。这样做的结果是若干在大陆被政治与意识形态所摒弃与忽略的优秀作家,却得到了夏氏的正确而中肯的评价,其中最著名的例子是张爱玲、沈从文、钱钟书。如果说这三个人是被夏氏发掘出来的,也是被夏氏一手捧红的,可以说一点不过分。这里面可能有夏氏的偏爱与偏见,例如,大概大多数人都无法赞同他"张爱玲比鲁迅还伟大"的结论,但是正如著名的旅美文学批评家刘若愚先生所说:"一个批评家如果没有偏见,就等于没有文学上的趣味。"重要的是,这些人的确都是非常优秀的作家,现在这一点已被全中国乃至全世界所公认，而大陆文学界却因为政治与意识形态的偏见长久以来把他们给抹杀了。如果没有夏氏的发掘，这些作家及其作品还可能更久地被埋没，而得不到应有的评价，那岂非中国文学的巨大损失？所以我们应当感谢夏氏的努力，向他致以崇高的敬意。

夏志清在《中国现代小说史》中所表现出来的学术公平、洞见与定力，让人印象格外深刻。他既敢于挖掘像张爱玲、沈从文、钱钟书这样的非左派作家，也对张天翼、萧红、路翎、端木蕻良等左派作家大加赞赏，尽管他们都不是已有定评的大家。他对作家及作品的评析，好便好，不好便不好，黑白分明，毫不含糊，绝不做依违两是的滑头，更拒绝见风转舵、曲学阿世。他敢于断定张爱玲的《金锁记》是"中国从古以来最伟大的中篇小说"，也不惮指出钱钟书的《围城》是"中国近代文学中最有趣和最用心经营的小说，可能亦是最伟大的一部"。你可以不完全赞同他的意见，但你没法不佩服他的学术识见和学术勇气。钱钟书说："(《中国现代小说史》)文笔之雅，识力之定，迥异点鬼簿、户口册之伦，足以开拓心胸，澡雪精神，不特名世，亦必传世。"（见钱致夏书）诚非过誉。学术的洞见与定力来源于高人一等的天分，广博精到的学识和脚踏实地、一丝不苟的研究，今天学术界许多号称学者的人，天分既不高，又不肯在研究上下苦功夫，更没有独立思考的精神，往往抄来抄去，人云亦云，新见罕觏，谬种流传，读夏氏之书，或可有所警悟乎？

2013 年 3 月 31 日

读《周汝昌传》

——梁归智《红楼风雨梦中人——红学泰斗周汝昌传》序

梁归智兄万里迢迢寄来他的近著《红学泰斗周汝昌传——红楼风雨梦中人》(漓江出版社2006年4月第一版),这本将近五百页的大作,我几乎是一气读完——有空就读,中间没有夹读别的书,觉得心惬意足,实在是近年来读到的一部最好的人物传记。

我是红学门外汉,跟周先生也只有一面之缘(周汝昌1987年4月4日访问美国哥伦比亚大学,我奉导师夏志清先生之命接他来校演讲,曾有《周汝昌访哥大纪实》一文记其事,载于1987年4月29日纽约《华侨日报》),但读起这本书来,却觉得非常亲切、非常理解、非常过瘾,毫无隔膜之感。 作者一支笔,活泼跳宕,居高致远,而又钩深探赜,体贴入微,把一个集高度的学术成就,与灿烂的文采风流于一身的红学泰斗的须眉面目、山水沟壑、传奇身世、旧雨新知全部历历如绘地呈现在读者面前。 同时通过写周汝昌,作者也写活了一部中国大陆五十多年的红学研究史——风云变化史、人事纠葛史。

周汝昌先生生于1918年,今年八十八岁,从1947年29岁发表第一篇红学论文《曹雪芹生卒年之新推定》算起,至今五十九年了,其奠基性的代表作《红楼梦新证》于1953年35岁时出版,至今也有五十三年了。 他至老不辍,老而弥健,去年(2005年)一年出版的有关红学论著便有九种之多。 周汝昌对于曹雪芹和《红楼梦》有一种超乎寻常的痴爱,他真是名副其实地毕生寝馈其中。 除了《红楼梦》,周汝昌对于古典诗词、书法、文艺理论都有极高的造诣。《红学泰斗周汝昌传》一书不仅栩栩如生地写出了作为红学泰斗的周汝昌,也栩栩如生地写出了作为诗词家、书法家、文艺理论家的周汝昌。

贯穿于周汝昌一生的治学与为人中的,也是贯穿于《红学泰斗周汝昌传》一书的通篇脉络中的,是对于中华文化的深沉热爱和灵慧感通,是中华文化本位的观点。作者在叙述周汝昌的治学过程与治学态度中,反复强调对中华传统文化和艺术的灵悟与感受能力,反复致慨于当今一些学人此种灵悟与能力之缺乏;反复表示对各种土八股、洋八股的摒弃与厌弃,对形形色色之硬套"理论框架"之不耐。论学评文,强调文、史、哲三才会通,强调义理、考据、辞章三者兼备,强调感悟力、想象力、创造力,反对枯燥、生硬的分析与解剖。所以作者虽以"红学泰斗"名其书,却屡屡强调周汝昌本质上是一位"中华文化学家"。

书末有一段云:

> 周汝昌主要是以"红学家"名世的,其实《红楼梦》只是一个代表,更本质一点说,应该说周汝昌是一个中华文化学家。他曾说甲骨学、敦煌学和红学分别代表了上古、中古和近古三个阶段中华文化的辉煌。在和北京大学学生座谈时他又提出"中华文化的两条主脉"的命题,说一条主脉是仁、义等伦理社会道德基则,以先秦诸子如孔、孟等为代表;另一条主脉是才、情等文学艺术表现能力与方式,以《诗经》、《楚辞》为首的历代诗文大家为代表,而这两条主脉在《红楼梦》中有极其高超美妙的涵泳、赞叹与评议。

书末最后一段说:

> 中华文化的"慧命",就是通过曹雪芹和《红楼梦》,通过红学家周汝昌生动具体的"这一个",通过他身上的"学术成就"与"文采风流"的辩证统一,而得到体现,这就是周汝昌作为一个中国文化人的文化意义。

此刻，正当中华民族在世界和平崛起，与西方世界的交流逐日增多，我们在不拒绝接受西方的好的思想与文化的同时，如何不失中华文化的本位，如何承传与发扬中华文化的"慧命"，不是一个愈来愈需要深长思之的问题吗？ 读梁归智的《红学泰斗周汝昌传》，于此不禁三致慨焉。

2006 年 5 月于台北

此文为《红楼风雨梦中人：红学泰斗周汝昌传》（凤凰出版传媒集团，译林出版社，2011 年 11 月）序二

北窗风雨逐云急，陋室弦歌有布衣

——鲁虹《中国当代艺术 30 年：1978—2008》序

当鲁虹把他出色的艺术专著《中国当代艺术 30 年：1978—2008》送给我，并要我为此书的出版写几句话的时候，我毫不犹豫就答应了。鲁虹当然知道我并非艺术家，也非艺术评论家；我也无意冒充内行，胡乱发些不着边际的高论，但我确有些话想说——非关艺术，而是关于艺术后面的人生。

我认识鲁虹是在"文革"后期。那是一个相当奇怪的年代，虽然政治气压仍然很低，"批林批孔"运动也正在每个单位紧锣密鼓地进行着，但"文革"前期那种强飓般的狂风暴雨毕竟已告一段落，人们开始有点行动的自由了。我那时在武汉市一个中学当老师，一家三代六口住在一间不满二十平方米的小房子里。可就是这间陋室，却常常聚集着一二十个朋友，床上凳上，或倚或坐，一杯清茶，谈笑风生。朋友中有同辈如周翼南的，有大我二三十岁如曾卓的，也有比我年轻一二十岁如鲁虹的，一种莫名所以的吸引力把大家团在一起。这里没有权力的攀附，没有利益的纠缠，没有名誉的追逐，也没有酒肉，没有麻将，没有卡拉 OK，甚至连稍为丰足一点的食物都没有——那是一个什么都要凭票购买的年代。

现在想来，这其实是在一个精神和物质双重匮乏的年代里，一群不满现状而又不甘沉沦的朋友因为精神气味相投、人生追求相近而自然形成的圈子。其时"文革"的文武大戏已唱得差不多了，副统帅居然从天下掉了下来，看戏的人们渐渐看清楚了一些门道，对大人物及其追随者们不再抱希望，也不再表尊敬，但对国家和民族，尤其对这个民族的文化，却还不曾绝望，不相信情形会一直这样坏下去，于是便"逍遥"在一起，读书、写字、画画、清谈，谁弄到一本好书，必会在圈子中传阅，直到读破为止。 那时还真看了不少好书。 还有那些谈天，上下古今，纵横中外，无拘无束，现在想起来还叫人怀念不已。 记得我曾经有一首七律给翼南，尾联说"北窗风雨逐云急，陋室弦歌有布衣"，"北窗风雨"自然是影射北京的权力斗争，而"陋室弦歌"则是我们的自豪兼自慰了。 不敢说我们当时就有明确的"挽斯文于不坠"的使命感，但不甘心，也不相信一个民族的文化传统会那样消亡下去，则是大家共有的真实心情。

人是很奇怪的东西，社会也是很矛盾的存在。 在"文革"那样专制暴戾的年代，像我和曾卓这样可以任人宰割的"分子"，偏偏会在周围聚集起一批真诚坦率的朋友、一批很有志气的青年，关系之亲密融洽，感情之自然纯洁，反而是我后来在民主自由的美国和台湾所没有遇到的。 不能单用"相呴以湿，相濡以沫"这样的话来形容当时的关系，这未免有点可怜；其实我们在高压之下仍然有欢笑、有歌舞、有爱情，仍然有意气风发的一面，甚至借用伟大领袖"指点江山，激扬文字"的豪言来形容也没有什么不可以。 那时的中国，像我们这样的地下小圈子其实各地都有，"文革"结束后便一一浮出地表，成为改革开放中各阶层的活跃分子，骨干分子，也蔚成了八九十年代中国文化思想界的繁荣盛景。

我1981年出国，先在美国留学九年，继在台湾任教十八年，二十七年间我虽身在海外，仍然心系故园。 我乐观祖国在改革开放中的长足进步，我尤其欣喜我的朋友们一一成为改革开放中的弄潮儿，或从政，或经商，或治学，或游艺，莫不斐然有成。 鲁虹正是这些朋友中表现出色的一位，当年的毛头青年今天已经成为国内有数的美术评论家了。 当我从海外归来，与善腊、丽莉、赵军、鲁虹、小宝、峰琼、建国、大江、启新、光照、为林等一批老朋友相聚的时候，他们竟然都不约而同地说当年在我那陋室中的清谈是青年时代最难忘的记忆之一，对他们后来的人生道路有相当重要的影响。我由此推想，鲁虹在本书中评述的1979年至2008年这三十年的中国先锋艺术，未尝不是酝酿于七十年代中国各地无数的不满现状而又不甘沉沦的朋友圈，以及无数陋室中的清谈。甚至夸大一点说，改革开放以来的种种思潮，与我们今天取得的种种进步，也未尝不是酝酿于同样的朋友圈，同样的清谈。我们还可不可以这样说：所有这些朋友们其实是以种种"行为艺术"在演绎着改革开放以来的中国——这人类历史上极其壮阔的画卷呢？

鲁虹此书准确而又简洁地向人们叙述了改革开放三十年来中国先锋艺术的发展历程，为了将此历程生动而鲜明地呈现出来，也让中国先锋艺术的历史进入更多人包括艺术圈外人的视野，鲁虹改变了传统艺术史的写作方法，大胆创新，代之以"文图结合"、"文图并进"的方法，针对不同时段，向读者提供了大量插图，而且又针对每一幅插图作了说明。由于文图相配，读起来更直观、更丰富、更有具体的视觉感受，因而使人耳目一新。此外，为了说明先锋艺术发展的历史背景，同时也增加学术深度，作者采用了以问题的链条来串联、组织具体材料，在每一章节里安排了简短的概述与"相关链接"的栏目，这就使读者在阅读的过程当中对中国先锋艺术有了全面而历史的理解。近五百幅插图之外，还配有"作者简历"与"中国当代艺术大事表"等栏目，便于读者检阅与索引。总之，鲁虹此书可说熔学术性、知识性、历史性、文献性、直观性与可读性于一炉，既适于艺术家、批评家与文化学者阅读，也适于具有高中以上文化水平的读者阅读，是一本很有创意、很成功的艺术史著作。我为鲁虹感到骄傲。

我以为，鲁虹此书不仅讲述了三十年来中国当代艺术的发展，实际上也从一个侧面向我们勾勒了整个中国文化在这一段时期的巨大进展。此书第一版时曾以《越界：中国先锋艺术1979—2004》命名——此次再版则延续到了2008年。我很能明白也很赞成作者的用意，这里存在着双重的"越界"：一方面是超越传统文化的边界，另一方面则是超越

1949—1979年的"革命文化"的边界。 其实不仅是文化艺术,改革开放以来的中国各个方面都在经历着这种双重超越。 我们既要超越古人,也要超越自己。 果能如此,则一个强大而崭新的中国必将崛起于世界。

——谨以此文为鲁虹《中国当代艺术 30 年:1978—2008》序,并纪念我们这一群朋友三十多年来的奋斗与友谊,且告慰老朋友曾卓在天之灵。

2009 年 12 月 19 日

刘强《有竹斋新评世说新语》序

岳麓书社的编辑饶毅寄来有竹斋新评《世说新语》排印本，说作者刘强希望我为这本书写篇序。

刘强是位青年学者，比我晚了一辈，也从未谋过面，但他对《世说新语》的热情和爱好使我深引为同道，尤其是他建立"世说学"的野心，很是搔到我的痒处。虽说《世说新语》最终能否成学，至今也还是个问号，但我却是很早就有此念头的人。三十年前我在哥大东亚语言文化系念博士的时候，就曾经计划以《世说新语》的研究为我的博士论文题目，并且还拟了一个颇详细的计划，分为四个大部分：第一、士族篇；第二、清谈篇；第三、文学篇；第四、语言篇。当时虽然没有提出"世说学"这个名字，但那构想是跟刘强君有很多暗合之处的。这是1989年的事。这个研究提纲得到中国时报基金会的青年学者奖（五千美元），记得评选委员会是余英时先生领衔，当年共有九名青年学者获奖，大陆、台湾、海外的都有。

但我正式动笔写博士论文时，却在我的导师夏志清先生的劝告下修改了这个计划。夏老师说，你这个计划很完备，但是包罗太广，要全部完成恐怕得四五年的时间。你现在已经不年轻了，拖家带口的，还是早点拿到学位，谋个职位要紧。我劝你先把清谈篇写出来，这就够博士论文了，等你找到工作，拿到长俸（tenure）以后，再慢慢去写吧。我觉得夏老师的劝告有道理，后来果然把清谈篇写成了博士论文，英文是 The Voices of Wei—jin Scholars: A Study of Qingtan。

二十多年过去了，因为种种原因，我始终未能完成那个野心勃勃的计划，后来虽然有王能宪、蒋凡、范子烨几位同道各自写出了自己的《世说新语研究》，但坦白地说，我都不大满意，因此很遗憾自己未能将当初的计划完成。 2012年刘强君出版了《世说学引论》，体大思精，令我大喜，深感后生可畏，也深喜后继有人。《世说新语》无疑是中国传统文化的一部经典，一块瑰宝，其含蕴之深，泽被之广，是够资格成为一个"学"的。 我前面之所以说它是否真能成学目前尚不能肯定，主要是因为这本书体例特别，神韵特异，研究实难，研究而成体系更难。还有一个机遇问题。 当年"红学"、"龙学"之翕然成风，都是某种时势使然，这里可能用得上刘强君自己的话："有时候，人的运气至少和他的才气同等重要，如果不是更为重要的话。"（见《世说学引论·前言》）"世说学"能否成军，也是要靠运气的。 刘强君在2007年出版了《世说新语会评》一书，向建立"世说学"正式迈出了第一步。 继2012年出版《世说学引论》之后，现在又推出这本《新评》，迈出了更加扎实的一步。《会评》是汇集前人对《世说新语》的评论，《新评》则是刘强君自己的。 如果说《引论》是画出了蓝图，吹响了集结号，《会评》是某种先置准备，那么《新评》就是真正的进军了。 我衷心地希望刘强君不断地在《世说新语》的研究上做出贡献，同时有更多的青年学者团聚在刘强君已然举起的大纛下，再来一阵学术时势的好风，或许真可把"世说学"送上青云吧。

评点是中国传统文学批评中一种很有用的方法，尤其适合于散文与小说。 西风东渐以后，此法几乎已被国人所忘记，不是被讥为冬烘，就是被鄙为落伍。 这种看法即使不说全错，至少有一棒打倒之嫌，是应该重新反思的。 刘强君胆子很大，敢于召回这个亡灵，我看用于《世说新语》的批评倒真有起死回生之效。《世说新语》1130个小故事，零零散散，断断续续，用这个方法对付，倒还真是以子之矛攻子之盾，恰到好处。 评点的优长，在于用简短文言，随处点拨，或介绍背景，或补充史料，或映照互文，或诠释文义，或点出文心，或评论优短， 无所不可，好像一个好老师带着学生读书，对青年人和初学者最有益处。这种办法当然也有毛病,最突出的是不成统一体系,难以长篇说理,所以不易为今天严重西化的中国学术界所接受。评点的话嵌在字里行间,的确也严重影响读者阅读的连贯性。《世说》本来就有刘注,现在又来一刘,实在对读者的耐心是一大考验。我建议把作者的评点抽出印在原文的旁边,并且换一号较小的字体,看起来会不会舒服些?至于《新评》的具体得失,如某处过、某处不及、某处极得我心、某处犹有一间之类,那是读者或细部批评的事,我就不在这里越俎代庖了。

2013 年 4 月 28 日

《十大行书赏析》序言

长江书法研究院计划出版一套《中国书法鉴赏丛书》，首先推出的是《十大行书赏析》。我想借此机会谈两个问题，作为大家阅读此书的准备与铺垫，同时就教于书法理论界的朋友们。

一、古今书体的变化及其原因

书体指书法的体式。书法的体式有大小之别，大的体式指字的形体，如篆、隶、行、楷；小的体式指个人风格，如颜、柳、欧、赵。我这里要讲的是大的体式。大体随时而变，古今名目不同。有的书体古代有后来没有了，有的书体古今同名，但内涵却不同。比如，东汉许慎（30—124，一说约58—约147）《说文解字序》说，当时的书体有七种：一、古文；二、奇字；三、篆书，即小篆；四、左书，即秦隶；五、缪篆；六、鸟虫书；七、草书。古文、奇字根据今天的考古知识，大概包括甲骨文、金文（又称钟鼎文）、石鼓文、简牍帛书等。缪篆和鸟虫书应该是两种装饰性的字体，"缪"有交错纠结的意思，"鸟虫"大概是指笔画像鸟虫之形，这两种书体后来都没有了。连秦隶是什么样子，现在也无法确知，可能是后来慢慢融入汉隶之中了。他说的草书则主要是后世所称的章草。

许慎以后讲到书体的著作，比较早而有代表性的有梁朝庾肩吾（487—552）的《书品》、唐朝李嗣真（？—696）的《书后品》、唐朝张怀瓘（生卒不详，活动于唐开元间713—741）的《书断》等。《书品》

只分隶书和草书两种,《书后品》则分为八种：一、小篆；二、隶书；三、章草；四、正书；五、飞白；六、草书；七、行书；八、半草行书。《书断》分为十种：一、古文；二、大篆；三、籀文；四、小篆；五、八分；六、隶书；七、章草；八、行书；九、飞白；十、草书。分得最多的是梁庾元威的《论书》，竟有一百多种，太繁琐，此处不列。

书体到底有几种？为什么各家说法不同？甚至同一个时代的人说法也不一致？

我的看法是，书体粗分不过两体，也就是正式的和不那么正式的，或说正体和非正体。正体指的是一个时代规范谨严、统一通行的字体，也叫正书。秦至西汉小篆是正体，东汉时隶书是正体，晋以后楷书是正体。非正体又叫藁草书，也可以简称草书（有别于后来指今草的"草书"），即打草稿（包括书信、便笺，"藁"即草稿）所用的字体，一种比正体随便的书体。当正体是小篆时，非正体是左书（即"秦隶"）；当正体是隶书的时候，非正体是章草；当正体是楷书的时候，非正体是行书。所以庾肩吾《书品》只分隶书（当时的正体，包括新兴的楷书）和草书（当时的藁草书，包括章草和新兴的今草）两种，即正体和非正体，看似粗略，原则却对，并没有漏掉什么。

正体产生在秦始皇"书同文"之后。秦始皇统一之前，文字已经产生，但是尚未完全定型，书写工具、书写方式与文字结构都没有统一，因此也就无所谓正体，留下来的只是许慎所说的"古文、奇字"。应该说，严格意义上的中国书法，是从书同文以后才正式成立的。书同文以前的古文、奇字，广义地讲，当然应该包括在书法之内，今天也还有些艺术家尝试用它们来创作书法作品。但因为它们既未定型又不统一，也就不足为"法"，即使忽略不计也无伤大雅。

秦始皇书同文以后，中国书法的书体开始定型，定型后又有两次较大的变化，每次都有正体和非正体两种，一共就有了六种。即，第一次：小篆，左书（秦隶）；第二次：隶书，章草；第三次：楷书，行书。

这六种书体中，左书，或说秦隶，后来融入汉隶，现已不存。此外，大约在东汉后期至魏晋之际，在章草的基础上，结合篆书、行书的笔法，产生了一种新的草书，或称今草。今草产生之后，慢慢取代了章草，写章草的人虽然一直到今天也还有，但就大势而言，章草也趋于消亡了。所以，自东汉后期至今，普遍流行的书体就只剩下了五种：篆（小篆）、隶、楷（真）、行、草（今草）。至于张怀瓘等人所说的"古文"、"大篆"、"籀文"，则大致相当于许慎所说的"古文、奇字"，"八分"只是对小篆与隶书之间或隶书与楷书之间的一种过渡性字体的称呼，今已不用。"飞白"则是一种表现手法，而非字体。

书体为什么会有这些变化？

古代书论家往往把这些变化说成是某些个人的创造，例如，唐朝的张怀瓘在其所著《书断》中就断言："仓颉即古文之祖"，"史籀即大篆之祖"，"史籀即籀文之祖"，"李斯即小篆之祖"，"王次仲即八分之祖"，"程邈即隶书之祖"，"史游即章草之祖"，"刘德升即行书之祖"，"蔡伯喈即飞白之祖"，"伯英即草书之祖"。这种说法值得怀疑。一种书体都有一个演变过程，我们顶多可以说，从现有资料来看，最早可以追溯到某人，而断定是某人所造则不太科学。

我认为书体变化最根本的原因，不是个人的创造发明，而是随着社会的发展进步，引起书写工具、材料与方式的变化所逐渐导致的。工具与材料不同，书写的方式有异，则写出来的字的形态、结构、笔画都会不同。最早的甲骨文产生于占卜，当时的古人在龟甲或兽骨上钻些小洞，拿到火上去烤，龟甲和兽骨上便出现裂痕，然后由专门的"贞人"（又叫"卜人"，即契刻者），根据裂痕刻出文字。金文和篆书则是在青铜器上雕刻或铸刻而成。隶书和章草多半是用粗糙的毛笔写在木椟、竹简和布帛上。而楷书和行草则是在细绢、纸张和精致毛笔出现之后才产生的。在甲骨上根据裂痕刻字，字形和笔画要整齐就很难，所以甲骨文一个字常常有很多种写法；在青铜器上刻字，笔画就可以整齐而圆转，于是形成篆体；而在木片和竹简上"写"字而不再是刻字，那么隶书的"蚕头燕尾"就容易出现，反之，在青铜器上雕刻就不可能，至少是很难。最后，有了精致的纸张和精致的毛笔，写起字来才会随心所欲，出现多种多样的笔画与结构，这样才产生了楷书、行书和草书。

在这里我想特别指出，纸张和毛笔的出现使中国书法产生了划时代的大变化。因为纸张和毛笔可以大量生产，这就使书写者有了反复练习的可能。也只有在这个时候，书法才有可能从实用走向审美（或说实用兼审美）的阶段，而真正成为有意为之的艺术。当然，这并不是说在纸张和毛笔出现之前的汉字就不具备审美的功能，但那时的美是自在而非自为的，即是无意识的呈现，而不是有意识的追求。

秦始皇书同文为汉字的统一及普遍流行扫清了道路，汉朝纸张的出现和毛笔的改进又为汉字的书写艺术提供了物质的基础，从此以后中国书法艺术才真正进入自觉发展的阶段。

自东汉后期至今，将近两千年，书写工具都是毛笔和纸绢，基本没有变化，所以书体也就没有变化，还是篆、隶、楷、行、草。正体是楷书，非正体是行书和草书。篆书和隶书则是这之前的两种正体的残留，由于具备一些特殊的用途（例如图章、匾额之类）而被保留下来。

二、行书发展概况及重要书家

如前所说，行书实际上是楷书的非正式书体，是在楷书的基础上略加减省以便流行，所以张怀瓘《书断》说，行书"即正书之小伪，务从简易，相间流行，故谓之行书"。自东汉后期至今两千余年，楷书用于正式公文和书籍印刷，平时手写就多半使用较为容易和便捷的行书了。苏轼说："自古以来工书者大多善行书。"采用毛笔和纸张、以手书写的中国书法艺术，以行书为最普遍、最大宗、最常见，这是容易理解的。长江书法研究院出版书法鉴赏丛书而先之以行书，其道理也在这里。

行书的出现与楷书同时，我认为应该是在东汉蔡伦（？——121）发明造纸术，纸张广泛用于写字以后。行书既然是楷书的非正式体，它就势必不可能有非常固定的样式，包括结体和笔画都必然会随着书写者的不同而呈现不同的面貌。所以清刘熙载在《书概》中说："从有此体以来，未有专论其法者。"为什么没有专论其法的？因为"法无定法"，虽有法却不像正体那样固定，又不妨兼采众法，所以楷书可以讲"永字八法"，行书就没有类似的法可讲。但也正因为它没有定法，所以生动活泼，灵变多方，在一定的范围内，具有无限变化的可能，给每一位书写者提供了发挥自我创造力的无尽空间。这就是行书这种书体的巨大魅力所在。将近两千年来，无数书家创造了无数的行书作品，却并未穷尽也永远不会穷尽它的美丽境界。

行书最早出现的代表性人物是东晋的王羲之（321—379）。王羲之以他在书法艺术上的伟大成就被后人尊为"书圣"。他在行书上的造诣尤其达到了登峰造极的地步，将近两千年来几乎无人可以企及。从蔡伦之卒到王羲之之生正好两百年，两百年间，行书完成了从始创到成熟的历程。

王羲之之后，行书的最大进展是在王羲之的儿子王献之（字子敬，344—386）手上所达成的。王献之创造了一种新体行书，当时的人无以名之，称之为"破体"。王献之这种行书保留了王羲之行书的结体，而舍弃了王羲之行书以方笔为主的特点，增添了篆书的圆笔成分（前人说王羲之以骨胜，王献之以筋胜，即此意）。同时这种行书保留了张芝草书的连笔特征，但舍弃了张芝草书的章草成分。张怀瓘《书断》说：

"（王献之）尤善草隶，幼学于父，次习于张，后改变制度，别创其法，率尔私心，冥合天矩，观其逸志，莫之与京。"又说"伯英学崔、杜之法，温故知新，因而变之以成今草，转精其妙。字之体势，一笔而成，偶有不连，而血脉不断，及其连者，气候通其隔行。惟王子敬明其深指，故行首之字，往往继前列之末，世称一笔书者，起自张伯英，即此也。"

这两段话，第一段指出王献之在王羲之、张芝之外别创一法，第二段则指出王献之继承张芝的连笔草意。张芝本来是章草大家，晚年发明连笔，变章草为今草，王献之则继承并发扬了这个创变，并以之用于行书。

王献之的创造意识很强，早在他十五、六岁的时候就已经产生了强烈的变体愿望。他曾经对父亲说："古之章草，未能宏逸。今（草）穷伪略之理，极草纵之致，不若藁、行之间。于往法固殊，大人宜改体。"（见张怀瓘《书议》）可见他不满章草，也不赞成在今草上走得太远，而想在藁（即草书）、行（即行书）之间新创一体。他果然做到了，而且颇以此自负，《世说新语·品藻》75条说：

> 谢公问王子敬："君书何如君家尊？"答曰："固当不同。"公曰："外人论殊不尔。"王曰："外人那得知！"

王献之没说自己的字写得比父亲好，但他肯定自己的字跟父亲不同，也就是改了体，有所创新。对于王献之这一新创，也许开始尚有争议（"外人论殊不尔"），但很快就被大家接受了。张怀瓘《书议》说：

> "子敬没后，羊、薄嗣之。宋齐之间，此体弥尚，谢灵运尤为秀杰。近者虞世南亦工此法。或君长告令，公务殷繁，可以应机，可以赴速；或四海尺牍，千里相闻，迹乃含情，言惟叙事，披封不觉欣然独笑，虽则不面，其若面焉。"

自晋至唐，对王献之的评价都很高，当时论书者一致把张芝、钟繇、王羲之、献之四人列为逸品或神品，即书法家的最高一级，其他书法家都不能与之相比（如唐李嗣真的《书后品》）。张怀瓘《书议》对王献之尤其赞不绝口：

"子敬才高识远，行、草之外，更开一门。夫行书，非草非真，离方遁圆，在乎季孟之间。兼真者，谓之真行；带草者，谓之行草。子敬之法，非行非草，流便于草，开张于行，草又处其中间。无藉因循，宁拘制则。挺然秀出，务于简易。情驰神纵，超逸优游。临事制宜，从意适便。有若风行雨散，润色开花。笔法体势之中，最为风流者也。逸少秉真行之要，子敬执行草之权，父之灵和，子之神俊，皆古今之独绝也。"

值得注意的是张怀瓘在这里特别指出这种新体的特点是："非行非草，流便于草，开张于行，草又处其中间。 无藉因循，宁拘制则。 挺然秀出，务于简易。 情驰神纵，超逸优游。 临事制宜，从意适便。"为便于理解，我把它译成白话如下：

这种书体既非行书，也非草书，它比草书更便利，比行书更舒展，中间也可以夹些草字。它不沿袭老旧的套路，也不拘泥僵硬的规则，它格外漂亮，又很简易，态度轻松，神采飞扬，显得超群而优雅。写的时候可以根据情形来选择行、草的比例，既惬意又方便。

这种新的书体本来应该有一个全新的名字，但这个名字却不好起，因为它是一种与行书和草书都有密切关系而介于行书和草书之间的书体，而行书本来就是介于楷书和草书之间的书体，从逻辑上讲，它应该属于行书，所以张怀瓘只好把行书又分成真行和行草两种，把那种离楷书较近基本上不连笔的行书叫真行，而把离草书较近有连笔的行书叫行草。 前者以王羲之为代表，后者以王献之为代表。 而李嗣真则把这种书体叫做"半草行书"，意为"一半是草书的行书"，或者说"带草的行书"。 王献之所创造的这种新体行书很快就流行开来，几乎成为书家的最爱。 于是汉字流行的书体实际上已经变成了六体，如果我们采用张怀瓘的说法，那就是篆书、隶书、楷书、草书、真行、行草。 我同意张怀瓘这种分法，"行草"确有必要特别提出来，另成一体（不妨以"行书"专称真行）。为什么呢？因为行草从那以后到今天，一枝独秀，一枝独大，如果不单独列为一体，就不能把这种情况如实地反映出来，而会让这种书体淹没在一般的行书之中，而又被另外一些人误认为这就是草书。

行书发展到二王已经到达高峰，尤其是字的形体方面，已经不大可能有更多的变化，只要书写的工具仍然是毛笔和纸张，变化的可能性就不大了，除非有新的书写工具和材料出现。所以行书在二王以后的发展，便不在大体，而在小体，即个人风格的变化和创新。

下面我就简略地概述一下二王以后的行书面貌及其代表人物。

南朝宋、齐、梁、陈到隋朝，行书的风格大抵都追随二王，没有什么突破。"唐人尚法"（清 梁巘《评书帖》），楷书是主流，褚、虞、欧、柳、颜诸家中，颜真卿最为杰出、最为全面。他偶然留下的一篇行书《祭侄文稿》，也为行书开了一个新面。《祭侄文稿》兼承二王，结体方正，很少连笔，似王羲之；用笔圆转，有篆书笔意，似王献之。而丰腴浑厚，则与他自己的楷书风格相似。在王羲之《兰亭序》后，这是别开新面，最引人注目的一篇完整的行书作品。后人把《兰亭序》誉为"天下第一行书"，把《祭侄文稿》誉为"天下第二行书"。

五代时有杨凝式，其行书风格重回二王，尤其是王羲之，开启了有宋一代行书的蓬勃大发展，形成了二王以来第二个高峰。"宋人尚意"（清 梁巘《评书帖》），行书便成了他们表达意趣的最佳形式，北宋四大家苏、黄、米、蔡全都以行书见长，其中苏、米成就最大。

苏轼标榜自然，公开提倡"意造"（"我书意造本无法，点画信手烦推求"），加之天分极高，学养极富，的确在行书上自成一家，丰腴飘洒，继王、颜之后卓然挺立，他的《寒食帖》被后人誉为"天下第三行书"。

米芾潇洒风流，行书造诣极高，米字从王羲之、杨凝式来，但更飘逸随心，结体多变而又谨严，笔画妍媚多姿，方圆并用，而又迅疾劲健，痛快淋漓，自谓"八面出锋"，良非虚语。 米芾在行书上的成就不亚于二王，用笔更有新创，苏轼评他的字说："海岳（米芾号海岳居士）平生，篆、隶、真、行、草书，风樯阵马，沉着痛快，当与钟、王并行，非但不愧而已。"

黄庭坚的行书也自创一格，但笔画有故意夸张之嫌，苏轼笑他的长垂"如死蛇挂树"，虽近虐却也形象。 总之，他的毛病是有点做作，不够自然，所以成就在苏、米之下。 但后来学黄庭坚的却不少，因为他笔画夸张，反而容易学。

宋元之间著名的行书家有赵孟頫。 他的正楷也是第一流的，与颜真卿、柳公权、欧阳询并称为"颜、柳、欧、赵"四大家。 赵孟頫的行、楷，共同的特点是风流蕴藉、从容大方，而笔力略觉不足。

明朝行书写得好的有文徵明（1470—1559）、董其昌（1555—1636），董其昌对清朝书法的影响尤其大，康熙、乾隆都很喜欢他的字。

明末清初，则有王铎（1592—1652）、傅山（1607—1684），王铎学王献之，以行草胜，能书大幅，对近代影响颇大。 傅山标榜"宁拙毋巧，宁丑毋媚，宁支离毋轻滑，宁真率毋安排"，行书别具风格。

清朝后期，碑风大盛，行书继起乏人，直到近代也没出什么大家。

以上就是行书艺术发展的大概。 可以简单地概括如下：

行书是中国书法艺术中流行最广的一体，贡献最大的人物是二王，二王以后基本不再有形体的创造，只有艺术风格的新变，其中成就最突出的是颜真卿、苏轼、米芾；此外，黄庭坚、赵孟頫、文徵明、董其昌、王铎、傅山也各有各的特点。

关于这些书法家各自的艺术风格，本书在他们的作品后都附有专家的详细评述，这里就从略。

2013 年 3 月 1 日

《楷书经典赏析》序言

长江书法研究院继出版《十大行书名作赏析》之后,现又推出《楷书经典赏析》。我想趁此机会谈谈有关楷书艺术的几个问题,或者能对读者欣赏本书有些帮助,也以此求教于书法理论界的朋友们。

(一)"楷书"释名

楷书就是魏晋以后流行的正体字,这种字形体方正,笔画平直,可为楷模,因此叫做楷书。

楷书从隶书变来,汉末就出现了,但得名却很晚。在楷书已经发展到鼎盛时期的唐朝,人们都还不太习惯把它称之为楷书,一般只是把它叫做正书、真书,甚至叫做隶书。

下面我们列举一些历史文献来做一番简单的梳理。

西晋文学家成公绥(231—273)有一篇赋,叫《隶书体》,中间说:"虫篆既繁,草藁近伪,适之中庸,莫尚于隶。规矩有则,用之简易。"结尾说:"垂象表式,有模有楷,形功难详,粗举大体。"这里说隶书"规矩有则"、"有模有楷",而当时的楷书已经基本成形,并且出了一个大家钟繇,但成公绥却没有提到楷书,可见楷书的名字当时还没有出现。钟繇书名很大,大家是把他当隶书大家来看待的,陶弘景(456—536)《与梁武帝论书启》说"伯英既称草圣,元常实自隶绝",可为一证。

比成公绥稍晚的卫恒(?—291)作《四体书势》,四体分别是

"字"（即篆书以前的古文字）、"篆"、"隶"、"草"，也没有楷书。文中关于隶书有一段话说："秦既用篆，奏事繁多，篆字难成，即令隶人佐书，曰隶字。汉因用之，独符玺、幡信、题署用篆。隶书者，篆之捷也。上谷王次仲始作楷法。"不少人误读最后一句，把"楷法"看作是楷书之法，说王次仲就是楷书的创始者，而王次仲是汉末灵帝时人，因此认为"楷书"一词在汉末就有了。这其实是错误的，这里的"楷法"等于"楷则"，此文下面谈到草书时说张芝"下笔必为楷则"，也可以说成"下笔必为楷法"，意思是一样的。这段话说的是隶书的起源，开始是因为"奏事繁多"，写篆书太慢，所以叫"隶人"（衙门里的办事员）去写，结果写出了一种比较便捷的字体，叫做"隶字"，这样的隶字由于起于众手，所以没有什么固定的规则，到王次仲才把它们规则化，所以说"王次仲始作楷法"，这里的"楷法"是隶字的"楷则"，并非就是楷书。"楷法"当"楷则"、"楷模"讲，在当时是很普遍的用法，例如《晋书·隐逸传·辛谧》："谧少有志尚，博学善属文，工草隶书，为时楷法。"北齐颜之推《颜氏家训·慕贤》："有丁觇者，洪亭民耳，颇善属文，殊工草隶……军府轻贱，多未之重，耻令子弟以为楷法。"《明史·隐逸传·杨恒》："恒性醇笃……家无儋石，而临财甚介，乡人奉为楷法焉。"尤其是前两例，一方面说"工草隶"，一方面又说"为时楷法"或"以为楷法"，可见"楷法"指的是楷则，如果是指楷书之法，就说不通了。

南朝梁文学家庾肩吾（487—551）作《书品》，只分隶、草两种，说："寻隶体发源秦时，隶人下邳程邈所作，始皇见而奇之。以奏事繁多，篆字难制，遂作此法，故曰隶书，今时正书是也。草势起于汉时，解散隶法，用以赴急，本因草创之义，故曰草书。"当时楷书其实已经相当成熟，但庾肩吾说隶书就是"今时正书"，并不说楷书是今时正书，也不说隶书是今时楷书，文中还交替使用"正、草"、"真、草"以代替"隶、草"，却不说"楷、草"，可见"楷书"一词在当时尚未流行。

直到唐朝著名的书法家和书法评论家张怀瓘（开元时人）的《书议》评议唐之前的著名书法家十九人，分真书、行书、章草、草书四体，也不用楷书之名。他的《书断》一文评古今书家凡一百七十四人，分古文、大篆、籀文、小篆、八分、隶书、章草、行书、飞白、草书等十体，其中也没有楷书。唐朝著名的楷书大家欧阳询、褚遂良、虞世南、陆柬之、薛稷都被列入隶书家中。他的《六体书论》论的是大篆、小篆、八分、隶书、行书、草书等六体，也不列楷书，论隶书的一段说："隶书者，程邈造也。字皆真正，曰真书，大率真书如立，行书如行，草书如走，其于举趣盖有殊焉。"他说隶书就是真书，又把真、行、草并列，可见他是把隶书和楷书统称为隶书的，也可以叫真书或正书。但"楷书"一词在张怀瓘的《书断》（上）中是出现了的，是在他讲八分的时候，说："（八分）本谓之楷书，楷者法也，式也，模也。"而张怀瓘主张"八分"是一种介于小篆和隶书之间的字体，说八分本名楷书，可见他说的楷书并不是我们今天讲的楷书。

总之，楷书到唐朝虽然已经发展到鼎盛，名家辈出，可当时人还并不习惯使用楷书一词，较多的是用隶书、真书、正书来称呼当时的楷书。唐时诗文中也很少出现楷书一词，仅白居易（772—846）《游悟真寺》中有一联云："素屏有楷书，墨色如新乾。"而这个"楷书"显然是称赞素屏上挂的字写得好，可为楷模，跟我们现在说的"法书"差不多，把它理解成我们今天讲的楷书就不对了。

楷书的说法到宋时开始有了，王柏（1197—1274）《鲁斋集》论书云："楷书首以元常称，惟江左诸贤颇得之。至隋、唐，其法渐坏，欧、虞、褚、薛、颜、柳诸公，皆不能逮也。"倪思（1147—1220）《经鉏堂杂志》云："本朝字书推东坡、鲁直、元章，然东坡多卧笔，鲁直多纵笔，元章多曳笔。若行草尚可，使作小楷则不能矣。"但"楷书"一词，在宋代也还是用得不多，真正变得很流行，恐怕是晚到清朝甚至近代的事了。

（二）由隶入楷

在中国书法篆、隶、楷、行、草五种主要书体中，楷书得名最晚，长期以来它是被含在隶书当中的。这不是误会，而是历史渊源使然。

中国书法的笔法大而言之其实只有三种：一，圆笔；二，方笔；三，连笔。以这三种笔法可以构成三个大类书体：第一类，以圆笔为主，无连笔；第二类，以方笔为主，无连笔；第三类，方圆并用，有连笔。第一类是篆书，第二类是隶书，第三类是草书。如果只是语其大概，那么这三种书体就已经可以概括中国书法了。其中篆书是金石时代的产物，难写而不常用（上引卫恒《四体书势》就说："篆字难成，即令隶人佐书，曰隶字。汉因用之，独符玺、幡信、题署用篆。"），用得多的是隶、草二体，所以我们看到史书中常常说某人"善隶草"或者"工草隶"，其实就是说这个人书法造诣很高的意思，"隶草"或"草隶"就是书法的概称。草书因为是方圆并用，又有连笔，那么方笔的成分占多少，圆笔的成分占多少，连笔有多少，是字内连还是字和字之间也连，这里面发挥的空间就很大，也没有定规，于是就会分出行书、草书、大草（或称狂草）等小类来。隶书则没有这样大的发挥空间，要变化也只能在每一笔的态势上做一些改变，而这个改变是一个渐进的过程，不会在短时期内给人耳目一新的感觉，所以从隶书变来的楷书长期没有得到定位与命名，也就不奇怪了。

从隶书变为楷书，是一个量变到质变的过程，这个过程中的过渡性字体前人称之为"八分"。

关于"八分"有种种解释。比方魏初蔡琰（177？—249？）转述她父亲蔡邕的话，说八分是："去隶八分取二分，去小篆二分取八分。"南北朝时北魏的王愔说："王次仲始以古书方广少波势，建初中以隶草作楷法（注意：这个'楷法'仍是'楷则'之意，并非楷书之法），字方八分，言有模楷。"南齐萧子良（460—494）说："灵帝时，王次仲饰隶为八分。"而唐张怀瓘说："小篆古形尤存，八分已减小篆之半，隶又减八分之半。"后世还有许多不同的解释，近代康有为在《广艺舟双楫》中列举前人种种看法，然后提出了自己的见解，说：

"原诸说之极纷，而古今莫能定者，盖刘歆伪作篆、隶之名以乱之也。古者书但曰文，不止无篆、隶之名，即籀名亦不见称于西汉，盖今学家本无之，惟时时转变，形体少异，得旧日之八分，因以八分为名。盖汉人相传口说，如秦篆变《石鼓》体而得其八分，西汉人变秦篆长体为扁体，亦得秦篆之八分。东汉又变西汉而为增挑法，且极扁，又得西汉之八分。正书变东汉隶体而为方形圆笔，又得东汉之八分。八分以度言，本是活称，伸缩无施不可，犹王次仲作楷法，则汉隶也。而今正书亦称楷。程邈作隶，秦隶也，而东魏《大觉寺》亦称隶，八分可谓通称，亦犹是也。善乎刘督学熙载曰：'汉隶可当小篆之八分，是小篆亦大篆之八分，正书亦汉隶之八分。'真知古今分合转变之由，其识甚通。"

康有为站在今文学家的立场上指斥古文学家刘歆"伪作篆、隶之名"，这显然不足取，但他把八分解释为一种渐进的过渡字体，说是"活称，伸缩无施不可"，却是可以言之成理的。不过汉末之前并无八分之名，所以把八分看成是从大篆到小篆，从小篆到隶体的过渡，于古无据。从"八分"一词产生于汉末这一点来推测，我认为准确地说，"八分"应该是从隶变楷的过渡形式。

（三）永字八法

由量变到质变，是一个逐渐成熟的过程，从隶到楷，成熟的标志就是"永字八法"的产生。永字八法把由隶入楷的变化凝固下来，使之成为新字体的一种"楷则"或说"楷法"，于是这种新的字体虽然暂时还没有得到它自己的专有名字，但实际上却已经从隶书当中分离出来了。

　　永字八法出现于何时，已经很难准确地说出来，有人说永字八法的"永"就来源于《兰亭序》的第一个字（"永和九年"的"永"），这恐怕只能说是一种聪明而美丽的附会。但如果说永字八法产生在王羲之那个时代，倒是可能的。　永字八法相传有两个口诀，都出自宋朝陈思编著的《书苑菁华》：

　　　　口诀一
　　　侧蹲鸱而坠石，勒缓纵以藏机。
　　　努弯环而势曲，趯峻快以如锥。
　　　策依稀而似勒，掠仿佛以宜肥。
　　　啄腾凌而速进，磔抑趞以迟移。

　　　　口诀二
　　　　侧不愧卧，勒常患平。
　　　努过直而力败，趯宜存而势生。
　　　策仰收而暗揭，掠左出而锋轻。
　　　啄仓皇而疾掩，磔趯趞以开撑。

　　第一个口诀不知是谁作的，有人说是智永，有人说是张旭，也有人说是张怀瓘。　第二个口诀可以确定作者是柳宗元（773—819），文见《柳宗元集》（中华书局，1979）第四册第 1400 页。

　　且让我们把永字八法逐条加以分析，看看它跟隶书的区别。

　　一，侧法
　　侧法讲的是点，不叫点而叫侧，大有深意存焉。隶书当中也有点,但多作立式,或者就是一个圆点,还有一部分楷书中写成点的地方,隶书中作一短横,例如这个"永"字上面的一点,隶书当中就是写成短横的。现在楷书中的点,却变成了从左上斜向右下的一笔,所以干脆叫侧而不叫点,正是为了把它同原来的写法区别开来。

二,勒法

勒法讲的是横,不叫横而叫勒,也是为了同原来的写法即隶书的写法区别开来。隶书的横画基本上是从左向右平行,一部分横画前有蚕头后有燕尾,新的写法却是从左略向右上涩行,仿佛勒马的动作,所以叫"勒"。

三,努法

努法讲的是竖。隶书中也有竖,基本上是从上到下直行,现在的写法却是要避免太直,要有微向右弯之势,像拉弓一样,所以叫"努"(努通弩),而不叫竖。

四,趯法

趯就是挑,细分则向左叫趯,向右叫挑。隶书中无此笔法。

五,策法

策也是横,但是一种略向右上的短横,隶书中也无此笔法。

六,掠法

掠是撇,而且是长撇,从右上向左下行笔,出锋。隶书中无此笔法。隶书中类似撇的地方多是逆挫收笔而不出锋。

七,啄法

啄法也是一种撇,不过是短撇、平撇,从右上向左下快速行笔。隶书中一般也没有这种笔法。

八,磔法

磔法是讲捺。隶书中已有捺,如一横中的燕尾,就写成捺的形状,而隶书中相当于楷书中的捺的地方,基本上也还是写成燕尾的形状,只是略向上挑而已。而新的写法却是要强调"发波",一笔之中要三次改变行笔的方向,所谓"(走历)趯以开撑",真正是"一波三折"

（尤其是"之"字的末笔最为明显）。

通过以上的分析，我们可以清楚地看出，永字八法已经分明地而且是全方位地标示出了一种新的运笔方式，它继承了一部分隶书的运笔方式并加以发展，而且还创造了一些新的运笔方式，这样就开创了一种新的字体，也就是以后被命名为"楷书"的字体。

但是从隶到楷的变化，不如从篆到隶的变化大。从篆变为隶，是从圆笔为主变为方笔为主，字形也从围绕中心变成四面分散，而从隶变为楷，方笔为主的特征并无变化，字形四面分散的特征也没有变化，只是由扁方变成正方，再加上运笔方式更丰富多变而已。所以很长一段时间人们还是把楷书视同隶书，也是有道理的。但楷与隶的区别毕竟是明显的，久而久之，人们就意识到这实在是一种新的字体，有给以单独命名的必要了，"楷书"一词于是乎成立。

（四）楷书的发展

楷书既然是从隶书而来，所以早期带有隶书的痕迹是必然的。书法史上公认的第一个楷书大家是钟繇，钟繇的楷书无论是用笔和结体都很明显地跟后世流行的楷书有别。结体扁方是汉隶的特点，而钟繇的楷书结体也是扁方的，这跟后世楷书通常结体正方是不一样的。钟繇的用笔全是中锋，力不外露，没有芒角，显得质朴厚实，这也是承汉隶而来，很为后世一些有复古癖的书家、学者所称赞。

楷书的成熟或者说摆脱隶体，而显出一种"现代"的美感，是在二王（尤其是王羲之，王献之的贡献则主要在行书的发展上）手中完成的。这里说"现代"，当然是用今天的话来加以比况，古人则把它叫做脱古入今，如诗歌之从古体变为近体。王羲之的楷书，结体不再扁方而改为正方，用笔则不全用中锋，而时带偏锋，偶露芒角，点画的姿态也比钟繇丰富，有一种富丽华贵的感觉，因而也就更适合当时门阀士族的审美趣味。前人每说王羲之的字有龙凤之姿，所谓"龙跳天门，虎卧凤阙"，就是指它华美的一面。也有些略带贬义的评语，如韩愈说"羲之俗字趁姿媚"，其实也道出了王羲之书法脱古入今、更为大众所喜好的一面。王羲之的书法是"古"与"今"之间的一道分水岭，王羲之的贡献是划时代的贡献，王羲之以前的中国书法是一种面貌，王羲之以后的书法就是另外一种面貌了。王羲之之所以被称为书圣，不仅仅是因为他的字写得特别好，特别漂亮，其深层原因其实是在这里。

晋末到隋朝，士大夫喜好书法的风气没有变化，但热点在行草，小王似乎比大王更吃香。直到唐朝，楷书才步上自己的鼎盛时期。有唐三百年，真可谓名家辈出，群星灿烂。初唐有欧阳询（557—641）、虞世南（558—638）、陆柬之（585—638）、褚遂良（596—659）、薛稷（649—713），盛唐有李邕（678—747）、颜真卿（709—784），晚唐有柳公权（778—865）。尤其是欧、李、颜、柳，对后世影响巨大，欧的紧俏，李的爽迈，颜的雄壮，柳的劲挺，几乎达到了正楷所能达到的各种境界的极致。

也许正是因为唐的正楷发展得太充分了，以后宋元明清正楷都几乎很难超越唐朝所到达的高度。整个宋朝正楷几乎没有什么大家，苏、黄、米、蔡都是行书压过楷书。直到宋末元初才出了一个赵孟頫。赵孟頫（1254—1322）的书法，尤其是正楷，由唐返晋，在欧、李、颜、柳之外，另外开出雍容娴雅的新境界，成为正楷的最后一个高峰。赵是宋朝的宗室，却在元朝做官，有些迂腐的理学家因此而发诛心之论，批评赵的书法骨格不高，其实是没有多少道理的。赵孟頫的正楷书风沾丐明清两代，在文徵明（1470—1559）、董其昌（1555—1636），王文治（1730—1802）、成亲王（1752—1823）等人的身上都可以看到赵孟頫的影响。

清朝的书坛正如清朝的学术，都有一股盘点古董而集其大成的风气，所以篆书、隶书、北碑都取得很大的成就，盖过明朝、元朝、宋朝甚至唐朝。 但在楷书方面却实在没有多少大家，比较可以拿出来一说的是钱沣（1740—1795）、爱新觉罗·永瑆（即成亲王）与何绍基（1799—1873）。 成亲王主要是从赵孟頫和欧阳询来，而钱沣与何绍基的底子则显然是颜真卿。

民国以后写楷书的更少，唐驼（1871—1938）算一个，还有沈尹默（1883—1971），沈的主要成就在行书，只能算半个。 当代则有启功（1912—2005）。 这几个人多少还有一些自己的风格，但也没有超越前人，其他便是自郐以下了。

（五）学习楷书的重要性

自秦始皇书同文以后，汉字的正体（即一个时代规范谨严、统一通行的字体，也叫正书）经历了三次变化，第一次是篆书，第二次是隶书，第三次是楷书。 楷书自汉末产生、东晋成熟至今将近两千年，一直是中国书法中最正式、最规范、最通行的字体，其重要性在各体中居于首位。 篆和隶基本上已经是"夕阳书体"，是一种历史的残留，只是因为某种特殊的用途（例如印章、匾额）才被保留下来。 行书和草书则是楷书的非正式体，用于手写，基本上不用于书籍印刷。 而且写行书和草书必以楷书为基准，尤其是行书，基本上是在楷书的基础上加上一些连笔，和一些更为灵活的运笔方法而形成的。 草书稍为复杂一点，除了行楷之外，尚有若干章草与篆书的笔意。 前人说："真（即楷）如立，行如行，草如走。"要能行（即今天的走）、走（即今天的跑），必先要立稳站直，没有人可以在立不稳站不直的情形下而行得好跑得快的。 所以学书法必从楷书入手，这基本上是常识。 虽然有些有复古癖的书家提倡从篆、隶入手，那其实不足为法。

较之篆书和隶书，楷书的笔法或说运笔方式，亦即古人所说的"用笔"，可说是最丰富最成熟的。 有些对书法不太了解的朋友，看到篆书（乃至大篆、金文、甲骨文）就佩服得不得了，其实篆书的笔法最简单，也最没有变化，就像一根铁丝从头至尾粗细一致，只是弯来弯去，它对一般人的震撼不过是来源于陌生。你只要把那些现在已经完全不用的结构搞清记住，其余并没有什么了不起的奥妙。隶书则是楷书的前身，它比起篆书来，用笔已经丰富得多了，但同楷书相比，则楷书的用笔又比隶书丰富得多。上节讲永字八法，我已经做了许多分析，这里就不再重复。其实永字八法也还没有穷尽楷书的笔法，例如右挑法（如"乙"字下笔）、戈法（如"戈"字第二笔）、左横勾（如"宝"字第三笔），永字八法中都没有提到。如果我们能熟练地掌握楷书的各种笔法，写起行草来就没有多大困难了。反之，如果楷书没有练好，就去写行书、草书，就很容易在用笔上露出破绽来。今天有不少朋友楷书的基本功不够，结果他们写起行草来就只好在字的大小、粗细、正斜以及章法和布白上下工夫，一眼看去，错落横斜，也颇有气势，但如果一个字一个字挑出来看，尤其是一笔一笔拆开来看，往往就毛病甚多，很不耐看了。

所以练习书法必从楷书下手，尤其是今天我们教青年学生写字，必先教楷书，这基本上是不需要讨论的。接下来的问题是，楷书有那么多家，我们学楷书从哪一家学起呢？有的主张从颜体下手，说这样会骨格端庄；也有的主张从欧体入手，说这样结构紧严，并且接近隶体有古意；也有的主张从柳体入手，说这样笔力挺拔，又不呆板；当然也有主张从赵体入手或者从李北海入手的，每一种主张都有自己的道理。我也常常碰到青年学生问我这样的问题，我的回答与以上诸家不同，我总的主张是学古人古帖，而不取今人今帖。至于哪一家，则颜柳欧赵李褚均无不可，但要选自己性之所近者学起。也就是把各家的字帖都拿来看一看，你喜欢哪一家就从哪一家学起。因为人的个性不同，审美取向不同，一看就喜欢的必然是跟自己天性最接近的，因而也就是最容易上手的、最容易学好的。等到这一体写得基本上有把握了，再广泛临摹其他各家，汲取各家的优点，形成你自己的风格。让我录清代书评家梁巘《评书帖》中一段话概括此意并结此篇：

"学欧病颜肥，学颜病欧瘦，学米病赵俗，学董病米纵，复学欧、颜诸家病董弱，初时好以浅泥薄古人，及精深贯通，始知古人各据神妙，不可攀跻。"

且欣各自有平生
——陈书良《六朝那些人儿》序

2002年7月17日,书良兄到台湾来讲学,我们相见于台北武大校友会。我自1981年3月赴美留学,后来又执教台湾,这是二十多年来第一次与书良兄重逢,欣喜之情实非言语可以形容。次日,书良兄送我一首《临江仙》,词曰:

忆昔珞珈山下路,黄昏同学偕行。樱花纷坠暗无声,诗书灯火梦,渭北江东情。

倦老刘琨天外客,相逢执手堪惊。淡然荣辱话平生。一杯将进酒,万里班马鸣。

我即步韵和之,词曰:

踏遍东西南北路,珞珈犹记同行。樱花树下按歌声,当年豪放意,岂减祖刘情?

海外无端长作客,华颠相见堪惊。且欣各自有平生。举头天宇阔,潇洒听鹰鸣。

我今年初自台湾政治大学退休,决定回武汉定居。没想到连行李都还没有安顿好,就接到书良兄一个电话,命令为他即将出版的新书《六朝那些人儿》作序,而且急如星火,限期完稿,真是"母也天只,不谅人只"。

然而这是不能"婉拒"的,不唯不能,我也不愿。

我和书良兄是 1978 届武汉大学中文系研究生院的同学,入学后又分配在同一间寝室,而且是上下铺。 所以不但同学,而且同班;不但同班,而且同房;不但同房,而且同床。 这样的朋友你一辈子能有几个? 他要你作序,你还能不作?

我们那一届研究生,即所谓改革开放后的首届研究生——其实也是共和国开国后的第一届正式的研究生,大多经历坎坷,几乎每一个人都有一段不平凡的遭遇。 十年大风暴把这些人打落在海底,积压在淤泥,此时居然时来运转,真所谓"沉渣泛起",而且泛到海面上,突然见到蔚蓝的天空、耀眼的阳光,其欣喜感奋为何如? 所以也都人人有点自豪,有点抱负,且相当关心国家大事,虽不敢说"以天下兴亡为己任",但"挽斯文于不堕"、"发潜德之幽光"的书生意气是有的。 我说"当年豪放意,岂减祖刘情",其实并不怎样夸张。

我们那时在武汉攻读的专业是"魏晋南北朝隋唐文学"全班一共九个人:我、何念龙、毛庆、陈书良、傅生文、李中华、易中天、马承武、张金海。 除生文兄过早地过劳而卒以外,其余同学或博导、或所长、或主任,皆各有建树。 尤其是中天兄,一夕之间,暴得大名,时谚竟有"嫁人当嫁易中天"之语,已可入现代版之《语林》或《世说新语》矣,我在海外闻之,亦不禁为之莞尔。 所以我和书良词中所说的"且欣各自有平生",看来也不算夸张。

我记得当时书良和中天的指导教授是吴林伯先生,毛庆和中华的指导教授是刘禹昌先生,承武和金海的指导教授是王启兴先生,我、念龙、生文的指导教授则是胡国瑞先生。 吴林伯先生是《文心雕龙》专家,年轻时曾师从国学大师马一浮,所以书良兄和中天兄也可说是马一浮先生的再传弟子。 书良兄的从外祖父刘永济先生也是一代国学名家,尤擅诗词。 在武大中文系任教数十年,我的指导教授胡国瑞先生即永济先生弟子。 所以书良兄无论家学与师承都是根底深厚的,非泛泛之辈可以比拟。

　　书良兄大概有先外祖遗风，很爱作长短句，记得我们第一天搬进寝室，午睡时他就从上铺递一张纸片下来给我，上面抄着一首他新填的词，说是"请教"，我想他其实是想考考我，是梁山好汉的见面礼。午觉醒来我就回了一首和词给他，他会心一笑，我们从此就成了好朋友。文首所引的《临江仙》是我见到的书良的第二首词。这中间他一定写过很多，可惜当年各忙功课，后来又鸿燕分飞，我都未能拜读。我倒是期望他将来出一册《书良长短句》，或许比这本《六朝那些人儿》更加脍炙人口也说不定。

　　说到六朝人物，其实十几年前我就曾计划要写的。当时在台湾某日报兼任特约主笔，社长请我写个专栏，我已经定了专栏题目叫《魏晋风流》，准备将汉末到东晋的风流人物，从三曹、诸葛亮、七贤八达到祖逖、刘琨、王导、谢安、陶渊明等一一写来。不料后来日报换了社长，是个李登辉的小爪牙，我于是扫了兴，《魏晋风流》也就始终只是胸中之竹，心想不妨留到退休后写着玩吧。谁知道现在中天兄和书良兄一个品三国，一个说六朝，竟然把我的竹子瓜分了，真是岂有此理！幸而中华人物杰出者如满天星斗，要想写也多的是，"眼前有景道不得，崔颢题诗在上头"，黄鹤楼不写，还可以写凤凰台嘛。

　　书良兄令我为《六朝那些人儿》作序，我信笔所之，竟写成了这个样子。这可以叫做"序"么？想想也没有什么不可以。在序中忆交情，述往事，本也是古已有之的，并非我的发明。而未具体论及本书者，一方面是我未及拜读全稿，不好佛头着粪、唐突西施；另一方面也是觉得无需为读者越俎代庖，"桃李不言，下自成蹊"，好书自有人赏，何须我来饶舌？不知能得书良兄的首肯否？

2008年2月26日

何念龙《李白文化现象论》序

与念龙兄相交三十年了。还记得1978年改革开放后首招研究生，我与念龙兄有幸同登武大中文系"金榜"，10月入学，又同列先师胡国瑞先生门墙，从此结下不解之缘。硕士毕业后我赴美留学九年，又赴台侍亲、执教十八年，中间暌隔二十有七年，然音问未断，情谊如昨。多年前在台北时，念龙兄曾驰书索字，我书"何时一樽酒，重与细论文"十字应之，当时意虽拳拳，而实未敢必也。不意去年年初我自台湾政治大学退休，念双亲已逝，侍亲之责已尽，乃决意返汉定居，当年与念龙兄之约竟可得而践之矣。一年来，我与念龙兄相聚频繁，把酒论文，诗词唱和，乐也融融，真有点不知老之将至了。

日前念龙兄以新作《李白文化现象论》见示，命我作序。细读一过，觉新意叠出，甚为可喜。以三型论李白，前未之见，允称创获。虽其中论述逻辑，包括三型命名、各型特征，或可慢商细榷，但在方法论上已为研究历史人物及文化现象建立了一个可资参考的新的范式。历史原型、自我造型、传说塑型三型的层垒交错的确是许多伟大的历史人物及文化现象形成的一个共同模式，在研究中自觉加以厘清实有助于我们说清许多问题，也有助于将研究引入纵深。前之学者也并非没有碰触到这个问题，但明白清楚地提出"三型论"，则自念龙兄始。

此书出版，念龙兄作为国内研究李白一大家的地位也就可以确立了，这是可以告慰先师的一件大事。先师胡国瑞先生平生治学甚广，而以魏晋南北朝文学与李白研究为两大宗。弟子中我跟顺智可说是继承了前者，而念龙兄则是继承了后者。薪尽火传，衣钵有托，于学者乃为终极关怀之大事,作弟子的自应濯手爇香以告。

其实我的研究重点虽在魏晋,但对李白的喜爱也并不亚于念龙兄。自认中国古诗中有三句诗影响我一生最钜,恰巧都是太白的:

    天生我材必有用,千金散尽还复来!
    仰天大笑出门去,我辈岂是蓬蒿人!
    安能摧眉折腰事权贵,使我不得开心颜!

这几句诗在艰难困顿时给我奋斗的勇气,在侮辱横逆中撑起我的傲骨,在怠惰来袭时警我莫甘于平庸。它们鼓舞我无论在大陆在美国在台湾都活得自信、自尊,胸怀坦荡,脊梁笔挺。几天前我有两首小诗是步韵和念龙兄的,也提到李白,且录之以结此文,亦以见年来我与念龙兄诗酒唱和之乐:

    世人熙攘各争雄,何若悠游诗赋中。
    此即安期长寿术,神仙不羡羡吾兄。

    襟怀坦荡即豪雄,不屑拘拘世见中。
    君爱谪仙吾亦爱,相知相惜如弟兄。

    ("兄"字古在庚部,与今读相去甚远,且从今韵。)

唐翼明
二〇〇九年二月十八日于武汉阅江楼

陈顺智《诗学散论》序

顺智是我的同门师弟。这话听起来似有居大之嫌，但却是实事求是的。所谓同门者，同出于胡国瑞先生之门下也；所谓师弟者，他比我晚一届，又小了我十多岁。但换个角度看，我们又可以看作"同年"，因为我们都是改革开放恢复高考制度之后的第一批入高校的学生，不过他在大学，我在研究生班而已。我得到硕士学位后赴美留学，他则于大学卒业后考入研究生班。我的导师胡国瑞先生这时有空了，便又收了两个弟子，其中一个便是顺智。所以简直可以说顺智就是我的"接班人"。这一点顺智即使不甘愿，也只好"俯受"了。哈哈！予岂好居大哉，予不得已也！

我和顺智虽堪称"同年"，但在武大读书时却并没有见过面。直到1994年我已在台湾政治大学任教，回内地来做学术交流，在武大中文系宴请老师和老同学们时，才第一次见到他。其时他已经留系任副教授了。以后又见过两三次，大都在我返校开会的时候，也都没有来得及深谈。直到2001年8月，顺智到台湾来参加在成功大学举办的第四次魏晋南北朝学术研讨会，特地到台北我的山居来玩，不但喝茶聊天，而且住了一宿，我这才算是真正认识了这位师弟。

我们谈得很投机，因为我们相同的地方太多了，而最让我印象深刻的是，我们都是从社会的底层经过千辛万苦爬出来的。我选择"爬"这个字而不用"奋斗"之类的字眼，不过是如实描写而已。你想想，砍柴、放牛、挑砖（一块砖赚一厘钱）、捡烟屁股卖，一年到头吃不到几顿饱饭，时时生活在恐惧与饥饿中，蔑视、白眼、唾弃、漫骂如影随形,搞起运动来,例如史无前例的那一场,则抄家、剃光头、游行、坐喷气式,样样少不了你父母或你自己的一份,而你居然能活下来,时机一到,还要冒出头来,一如大石底下的小笋,弯弯曲曲、寻寻觅觅,最后总算破土而出。若只看结果,则那挺然、翘然的样子也不无几分英勇的姿态;但回顾那过程,却只有"辛酸"二字可以形容。而我平生偏偏喜欢这样的小笋,欣赏这样的小笋。那些在大树的荫庇下缘木直上、长得妖娆多姿的凌霄花,美则美矣,无奈不对我的胃口何!

改革开放后招收的第一、二届(即77、78级)大学生、研究生中还真不少这样的苗子。禁锢十年,而最终能破土钻石而出的,自然是那些生命力最强悍者。二三十年后的今天,这些小笋皆成劲竹,在各个层次上支撑着我们这个有中国特色的社会主义大厦,这是无须多作论证的。

顺智今天是武大文学院的教授,此前还担任过中文系总支副书记、文学院分党委副书记、副院长、留学生院副院长等职,岂非武大的"劲竹"么?更难能可贵的是顺智在学术上的不断精进,他已经出版了《魏晋玄学与六朝文学》、《刘长卿诗歌透视》、《东晋玄言诗流派研究》等多种专著,现在这本新书的出版又在学术之路上留下一个新的足迹。而顺智才不过五十出头,正是一个文史学者成熟的年龄,成就已如此斐然,再过二三十年,这棵竹子还不知道会长成什么样的庞然大物呢!

"青眼高歌望吾子",这是杜甫送给年轻朋友的诗,我干脆再居大一回,就借用杜甫的这句诗来表达我对顺智的美好祝愿吧!

2008 年 9 月 19 日

欧阳孝松《唐诗诗意山水百图》序

我的老家在湖南省衡阳县金溪庙,听说现在改成金溪乡了,确与不确,我没有把握,也没有兴趣去把它弄清楚。

我的老家对于我是一个遥远而酸涩的记忆。我从七岁到十二岁,一共五年,寄住在那里的伯父家里。伯父是个农民,一切中国农民所具有的优点跟缺点他身上都不缺:勤劳、节俭、自私、狭隘……还加上他自己独有的专横与粗暴。因为多了几亩地,在土地改革中被打成地主,挨过斗,自杀过,性格也就更加扭曲了。那年我九岁,正好"躬逢其盛",免不了成为他泄愤的对象,没有少挨他的打。1954年我考上初中,离家也不过一百一十里地,但从此就没有回去过。不是不能,而是不愿,也不想——没有人喜欢重温噩梦。

金溪庙老家在我童年的记忆中留下的唯一亮点是小学。早上放完牛,匆匆忙忙扒完一碗盐水泡饭,背起书包在田塍上一路小跑,十几分钟就到了学校,半天的幸福就开始了。上完四节课回到家里,又是砍柴、扯猪草、拣田螺、看伯父伯母的脸色,于是再期待第二天的上学……学校的泥巴地小操场,依山而建的几间平房教室,一本正经的班主任,美丽活泼的女老师,吵吵嚷嚷的同学们,都深深地刻在我的记忆里,素朴而简陋——但是,哪怕日后在世界一流的学府里,同那些五颜六色的洋同学一起念博士,我也没有忘记过。

然而时间毕竟是久远了,五十多年的光阴抹浅了不少刻痕,老师的名字一个都记不全了,同学的名字只记得三个:李孝友、李增君、欧阳孝松。二李不是同班,是因为住得近,同班的同学记得的就只有一个欧阳孝松。在我的记忆中，欧阳孝松是一个美少年，五官端正漂亮不说，连皮肤都很细嫩，冬天寒风吹过，脸上总是白里透红。而且身材修长，文质彬彬，人又聪明，书也读得好，完全不像普通的农村孩子。我特别记得他那一双手，丰腴而五指修长，格外细腻，指尖的螺纹十分清楚，让人觉得这双手生来就不是拿镰刀锄头的，而应该是弹钢琴或者捉画笔的。

老家我从1954年以后就没回去过，这三个同学虽然记得也一直没有机会重逢。二李还因为一些别的原因有过联络，欧阳孝松则音信全无。但我却一直记得他，记得他的俊朗风神，记得我和他的交情。在班上我和他走得最近，我甚至有点迷恋他，以至于我后来在美国读到弗洛伊德的书，说每个人在成长过程中都可能曾经有过一点同性恋的倾向，便怀疑自己那时是不是正处在这样的阶段中。今年初一，李增君打电话来拜年时突然问起：你还记得欧阳孝松吗？我说当然记得。他说他最近碰到孝松，孝松问到你。我让他把我的电话告诉了孝松，断了五十多年的线就这样重新接了起来。后来便知道孝松一些近况，最让我惊讶又不该惊讶的就是孝松竟然是一个画家，虽然是业余的，但是他那些在公务之暇所创造的画作却达到了相当高的境界。我不知道孝松现在是一副什么样子——他没寄近照来，留在我脑子里的还是那个美少年，还是那一双丰腴而五指修长的手。是的，他本来就该是一个画家，一点没错，生来就是的。

五十多年了，孝松有过一些什么遭遇呢？我还没来得及问他。我出身于"黑五类"的家庭，"文革"中吃了不少苦头，他应该没有这种麻烦吧？但是谁说得定呢？今天在电话中问起他的子女，他说有一个女儿在北京，他此刻就住在女儿家里。我说就这个女儿吗？他叹了一口气，说本来还有一个男孩，"史无前例"的时期，他自己成为"革命对象"，被揪到五七干校改造，男孩七岁时淹死在干校里。我便不敢多问下去。那是个奇怪的时代，什么奇怪的事都可能发生，何必多问呢。

孝松最近想把他的画作结集出版，题为《唐诗诗意山水百图》，竟然嘱我写序。 我不是画家，又不是艺术评论家，何能作此序呢？ 但孝松这样的老朋友，又何能拒绝不作呢？ 于是写了这篇短文，略叙我跟孝松的缘分。 这能当序吗？ 不过古人的序也有这样做的，记得韩愈就写过好几篇——虽然不是给书做的。 如果孝松高兴，就把这篇东西放在书前吧，也算是一个纪念。

2012 年 8 月 30 日

《大陆当代小说散论》自序

在台湾学界，不少朋友只知道我是研究大陆现当代文学的，而不知道我的本行其实是魏晋。我在武汉大学中文系攻读硕士时，专业是魏晋南北朝隋唐文学，导师是国学名家胡国瑞先生，硕士论文是《从建安到太康——论魏晋文学的演变》。在美国哥伦比亚大学东亚语言文化系攻读硕士、博士时，导师是夏志清先生，夏老师虽然是研究现当代小说的大师，还是鼓励我把主要精力放在魏晋上，博士论文写的是魏晋清谈（*The Voices of Wei-Jin Scholars*：*A Study of Qingtan*）。后来之所以涉入现当代文学的领域，多少有些偶然。

1990年我从哥大毕业，决定来台陪侍别离四十余年的年迈的双亲，同时受聘于中国文化大学。那时台湾社会刚刚解严不久，各界渴望了解对岸几十年来的发展状况。就文学方面而言，在解严之前，不要说1949年以来大陆的文学状况台湾学界几乎一无所知，就是30年代的文学（实际上是指1917年文学革命到1949年之间的新文学）也所知甚少。因为那时代文学思潮"左倾"，鲁迅、茅盾、郭沫若、老舍、巴金、曹禺这些人自然是不宜介绍的，剩下的便只有徐志摩、朱自清、梁实秋这几个人了。当时文大中文系主任金荣华先生认为有开设这方面课程的必要，而我的到聘似乎正好有了合适的人选。因为我生于大陆，长于大陆，受教于大陆，亲历了大陆社会一系列的运动与变迁，也必然熟悉大陆现当代的文学作品，更何况我在哥大的指导老师又是夏志清先生呢。于是征求我的意见，我那时也觉得向台湾学子介绍大陆现当代文学的状况，似乎是自己义不容辞的一个责任，便慨然答允了，于是开设了《中国现代文学史》及《大陆当代文学》两门课程（后来在淡江大学中文系兼任时也开《大陆当代文学》一课）。这样我便一脚踏入了现当代文学的研究领域。我虽非研究现当代文学出身，但在台湾的大学校园里向年轻学子全面介绍大陆现当代文学状况的，我大概是第一人。然而这完全是当时的形势使然，并非我自己学术生涯的预先规划或自然走向，所以说是偶然。

但偶然中也有一些必然的因素。我在研究所里下工夫的主要是古典文学，但我对现当代文学一直是热心关注的。我不仅在青少年时代已经阅读了大量的现当代文学作品，而且还亲自发起组织过两个文学社团，都是以研究与创作现代文学作品为目的的。一个是在武汉实验中学任教时与几个年轻教师（谢麓彬、高宏、张庆圭、廖起蜀）组织的"拓荒者诗社"（1963.3—1963.6）。这个诗社虽然只存在了几个月，却为我在"文革"中招致了两年多的牛棚之灾。诗社被打成"反革命小集团"，几乎每个成员都被批判、斗争、贴大字报、拳打脚踢、剃光头、游街、劳动改造，在我们年轻的生命中留下了永远磨灭不了的痛苦记忆，我后来之转入古典文学研究，至少一部分的原因是凛于此种可怖的炎威而思躲入较远离意识形态控制的象牙塔之故。另一个是在纽约哥伦比亚大学读书时，与几个爱好文学的同学和朋友（于仁秋、王渝、查建英、谭加东、吴千之、江宇应）发起组织的"晨边文学社"（Morningside Literary Society, 1987—1990）。这个文学社存在了三年多，发表了不少作品，不少大陆当代名作家访美时都曾经是我们的座上客。此外，我在哥大受教于夏志清先生，他对现当代小说的研究自然也对我有不小的影响，我曾经一度想转向研究现当代文学，还是他劝我说："你毕业后若想在美国教书，博士论文还是以作古典为好，如果对现当代有兴趣，可以到教书以后再去做。"总之，我在研究中国古典文学时，一直都还保有对现当代文学的关注与兴趣，事实上，我一部分关于现当代文学的论文就是在哥大念书时写的。如果我一直埋首于古典，从来就对现当代不屑一顾的话，恐怕在1990年时就不会也不敢接受金荣华先生的提议吧。

我在文化大学教了四年（1990—1994），后来转入政治大学（1994年至今），除了开设魏晋方面的课程（如《魏晋玄学》、《世说新语》）外，也还继续开设现当代文学的课程（如《中国现代小说选读》、《中国现当代小说研究》、《大陆当代小说》等）。十多年来，一直是"两条腿走路"，一路彳亍到今天。

收到这个集子里的是我历年来写的有关大陆当代小说的论文（包括对作家作品的评论），大部分曾发表于各类杂志报纸，没有什么系统，故名之曰"散论"。我对大陆当代文学较为系统的见解则可参看《大陆新时期文学（1977—1989）：理论与批评》（台北，东大图书公司，1995）与《大陆"新写实小说"》（台北，东大图书公司，1996）二书。把这些不成系统的散论集成一书的目的，在我自己不过是如苏东坡所说的"雪泥鸿爪"，聊存印迹，证明有一段生命曾经耗费在这些地方，至于能不能给读者一些启发，一些愉悦，那就留给读者自己去评论吧。

2011 年 8 月 25 日

《唐翼明自书诗一百首》自序

蚌病而生珠，人或见而美之。蚌自吐其抑塞郁结之气，人则赏其晶莹圆润之质。夫蚌本不为人而产珠，人亦何尝因珠而惜蚌，人蚌不相为，抑各行其宜各遂所欲而已矣。癸巳岁首，翼明自书其旧所撰诗百首付梓，因识。

用点状结构代替线性结构
——关于《阅江楼清谈》答玉立（代跋）

我正在写些东西，不敢称之为文学创作，因为创作意味甚少，它绝大多数都取材于我自己的生命经历。至于是不是文学，则需要读者去评论。大约每天写一到两篇，少则千把字，多也不超过四千，平均大约在两千字上下。因为家住长江边，每天俯瞰江水川流不息，常常想到孔子，便把这些文章统统称为"阅江楼清谈"。我在哥伦比亚大学作的博士论文就是《魏晋清谈》，对在中国学术文化思想史上延续了四百余年、起过巨大影响的魏晋清谈窃好慕之。清谈被后世误认为是空谈、虚谈，坐而论道，议而不行，虽属误解，我亦不嫌，我也没有指望自己的文章成为经国之大业、不朽之盛事，空谈便空谈，有何不可？自己高兴，朋友读了高兴，斯亦足矣。

我一生颠沛流离，几起几落，又转徙多地，出生于湖南，成长于武汉，留学美国十年，又在台湾教大学十八年，可谓东西南北之人。儿时做过几年贵公子，后来放过牛，砍过柴，插过秧，种过田，当过"反革命"，关过牛棚，教过中学和大学，也做过报纸主笔。许多朋友说我阅历丰富，不妨写写。其实我自己一直也有个文学梦，十几岁就以文学青年自命，先后发起和组织了两个文学社团，后来虽然走的是学术研究之路，实未能忘情于文学。假我数年，七十以圆梦，可以无大憾矣。

写什么？如何写？是我近年来常常考虑的问题。我在大学里开过小说选读与小说理论的课程，对于现代虚构小说、传记性小说，尤其是长篇，很有一些"异见"。我赞成韩少功在《马桥词典》的"枫鬼"

条中对传统小说的"主线霸权"的批判，他说：

> 我写了十多年的小说,但越来越不爱读小说,不爱编写小说——当然是指那种情节性很强的传统性小说。那种小说里,主导性人物,主导性情节,主导性情绪,一手遮天的独霸了作品和读者的视野,让人们无法旁顾。即便有一些偶作的闲笔,也只不过是对主线的零星点缀,是主线专制下的一点点君恩。必须承认,这种小说充当了接近真实的一个视角,没有什么不可以。但只要稍微想一想,在更多的时候,实际生活不是这样,不符合这种主线因果导控的模式。一个人常常处在两个、三个、四个乃至更多更多的因果线索交叉之中,每一线因果之外,还有大量其他的物事和物相呈现,成为了我们生活中不可缺少的一部分。在这样万端纷纭的因果网络里,小说的主线霸权(人物的、情节的、情绪的)有什么合法性呢?

我也有类似的看法,我一边教学生读小说,一边却越来越厌烦如今数以万计地出现的长篇小说。虚构变成人为的造作,尤其当它们在某种意识形态规范之下的时候,不仅变成了霸权,简直就是滥调,写法也大都千篇一律,堪称创新者实在很少。我一向觉得人的记忆并不是线形的,而是点状的,甚至意识流也不是"抽刀断水水更流"的"流",乃是无数个点组成的"泥石流"。甚至连时间本身也是点状的,而不是我们习惯上想象的线性的。扩而充之,宇宙的万事万物,莫不以点状存在,所谓整体只是点状的集合而已。所以用符号来表现世界(包括时间、空间、万事万物)时,也以点状为宜。比如电影,如果拆开来,它则是无数张照片,快速地、连续地放,就成了电影。又比如凡·高一派的印象画,也是以点状来描绘物体,东一个点,西一个点,初不成形,无数个点合而观之,便栩栩如生了。我由此产生一个构想,就是,与其跟着前人的足迹,以大家习见的模式,来写一部长篇的自传性的小说,何妨以无数的短篇代之。兴之所至,思之所至,不拘格式,不计题材，凡我生命之所关涉，或述、或忆、或记、或议，怎么合适就怎么写，怎么高兴就怎么写，不做作，不扭捏，不宣传，不粉饰，不玩弄技巧，不遵循什么特定的法则，不服膺什么特定的理论，只牢记三条古训：一曰"修辞立其诚"，二曰"辞达而已矣"，三曰"言而不文，行之不远"。

我这样想，也就这样写，还打算再这样写下去，东一篇西一篇，乃至一百篇、两百篇、五百篇、一千篇。初看不会有什么头绪，但积到一定的数量，你就可以看出一个生活在20到21世纪的中国知识分子对宇宙、对社会、对人生的体验与思考。

我活过，我想过，我写过。如此而已。知我罪我，其唯《阅江楼清谈》乎？

2009年8月21日

不拘一格写散文
——《时代与命运》(代跋)

散文本来是一种最宽泛的文体，凡一切不是诗的、即不押韵的文章都是散文。《五经》中除《诗经》外大抵都是散文，或说理或记事，那是中国最早的散文。汉魏以后，一部分散文受诗的影响，形成一种句式整齐、讲究排比对偶的新文体，是为骈文。于是散文就变成骈文的对称，散文的领域缩小了。其实魏晋时骈散的区分并不怎么严格，骈文散文的名称也还没有出现，只是有所谓文笔之分，统称之还是文章。这文章广义等于文学，连诗也包括在内。狭义则通常指诗以外的文体，连骈散都在内。后来骈文弄得太嚣张，到唐朝引起韩愈等人的不满，才提倡恢复到古代散文的原貌。但骈文已经成气候，也不甘心退出文坛，这才有明确的骈散对立。骈散都是文，虽然清朝的阮元等人发起一场文笔之争，硬说文才算文，笔不算文，但这个偏执的观点也并没有得到普遍的响应。例如《古文观止》的编者也还是骈散兼收，并不只收骈文。

至于散文的功能，最初是以说理记事为主，抒情则让给诗来承担。汉魏以后，开始出现一些抒情的散文，扩大了散文的功能，这本是一件好事。不料后来有点喧宾夺主，新枝居然有取代老干之势。梁时萧统编《文选》，一方面因为篇幅与体例，一方面因为个人偏好，把说理记事的经史之类的文章都排除在外，认为那些文章是"以立意为宗，不以能文为本"，而他看中的是"事出于沉思，义归乎翰藻"的作品，以这个标准来选文，于是选进来的散文便多以抒情写景为主了（但也还是有不少说理的"论")。这其实只是萧统的一家之言，也受限于《文选》的篇幅，不得不如此。但不料后来却影响了许多人，以为抒情写景才是散文的主要功能，而记事说理，尤其是说理，渐渐变得不重要了。

　　章太炎论文，认为"文章持理为难"，所以魏晋文优于唐宋文。他的原话说："出入风议，臧否人群，文士所优为也；持理议礼，非擅其学莫能至，自唐以降，缀文者在彼不在此，观其流势，洋洋洒洒，即实不过数语。"我非常同意。我年轻时，也觉得唐宋文是中国传统散文的顶峰，非常崇拜韩柳欧苏。现在虽然也还喜欢其中的一些名篇，但整体上真觉得唐宋文的底气不如魏晋文，尤其在说理和创见方面。韩愈虽然主张文以载道，但总体看来，唐宋文最讲究的其实不是内容，尤其不是创见——有点内容，也只是代圣贤立言，与创见无关——而是作文的技巧，发展到末流，就变成了明清的八股文。如果说唐宋文就是八股文的祖宗，也并不为过。

　　现代的白话散文受这派思想影响很深，记事变成了历史的事或小说的事，说理变成了论文的事，只有写景抒情才算纯文学、纯散文。还有人提出一种"美文"的主张，把技巧和辞藻看得比内容还重，你只要在文章中说点道理，他就是说你是概念化，没有文采。而那些内容浅薄、言之无物，却拼命玩弄技巧、堆砌辞藻的文章，反而被看成是散文的正宗了。刘勰说："繁采寡情，味之必厌。"同样的，只在文字上下点小功夫，对人生、人性都说不出独到见解的文章，其实是不耐咀嚼的。现在这种软性的、甜腻的、不要动脑筋，又洋洋洒洒动辄数千言的所谓"美文"，充斥海内外文坛，我以为对散文的发展很不利，对青年影响尤其坏。

　　"五四"以后的中国现代文学，散文发展得并不理想。看来看去，真正可以称为散文大家的其实只有鲁迅一人。鲁迅的散文，文辞精辟，韵味悠长，各体兼备。以抒情为主的如《野草》，以记事为主的如《朝花夕拾》，以说理论辩为主的则有许多杂文，都值得我们取法。可惜现在许多青年对鲁迅的文章居然读都读不懂了。港台一带则有许多人把鲁迅的政论杂文摒除在散文之外,除了政治的原因之外,也是前述那种把说理文视为非散文的偏见在作怪。 30年代作家中也还有几个以散文名家的,如周作人、废名、林语堂、朱自清、梁实秋、何其芳等,虽各有优长,但也都有其局限,难以大家称之。 1949年以后的大陆散文,宣传味太浓,歌德派当道,既无个性,当然也就没有思想。 台湾的散文,则脂粉味太浓,技巧派风行,风云气甚少。 所以到了今天,我们还是没有赶上鲁迅。

我主张我们今天的散文写作,要复归先秦魏晋散文那种波澜壮阔的宽泛传统。 散文不仅要讲技巧,讲文采,更要讲内容,讲思想,讲学问,讲个性。 散文不仅可以抒情,可以写景,更可以记事,也完全可以说理。 散文的路子应当越走越广,不拘一格,而不是越来越窄,自我设限。 一切把散文局限为所谓"纯文学散文"、"美文"之类的主张,都是我所不赞成的。

第三辑 谈讲

时代洪流中的一滴水[①]

——访台湾政治大学教授唐翼明

他的父亲是蒋介石的机要秘书,国民党部级高官,他的童年却在放牛砍柴!他的弟弟被送给了大字不识的理发匠,如今却是著作等身的湖南省作家协会主席!他曾是全省第二的高考榜眼,却没有被任何一所大学录取!他几度被批斗、住牛棚、下放,却成为中国首张研究生文凭获得者、美国哥伦比亚大学的高材生!他像一只蜘蛛,在不停地织着自己的网,也常常在别人织的网上游弋。他也像一滴水,在时代的洪流中,用自己的方式滋润着干涸的文化土壤。

与唐老交流,仿佛在轻叩人生的大门,他的经历激励着后人,他的思想开启新的希望,他的沉静、淡定,无声地感染着我。

失意与诗意的变幻人生——"当希望被现实几乎揉碎的时候,一个偶然的机会又让我重新燃起了希望。"

记者:您早年的生活经历几度浮沉,历尽坎坷,能不能和我们共同分享一下这些往事?

唐翼明:我出生的时候父亲唐振楚是蒋介石的机要秘书,母亲也是中国较早一批接受教育的女性之一,当时是小学校长,国民党湖南省党部委员。这样的家庭,在当时来说是一个非常不错的家庭,我是一个名副其实的公子哥。然而在大的时代变动中,这一切却发生了颠覆性

[①] 本文为2010年7月9日《醒狮国学》杂志记者赵国瑞对唐翼明教授所做的采访记

的变化。1949年,国民党败退台湾,父母跟着蒋介石去了台湾。我当时只有七岁,我们兄弟三个因为太小,所以根本没法带走,父母只好把我们寄放在农村的伯父家里。我们兄弟三人跟着伯父生活,但还不到两年,农村搞土地改革,因为伯父是地主,土地、房子、财产都被分掉了。伯父自己一家都还很难填饱肚子,我们兄弟三个自然更没人管了。结果,妹妹病死,弟弟被送给了大字不识的理发匠,改名为邓云生,就是今天湖南作家协会主席、作家唐浩明。

这样,兄弟三个只剩我一个留在伯父家,这个时候我不得不帮人放牛、砍柴来填饱肚子,尝尽了人世的辛酸,只差一点没有要饭了。幸运的是当时读小学是不收费的,所以我每天上午都会去读书,下午放牛、砍柴。一直坚持下来,直到小学毕业的中考,村里只有我一个人考上了初中。但我知道,我根本没有可能去上的。在大陆,我既是一个孤儿,没有钱交学费,更何况我又是当时所谓的"外逃反革命分子的子女"。当时之所以去参加考试,不过是不服输,想证明自己而已。

当希望被现实几乎揉碎的时候,一个偶然的机会又让我重新燃起了希望。当时我们的乡长是一个读了几年书的小知识分子,土地改革分土地的时候,我老是跟在他的后面帮忙,牵皮尺,量长短,还帮他计算面积,他很是喜欢我。一天他把我叫去说:"唐翼明啊,你是我们村唯一考上中学的,你可以跟你母亲联系啊,你母亲曾给你伯父寄过好几封信和一些钱,你可以给你母亲写信,让她给你寄钱供你上学啊!"

他帮我找到了土改时没收的信件,按照信上的地址,我写信通过母亲在香港的一个朋友辗转联系上远在台湾的母亲,有了母亲寄来的学费,才让我这个本已被击碎的求学梦想得以实现。

有了母亲的学费,中学读的还算顺利,直到1960年高中毕业,我考了全湖北省第二名,可是却没有被任何一所学校录取。原因是我的出身太坏,是"外逃反革命分子的子女",是"黑五类"。求学的路再一次被阻隔,我感到了人生是如此的灰暗。

虽不能去读大学，但幸运的是，我高中的校长因为爱才，把我留在了中学当老师。所以我十八岁就开始当老师，但没过几年，"文革"开始，我一下子被打成"反革命"，被批斗、游街、剃光头、关牛棚、下放劳动，经历了许多磨难。直到1978年"文革"结束，邓小平上台，恢复高考，大学开始招考研究生。这个消息太让人兴奋了，我马上报了名。十年"文革"，积压了大批人才，当时的考试真正是千里挑一。我考的是武汉大学中文系古典文学的研究生，当时只招六名，后来又增加了两个名额，一共八人，其中之一，就是知名学者易中天。我们这一批研究生，后来几乎都成了学术领域的中坚分子。

年轻时的梦想——"这两个梦想是我一直以来学习的动力。"

我年轻的时候就有两个梦想，一是这个世界上最好的教育是什么样的，我一定要接受全世界最好的教育；二是这个世界这么大，我一定要遍游这个世界最美丽的地方。这两个梦想是我一直以来学习的动力。

到1981年我研究生快毕业的时候，当时中美已经建交。我几经波折争取到去美国探望母亲的机会，同时进了美国哥伦比亚大学读博士。拿到博士学位以后，因为考虑到父母都年事已高，而且三十多年一直都没有在父母身边尽孝，所以我觉得我有义务到父母身边去侍奉他们，这样我就到了台湾教书，成为唯一一个在台湾执教的大陆学者。

回过头来看我这一生其实是失意与得意相交错的，先是由"公子哥"变成"放牛娃"，然后通过读书当了教师，结果又被打成"反革命"，接着遇到邓小平上台、国共关系改善我得以读研究生、出国、到台湾教书，几起几落，浮浮沉沉。如果少年时我不是一边放牛砍柴一边读书，考进初中，即使有母亲寄来的学费我也没有机会去上学；如果不是我的勤学，我的高中校长也不会顶着压力留下我当中学老师；如果不是我的极力争取，我也不会有机会留学美国。

起起伏伏的人生经历其实也可以说是一部鲜活微缩的中国现代史，在这个过程中，命运让我经历了很多、失去了很多、但也为我留了一道狭窄的缝隙，让我得以在艰辛中成长、成功。

人像一只蜘蛛，需要一张栖身的网。

记者：人在遭遇困境的时候，往往会寻找一个精神寄托，找一种人生哲学来支撑自己，您是如何看待人生信仰问题的呢？

唐翼明：我的新书《宁作我》里边有一篇文章《人是一只蜘蛛》，谈到人生本来并没有什么意义，不经意间来到这个世界上，终有一天又将离开这个世界，人生不过是一个过程而已。但人是需要为自己去寻找生命的意义，存在的价值，创造一个自己的意义体系的。人像一只蜘蛛，空中本来没有网，但它需要挂在空中，就不得不自己吐丝去编织一个网。如果蜘蛛没有自己的一张网，它会无所适从，飘来飘去找不到自己的归宿。

我们常说人必须有个信仰，其实就是说我们如果不能自己吐丝结网，或者靠自己吐丝结不成一个较为完整的网，那我们就必须找一个现成的网来把自己挂在上面。古今中外曾经诞生了很多伟大的"蜘蛛"，像孔子、老子、释迦牟尼、苏格拉底、耶稣基督、穆罕默德……他们都是为人类织网的人。前人说："天不生仲尼，万古如长夜。"孔子为中国人编织了一张较为完整的意义与价值之网，当然后来又有许多杰出的人物把这个网加大、加宽、加密。如果没有这样一个网，中国人就免不了在黑暗中摸索，在虚空中飘荡；有了这样一个网，我们就免去了许多摸索与飘荡之苦。

当然我们也可以不挂儒家这张网，而挂释迦牟尼的网，挂苏格拉底的网，挂耶稣基督的网，挂穆罕默德的网，甚或自己编织的网（如果你吐丝的能力足够的话），都无不可。但总得有一个网，有网比没网好，完整的网比破烂的网好。

我对世界上所有的宗教，所有成系统的学术，都是抱着顶礼膜拜的心情，因为那都是一些伟大的蜘蛛织出的漂亮的网，但是我也不相信哪一个宗教、哪一种人生哲学是绝对完美的。因为即便是伟大的蜘蛛织出来的网也还是会有缺陷。儒家有儒家的缺陷，佛家有佛家的缺陷，基督有基督的缺陷，这个世界上并没有一张现成的、十全十美的网，虽然许多蜘蛛都宣称,它所挂的网是十全十美的。

我则宁愿在各个漂亮的网上取一部分我最喜欢的,然后自己也吐点丝,缀成一张我自己高兴的网,然后在那上面随兴游走。

对于西方文化,我们只能"嫁接",绝不能"移栽"。——"中国文化的'体'不能丢。"

记者:其实每一张网,都是一个相对完整的文化体系,但似乎近一百年来我们一直都在试图打破祖先留给我们留下的网,总觉得别人的网是最好的。关于我们在对待传统文化和西方文化的态度上存在的一些偏差,你是如何看的?

唐翼明:刚才提到我自己也要织一张网,显然,在这张网上,儒家是会占很大的比例,因为我毕竟是一个在儒家为主的中国文化这张大网上爬行了很多年的中国人,但是我会借鉴西方的许多东西。

近一百年来在保留自己的传统文化和吸收外来文化这个问题上我们一直没有找出一条非常正确的路。近代以来我们在政治上、经济上、军事上、外交上屡屡失利,导致我们开始怀疑自己的文化、全盘否定自己的文化,认为只有西方的才是最好的。经历了"新文化运动"、"五四"、"文革",我们几乎彻底丢掉了自己的根。但事实已经证明,我们每个人都无法脱离传统文化这个根,只是过去一百年我们没有正视这个问题。我们要承认我们脱离不了以儒家为主的中国传统文化的根,我们要做的事情是要"嫁接"而不是"移栽",不是要把我们自己文化连根挖掉,再把美国或者欧洲的文化栽到我们的土地上来,这样就会水土不服,会出现问题。我们要做的工作是在我们自己文化的根上修剪掉一些残枝败叶然后把别人好的、优秀的品种"嫁接"到这个根上来。

过去一百年我们总是在想把自己的文化连根拔掉,这是很荒谬的。所以在一定程度上张之洞提出的"中学为体,西学为用"是有一定道理的,中国文化的"体"不能丢。

记者:您怎么看现在的"国学"和"国学热",您觉得传播、承续传统文化最好的方式和途径是什么?

唐翼明：几千年来，以中华文化为主的东方文明几乎一直是令世界瞩目的，只是近三四百年来，慢慢开始落后。而相反，经过文艺复兴后的西方文化逐渐成为一种强势文化。因此，20世纪初我们更多的是在学习西方否定自身。但随着我国经济实力的发展以及在学习西方过程中遇到的一系列问题，使更多的有识之士开始把关注点转转向中国传统文化，出现了"国学热"，这是很正常的现象。

关于国学的传承，我的看法与一般略有不同，我赞成把国学的传承分为两个层次。

一个是比较高层次的、"大传统"（the great tradition）中的国学。这一部分包括传统的经学、诸子学、史学、文学和小学。其中经学是头，是国学的纲领；小学（包括文字学、声韵学、训诂学）是脚，是国学的基础；诸子学、史学和文学是身子，相当于我们今天讲的哲、史、文。对这个意义上的国学需要有一批严肃的、对中国文化抱有敬畏之心的学者，认真学习继承，并加以细心的梳理，取其精华，去其糟粕。

另一个层次是普及性的、小传统（the little tradition）中的中国固有的文化与思想。这一部分是从大传统中的严肃的学术性强的国学引申演化出来的，通俗的、易于理解、容易接受的传统文化知识，甚至包括一些一般严肃学者不大涉及的领域，例如风水、命相、医药、占卜等等，这一部分最好不称为"国学"，只称为"传统文化"即可。

我觉得传统文化的回归可以也必然会从这两个层次展开，但不宜把这两个层次混为一谈。谈到国学，还是应该以第一层次为主。现在国学这个词用得太滥，什么东西都算国学，甚至一些江湖骗术也扯进来，这是需要避免的。

魏晋与未尽的文化情结——"希望'魏晋人文精神'能够成为嫁接现代观念的一个良好的砧木。"

记者：您是研究魏晋文学的，您觉得魏晋时期的知识分子最可贵的精神是什么？

唐翼明：在中国学术历史上，思想最自由的有两个时期，一是春秋战国时期，一是魏晋时期。一直以来，很多学者多是从正统政治观念的角度来审视魏晋时期，往往掩盖了这个独特历史阶段的光辉。魏晋是中国历史上少有的个体意识觉醒的时期，在中国的学术、科学和文化的发展史上占有极其重要的地位。

魏晋时期的政治环境与春秋战国相似，社会动荡不安，政权更替频繁，社会上存在着若干相对独立的、不需要完全依赖中央政权的士族集团。这些士族集团在经济上自给自足，在文化上受过良好的教育，过着优裕的生活，人们的个体意识开始觉醒，思想上要求更多的自由。先秦时期的"诸子百家"经过汉代的"独尊儒术"只剩下一家，但在这个时期，"百家"又开始复兴起来，可以说在一定程度上回归了春秋战国时期百家争鸣的思想文化氛围，我把它称作"魏晋人文精神"。

人类历史上私有财产的建立是物质文明的基础，而个体意识的觉醒则是精神文明的基础。魏晋时期，社会动荡，政权更替频繁，中央皇权控制力减弱，士族阶级有了相对的自由，士人个体意识开始觉醒，开始意识到自己生命的价值，因而在中国精神文明发展史上是一个快速前进的时期。

我认为中国的魏晋时期大致上相当于西方的文艺复兴时期，文艺复兴是回归希腊、罗马古典文化，而魏晋时期是打破两汉独尊儒术的格局，复兴战国时期的百家争鸣。西方的文艺复兴提倡理性精神和人本主义，而魏晋时期同样尊重智慧，崇尚理性，思想极为活跃，个体意识觉醒，人的价值得到进一步的确认。

因此，中国古代的文学艺术甚至科学，在这一时期的成就都是其他朝代无可比拟的。文学史上的"建安七子"、"竹林七贤"、陶渊明、谢灵运，雕塑史上的敦煌石窟、云冈石窟、龙门石窟、麦积山石窟，数学史上计算圆周率的祖冲之，绘画史上的顾恺之，书法史上的王羲之、王献之，等等，举不胜举。这一切与魏晋时期人个体意识的觉醒都是分不开的。

我觉得我们应该更进一步的挖掘"魏晋人文精神"，发扬光大，把它作为嫁接现代观念、普世价值的一个良好砧木，在这个基础上建设中国的新文明。这也是我个人的一个文化情结和精神使命，我将为之努力。

记者：台湾的年轻一代，80后、90后，他们对传统文化是一种什么样的态度，他们是否认同两岸文化同根一脉的关系？是否有一种民族文化的认同感？

唐翼明：台湾年轻一代对中国的传统文化是有认同感的，因为他们就是在这样的教育下长大的，而且中间没有经历过文化断裂。但是他们也接受了很多日本和西方的文化，我必须坦白地讲，他们与大陆的年轻一代对很多事物的认识是不太一样的。我自己教过的很多研究生，他们也经常到大陆学习、查阅资料，但他们觉得在观念上有很多地方和大陆格格不入。不过，现在台湾还是有很多年轻人愿意到大陆来，因为目前大陆发展很快，他们也觉得大陆很有希望，想要到大陆来学习来发展。

关于教育——"为什么我们几十年的教育没有培养出创新型的人才？"

记者：您最早是在大陆接受教育，之后到美国哥伦比亚大学留学，最终又去台湾政治大学做教授，您觉得中国内地的教育与美国、台湾的教育相比各有哪些优缺点？

唐翼明：从作为教育高端的学术角度来讲，美国和台湾相对更为自由一些。我们中国大陆正在走向学术自由，但还是存在一些限制。钱学森在去世之前也在谈这个问题，为什么我们几十年的教育没有培养出创新型的人才？这个问题是值得我们每个人去思考的。我在台湾当了十八年教授，教材都是我自己编的，课堂上讲课非常自由，什么观点都可以讲，批评什么人都可以。而在大陆，虽然已相对自由，但还需要进一步的解放思想。

关于基础教育，其实中国大陆已经做得非常好了，只是有一些呆板，而且偏于应试教育。大家都把重点放在考试的分数、名次上，为了考一个好的成绩，孩子很小就要上许多补习班、请家教，在台湾也是这样，这是一个需要解决的问题。不过总的来看，中国大陆和台湾的基础教育要比美国好一些。但美国的大学和研究所做的要比中国好，要严格得多。

现在中国的大学教育尤其是研究生教育，存在不少问题，记得当年我们第一、二届（1978、1979）改革开放后的研究生，是从积压了十年的人才中挑出来的尖子，我们都非常珍惜极为难得的学习机会，都发了疯一样地读书，恨不得把所有的书都看完。现在国内的研究生教育很让人担忧，学生不努力，老师不负责，考试走过场，一个硕士论文的答辩不要半小时就可以通过，半天可以考几个博士，这在台湾和美国都是不可思议的。

记者：关于品德教育存在的问题，您怎么看？我们应该如何解决？

唐翼明：品德教育可以说现在几乎没有。中国古人从孔夫子开始本来是很注重品德教育的，孔子讲"行有余力，则以学文"，品德学好了才去学知识。一部《论语》重点不是在讲知识，而是在讲做人、讲品德。但科举制度出现后开始慢慢地变为学作文为主，到近一百年"五四"、"文革"的反传统，现在的大学几乎全部都在学知识，"品德"这两个字变得越来越生疏，学校更像是一个职业技能训练班，忽略了品德教育。

这个问题要解决，必须从孩子抓起，而且要回归传统。从小教育孩子：学习首先就是要学做人，做好了人再去学知识。如果人做不好，学再多的知识也没有用。

记者：品德教育在台湾及欧美国家做得怎么样？

唐翼明：在台湾要比大陆做得好一些，因为大陆的传统文化经历了"五四"和"文革"几次大的断裂，受到了很大的破坏。而台湾受到"五四"的影响有限，又基本没有受到"文革"反传统思潮的影响，道统得到很好的承续。另外，台湾的中小学设有中国传统文化的课程，这些课程除了传统的古典文学常识，还会教学生社交礼仪、如何待人接物等。台湾的传统文化教育体现在社会生活的各个层面，如果你到台湾旅游，不要去看山水，它的自然景观没有大陆的美，建筑也没有大陆的好。你去看它的普通人的人文素养，看街上是否有插队的、吵架的，你会感受到台湾的品德教育要比大陆好得多。

欧美国家更是这样，他们并不像中国的父母那样溺爱孩子，父母从小就教育孩子要自立，还教给孩子在社会上行事立身的准则。

记者：您在《百家讲坛》讲《颜氏家训》，您觉得在家庭教育问题上，我们可以从中获得哪些启示？

唐翼明：《颜氏家训》中的教子原则中有很多在当今社会仍然没有过时。比如《颜氏家训》中引用谚语讲"教妇初来，教子婴孩"，认为教育子女要尽早。"少成若天性，习惯如自然"，孩提时养成的习惯像孩子的天性一样，会影响孩子的一生。所以教子要从小开始，越早越好。强调"父母之爱子，应为之计深远。"对孩子不能只顾眼前的疼爱、溺爱，而要从长远的角度为孩子的将来考虑。现在社会由于家庭结构发生了很大的变化，大多家庭都是独生子女，父母对孩子往往过于娇惯，孩子步入社会后在承受压力、人际关系处理等方面都会遇到很多问题，不利于孩子的长远发展。

唐教授对现行教育的种种思考也正是值得我们每一个人思考的，正如唐教授所说——

太平时代也罢，动乱时代也罢，你如果想这一辈子不虚度、想做点事情、想在自己死的时候不后悔、想在子女面前不惭愧，你都要立志、勤学。天上没有馅饼会自己掉下来，无论你是王侯将相还是一介黎庶，命运掌握在自己手中，机遇永远只会眷顾那些有准备的人。

在时代的洪流中，哪怕默默地做一滴水，也要足够饱满、执着、坚定。

答《武汉晚报》记者袁毅问

1. 您是湖南衡阳人,留美有绿卡,赴台教书 18 载,为什么独独选择武汉作为叶落归根的地方?

唐:因为我爱武汉,武汉是我的第二故乡。 我 15 岁初中毕业就到了武汉,到 1981 年赴美留学,在这里住了 24 年。 我高中念的是武昌省实验中学,毕业后又留校任教三年,1963 年调到汉口三阳路中学教书,直到 1978 年考上武汉大学中文系研究生班。 我的青年时代是在武汉度过的,我的朋友、同事、学生也大部分生活在武汉。 我在武汉还经历了刻骨铭心的十年"文革"大灾难,我的爱情、欢乐和悲痛大多跟武汉联在一起,所以忘不了这片土地,忘不了这里的人情,当然也忘不了这里的热干面、豆皮和面窝。

2. 孔子说"五十而知天命",您今年 68 岁了,历经坎坷、饱尝忧患,回首"百折气未减"的奋斗人生,你最大的感慨是什么? 你说"人生不可规划",是否是因为必经几个人生的滩头?

唐:最大的感慨也许就是人生不可规划,但是你却必须立定志向。 人生不可规划,倒不是因为它必经若干滩头,而是说人生之河流出什么样的轨迹,不是我们自己的意志可以完全控制的,更不是事先可以规划的,这其间有"天命"存焉。 我说的天命并非有神论者讲的神秘的宿命,而是指人生所必然遇到的、无数复杂的、难以预测的、非我们主观意志可以控制的诸多外在因素,我们自己的主观因素跟这无数的复杂的外在因素交织在一起,构成了我们人生的轨迹,因而不可规划。 但既然也有我们的主观因素在内,所以每个人自己也不可不努力,不可没有方向。不论环境如何多变，也总还是有些东西是我们个人可以把握的，比如说做君子还是做小人？与人为善还是与人为恶？勤奋还是怠惰？这些是我们可以自己决定的。所以人生尽管不可规划，但人生却不可没有志向。我常说，人生的马车有两根缰绳，一根捏在上帝手里，一根捏在自己手里。上帝手里的那根我们无能为力，但自己手里的这根却应当自己捏好。

3. 小时候您有两个奇怪的梦想：要受到世界上最高等的教育，遍游世界最美丽的地方，这些梦想都实现了吧？还有遗憾吗？

唐：大体上实现了。美国哥伦比亚大学是世界一流大学，拿到哥大的博士，在教育上是没有遗憾了。做教授做到讲座教授，职业上也可以说没有遗憾了。但是，我并没有觉得自己的潜力已经完全发挥出来，我希望在写作和书法两方面再上层楼。荀子说："学不可以已。"孔子说："七十而从心所欲，不逾矩。"我也想活到老学到老，向"从心所欲，不逾矩"的境界靠拢。至于"遍游世界最美丽的地方"这个梦，离实现的境界也还有一段距离，我虽然五大洲都去过了，周游过的国家大概也有四五十个，到过的城市也不下一百个，但这个世界的美丽是难以穷尽的，我还有几个特别想去的地方还没去，例如俄罗斯、东欧、南非洲、南美洲南部，我希望有生之年都能去看看。

4. 作为国民党"遗少"，您的父亲是蒋介石机要秘书，您的家庭就是一部现代史。您常说，您的人生可用三个"十八"来概括，为什么这样说？

唐：我的家庭的历史的确可以视为一部中国的现代史，不仅我的父亲是做过蒋介石的机要秘书，作过台湾的"考选部长"，而且我的大舅（王祺）曾经是孙中山的战友，做过孙中山的秘书，老同盟会会员，国民党最早的中央委员之一，我的小舅毕业于陆军军官学校（前身即黄埔军校），抗日战争中率领一个机枪连参加衡阳保卫战，誓死不退，全连阵亡。我大舅的几个孩子后来又参加了共产党，新中国成立后都是部级干部。我自己则横跨海峡两岸，退休前在两岸各执教十八年。十八这个数字在我的生命中颇有点神秘，我十八岁开始为人师，教书十八年又去当学生,然后去台湾教书又十八年。 我有时候想,我生命中会不会还有一个十八年? 如果再幸运一点,两个十八年呢? 谁知道呢? 这就看上帝的意思啰。

5. 您早年的生活经历比较坎坷,有过皇帝梦、诺贝尔梦等,但都破灭了,能不能请您回忆一下那段不堪回首的辛酸旧事和生命中的几个贵人?

唐:皇帝梦、诺贝尔梦当然很幼稚,但我也并不讳言。 这也不像某些人所说的什么"反动"、"狂妄",这其实只是一个青少年在成长过程当中一种向上追求的表现,长大了,成熟了,棱角被现实磨去了,这些幼稚的梦自然也就放弃了。 但那向上追求的精神并没有熄灭,正是这种精神鼓舞我面对无情的现实,冲过激流险滩,而不甘于消极沉沦。 我的生命历程告诉我,一个人自甘下流,不肯努力,那就谁也帮不了忙。 只要自己肯奋斗,在奋斗的过程当中总会碰到肯帮你一把的人,这些人的帮助有时还真是一个人成功必不可少的因素,俗话中常说的"命中有贵人相助",无非就是这个意思。 在我过往的生命中,就有几个这样的贵人,比方我读小学时一次运动中压断了腿,一个乡下医生免费替我治疗,结果百分之百地痊愈;又比方我考上初中无钱念书,是我们老家的乡长帮我找出土改时扣压的我母亲的信件,我因而得以跟母亲联络上,母亲从香港寄钱来因而得以升学;我初中有一个学期的操行成绩是"丙等",临毕业前我的校长王会安先生私下帮我改为"乙等";又比如我高中毕业后考大学时考了全省第二名,却没有一个学校录取我,是我高中的校长(何为先生)把我留在母校任教。 如果没有那个医生,我可能跛脚一辈子;如果没有那个乡长,我可能始终跟父母失联,也没法升学;如果没有王校长,我可能进不了高中;而如果没有何校长,我可能从十八岁以后就离开学校离开书本。 这四个人都可以说是我生命中的极重要的贵人。 他们的恩,我永远记得,他们的事,我都写在《阅江楼清谈》中。

6. 是否因为感同身受,您在做学问之初,才会把目光投放到"魏晋思潮",恣意纵横于"魏晋风骨"间?

唐:那倒不是。 我注意魏晋思潮,推崇魏晋人文精神,是我对中国传统文化全面研究之后的结论,我觉得中国近百年来现代化屡经挫折,就是因为忙着移植西方的先进经验,而全面否定自己的传统文化。事实上要在中国真正实现现代化,使中国成为一个名副其实的现代化强国,不能靠移植,只能搞嫁接,只有在中国自己的传统文化中找到可以跟西方现代观念对接的砧木,才有可能成功。 其实这个意思陈寅恪先生早就说过,他说:"窃疑中国自今日以后,即使能忠实输入北美或东欧之思想,其结局当亦等于玄奘唯识之学,在吾国思想史上既不能居最高之地位,且亦终归于歇绝者。 其真能于思想上自成系统,有所创获者,必须一方面吸收输入外来之学说,一方面不忘本来民族之地位。此两种相反而适相成之态度,乃道教之真精神,新儒家之旧途径,而两千年吾民族与他民族思想接触史之所诏示者也。"我以为中国传统文化中,唯有魏晋人文精神是嫁接西方现代观念的最好砧木。

7. 您是我国改革开放后第一个取得硕士学位的人,而且是提前半年毕业,作为新中国首场硕士答辩,能否谈谈当时硕论答辩与名家"交锋"空前绝后的情形?

唐:我硕士提前半年毕业,是因为我申请去美国。 我于1980年12月18日得到去美国的签证,按照美国的规定,我必须三个月内,即3月17日前到达美国。 所以我在得到签证之后的两个月内完成了硕士论文,并且申请提前毕业,才有可能如期到达美国。 当时全国统一学制是三年,现在要提前半年毕业,武汉大学做不了主,只好提请教育部审核。 教育部回答说,你们必须把这个学生的全部成绩单寄过来,还要把他的论文也寄过来。 审查通过了,教育部又叮嘱说:这是我们国家第一个硕士毕业生,你们必须进行严格慎重的答辩,答辩委员会的教授不仅要有你们武大的,还要有其他学校的,而且至少要有两名外地的。 后来答辩委员会组织好了,一共九位教授,武大的五位,包括我的指导教授胡国瑞先生,武汉外校的两位,记得有武汉师范学院(现在的湖北大学)的张国光教授,外地的则有北京大学的陈贻焮教授和中国人民大学的廖仲安教授,但廖仲安教授后来因为感冒临时不能来,所以实际上只到了八位。答辩在 3 月 5 日举行，八位教授都坐在大礼堂的台上，我则坐在台下的最前排，有一张专用的课桌，在讲台的左下方，成 45 度角对着台上的教授们。那一天大礼堂里全部坐满了人。我的同学当然都来了，不仅中文系的，还有武大 78、79 两届各系的研究生同学。邻近的外校，如华中师范学院（现在的华中师范大学）、华中工学院（现在的华中科技大学）的研究生以及他们的导师们也有不少人来参加。因为这是全国第一次研究生答辩，大家都想来看看这答辩应当怎样进行，怎么个考法。湖北省教育厅和武汉市教育局的领导干部以及武汉大学的校长、副校长都来了，据说还有几个记者。

答辩在九点钟开始，整整进行了三个小时，到十二点才结束。我开始只就论文做了若干说明，阐明我的主要观点，接下去就是答辩委员会的教授们发言。大家对论文基本上都是肯定的，尤其是张国光教授和陈贻焮教授最欣赏我的论文，张国光教授的发言简直可以说是热情洋溢，称赞备至，我非常感动于一个老教授对一个青年学生的奖掖。陈贻焮教授也是一样。陈先生是著名的学者，除了在北大任教以外，还担任《文学遗产》杂志的审查委员。我当时刚在《文学遗产》上发表的《论李白的失败与成功》一文，就是他审查的。他对我的那篇文章很欣赏，立刻就采用了。一个在校研究生在《文学遗产》这样的权威刊物上发表文章，在当时是一件相当光彩的事，我跟陈先生也从此结了师生缘。后来去了美国，我们还一直保持通信，直到他去世为止。

教授们当然也提了一些意见。我现在只记得其中最关键的一个问题是，当时的教科书和正统派的历史学家都一致认为，两晋的士族阶级是一个反动的阶级、腐朽的阶级，我却认为士族阶级在开始还是进步的。正统派的历史学家又认为曹操在当时是代表新兴的中小阶级的利益，司马懿才是代表反动的士族阶级的。而我在论文中却认为经过汉末的大动乱之后，统治阶级中的皇族集团和士大夫集团以及被统治阶级中的农民起义军，表面上看起来是三者同归于尽，但其实是士大夫集团取得了最后的胜利。三国时代的政权其实都控制在士族的手里，三国时代政治舞台上的代表人物基本上都属于士族阶级。有两位教授就问我：如何证明你这个与教科书不同的观点？我记得我答辩的时候首先感谢老师们的爱护，接着就引用亚里士多德的话："吾爱吾师，吾尤爱真理。"开始为我的论点辩护。我本来就料到这个问题会被提出来，所以我准备了一大沓卡片，卡片上整理了三国时代主要政治人物的家族背景。我引用这些资料，详细论证自己的论点。我本来还有些担心我的观点会不会被视为离经叛道，但是没想到几乎所有的教授都对我的答辩给予了一致好评，说我不仅有自己独到的观点，而且做了扎实的研究，有确凿的证据。

答辩结束以后，当时的武大副校长童懋玲第一个走到我的面前，紧紧握住我的手，说："唐翼明，你今天的答辩很精彩，谢谢你为武汉大学争了光！"我的导师胡国瑞先生也走过来称赞说："你的答辩很好，我还生怕你不敢坚持自己的观点呢。"大家散去以后，童校长特别拉着我的手，让我和校领导以及教授们一起吃饭，那大概是我平生至此享受到的最高待遇。

8. 书法是修身养性的国粹之一，一个书家的学识修养与他的书品高下成正比，您的行草师从王羲之、米芾等古人大家，极有书卷气，习书法自学可成才吗？对涵养性情学问和调节生活节奏是否有帮助？

唐：我在《阅江楼清谈》系列一《宁作我》中有一篇《学书片想》，其中有一则，可以回答你这个问题的上半部："唱歌、跳舞、画画，皆须拜师，唯书法可以不拜师。《论语·子张》曰：'文武之道，未坠于地，在人。贤者识其大者，不贤者识其小者，莫不有文武之道焉。夫子焉不学？而亦何常师之有？'这话也适用于书法，只要把'文武之道'改成'书法之道'，'在人'改成'在帖'就行了。"至于书法对涵养性情学问和调节生活节奏是否有帮助的问题，我的回答是肯定的。一个人写字时要凝神静气，全神贯注，而且全身关节和肌肉都要随着运动，这种情形就跟一个人在练气功的时候差不多。所以书法家中长寿的很多，当代大陆的苏局仙、台湾的朱玖莹都活过了一百岁。

9. 您是大书家，与当世大书法家沈鹏、李铎、卢中南、谷有荃、刘文华合书，曾出版《湖湘四典》、《故宫百联》，依您之见，网络时代，人们天天敲键盘，写字少到只剩下签名，书法会否消失？

唐：这个问题也可以用我《学书片想》的另外一则来回答："有人担心电脑普及，书法就会消灭了，我以为不然，汉字只要还在用，中国书法艺术就不会消亡。天之未丧斯文也，电脑其如予何！"

10. 听说您爱石，收藏名砚不少，其中最珍贵的是唐肃宗至德二载（757 年）所制，曾为张之洞所收藏，您为什么如此爱玩石头，不怕玩物丧志？收藏砚台又有什么讲究？

唐：我爱石头，只能说是天性，说不出理由来，只是觉得石头美，见到奇石美石，就高兴就喜欢。我又喜欢书法，自然对于石头做的砚池情有独钟。我以为，顺着自己的天性，发展一种爱好，在能力范围内做点收藏，是一个人审美意识与审美能力的表现，也是一种生活情调的调剂与点缀，不算什么"玩物丧志"，沉溺在某种小东西的爱好中，而忘掉人生的大方向，才叫做"玩物丧志"。我收藏的砚台其实不算多，目前才八十方左右，全都是旧砚，大概有十来块可以确定是真古董。唐肃宗至德二载所制的那一方是我所见到的中国最早的端砚，距离发现端石可以制砚也不过一百多年。此砚形制古朴，又经张之洞收藏，我得之于一位台湾高等法院的法官，是真品的可能性极大。至于收藏砚台的讲究，那不是三五句话可以讲完的，海内专家甚多，可以去问他们。

11. 冯天瑜先生称阅江楼清谈系列之一《宁作我》有《世说新语》之风，著名学者作家夏志清、易中天、唐浩明均鼎力推荐，您还会继续写下去吗？您从小就有文学梦，"烈士暮年壮心不已"，您还会写历史体裁的长篇小说吗？

唐：天瑜兄对《阅江楼清谈》的奖誉，是对我的鼓励，但也确实说中了我写《阅江楼清谈》的用意。至于夏老师、易中天和唐浩明的推荐，那是出版社的商业炒作，我曾经劝他们不要搞腰封，他们坚持要搞，我也没办法。《阅江楼清谈》到底好不好，还是要靠读者、靠后世来评价。 钱钟书在《石语》中说过一句话："本不妄自菲薄，何至借重身价。"这也是我的意思。 我会把《阅江楼清谈》继续写下去，我希望写到一千篇，如果上帝肯帮忙的话。 至于长篇小说，我没有计划，也不想写，我觉得长篇小说的时代已经快过去了。

12. 唐浩明是湖南省作协主席，著有长篇历史小说《曾国藩》、《杨度》、《张之洞》，他的名声在您之上，但很多人并不知道你们是同胞兄弟，在哥哥眼中，您弟弟唐浩明是怎样一个形象？

唐：唐浩明的小说与成就早有定评，不需我再说什么。 作为他的哥哥，我最欣赏浩明的是他为人的忠厚、朴实、勤奋与低调。 一个人在事业上的成就，总是与他的人品分不开。

13. 您是著名美籍华裔学者夏志清的关门弟子，学术专业是魏晋文学与玄学，明显不是夏志清的主攻方向，他如何教导您？您眼里的夏志清的学问人品如何？

唐：夏老师的学问举世皆知，他的两本主要著作《中国现代小说史》和《中国古典小说》至今是研究中国小说的权威著作，畅销中外，有口皆碑。 夏老师的专业不是传统文史哲，但并不妨碍他作我的指导教授。 指导教授在指导学生作论文的时候，实际上只是担任一个咨询、质疑的角色。 他的治学态度，思考方法，逻辑训练，可以帮助学生，并不需要在具体知识上多加指点。 夏老师曾经对我说过一句话，我觉得说得非常好，他说："在你论文所研究的这个问题上，你应当就是全世界最好的，没有人能够在这一点上指导你，否则你做什么博士论文？"至于人品，能够亲近夏老师的人不多，我作为关门弟子，跟他相处八年，写博士论文时差不多每个礼拜都要见面一两次，所以这方面我倒是相当有发言权的，我已经写过几篇文章，以后还准备写些文章来记述他的为人，这里只能简单说几句，我觉得夏老师是一个真学者，他的道德勇气和学术勇气都是今天大部分号称"学者"的人所不具备的，同时，夏老师也是一个有真性情的长者，他的直率和天真也都是普通人所不具备的。我们师生关系极好,夏老师和夏师母都说我是夏老师一生所培养的十三个博士中最喜欢、最亲近的一个。

14. 您与易中天同为武汉大学 1978 年入学的首批研究生,是同班同学,当年他是怎样一个人？他现在是《百家讲坛》的"名嘴",争议不断,您觉得他的讲座如何？对"学术超男"称号如何看？

唐：易中天和我都是湖南人,又是同学,当学生的时候关系就非常好。他给我印象最深的是很有个性,读书面广,口才极佳,一桌人吃饭,他一个人可以从头讲到尾,听者不会厌倦。所以后来成为"名嘴",是有某种必然性的,我们同学之间也常常笑他"一夕成名",那是善意调侃,事情其实没有那么简单。《百家讲坛》做的是普及工作,让传统结合现代,把经典推向民间,这在今天是非常有价值、有意义的事情。某些论者过分从学术上去挑剔,是没有必要的。"誉满天下,谤亦随之",普世皆然,大可一笑置之,无需在意。

15. 您是赴台执教第一人,学术专长为魏晋文学与魏晋思潮,怎么又成为在台湾讲内地文学的第一人？

唐：这里有偶然因素,也有必然因素。偶然因素是我去台湾是 1990 年,适值台湾解严初期（蒋经国宣布解严是 1978 年末）,在此之前,台湾学界对中国现代文学的了解是非常片面的,因为鲁迅、茅盾、巴金、老舍、曹禺都不能讲,而对 1949 年以后的大陆当代文学更是完全不了解,现在解严了,大家渴望了解,而又无人能讲,我刚好这个时候来到台湾,我对大陆现当代文学及其背景当然比台湾学者熟悉得多,何况又是研究现代小说最权威的学者夏志清先生的关门弟子,我不讲,谁讲？所以这任务自然就落到我头上来了,我自己也觉得当仁不让,义不容辞。从此以后,我在台湾教书就一直是两条腿走路,一脚魏晋,一脚现当代。必然因素是我本来就对中国现当代文学非常关注,青年时代就有一个文学梦,而且始终没有放弃,我在大陆和美国曾经组织过两个文学社,在大陆是"拓荒者诗社","文革"中被打成"反革命小集团"；在美国是"纽约晨边文学社",我任社长,活动了三年多,最多时有二十几个成员。所以，我在台湾教授现当代文学也很自然，并不勉强。

16. 您在台湾生活了 18 年，最大的体会是什么？台湾与内地两地的文化差异在哪里？

唐：最大的体会是台湾的公民素质高，台湾老百姓的文化与教养素质都比大陆老百姓高很多。台湾与大陆的文化差异主要表现在两个方面：一个是台湾的传统文化没有中断，大陆则经历过三次断裂，尤其是"文化大革命"，对传统文化是一次毁灭性的灾难。另外一个是台湾文化受日本和美国的影响都很大，台湾文化基本上是一个中国传统文化、日本文化、西方文化三合一的文化，这一点跟大陆也形成鲜明的对比。

17. 对当今高校的硕博研究生教育学界颇多微词，易中天炮轰论文制度称大学成养鸡场，放在全球视野来，您如何评价中国硕博研究生教育的得与失？

唐：坦白地讲，中国现在的教育问题很大，尤其是大学教育，而又尤其是研究生教育。师资水准不够高，学生不够努力，体制也有问题，整个教育质量没有上升，反而下降。改革开放初期，像我们那两届的研究生，大家都有一种责任感和使命感，觉得十年大乱之后，有这样一个受教育的机会极不容易，将来中国文化复兴，每个人身上都有一份担子，所以拼命读书，也的确出了不少人才，现在中国各阶层的骨干差不多就是这批人。现在的教师和学生缺的就是这份责任感跟使命感。而且中国现在的教育部门受到官场文化的污染，不负责，走过场，搞关系，向钱看，都是很坏的习气，说得不客气一点，教育部门的状况比旧中国都差。这种局面必须引起全国上下高度重视。

18. 国学现在几乎成为显学，您认为传统文化的回归正当时吗？

唐："国学"这个提法有问题，不如说"传统学术与文化"较为妥当。所谓"国学"，不是一门学问，也就不存在什么显学不显学的问题，"传统学术与文化"百余年来一直在受到各种各样的批判和摧残，现在大家重新认识到传统学术与文化的价值，开始懂得中国的现代化还是要建立在自己文化的根底上，所以就产生了一股重新学习的热潮，我以为是好现象。

19. 有报道称，您和唐浩明会上央视《百家讲坛》，您将讲《颜氏家训》，弟弟唐浩明将讲《曾国藩家书》，进展如何？《百家讲坛》热对国人有什么意义？

唐：《百家讲坛》对普及传统文化的意义我前面已经说过，就不重复了。我和唐浩明是受到《百家讲坛》的邀请，我正在准备讲稿中，唐浩明则因为忙于重新校对《曾国藩全集》，可能要到明年才会去讲了。

（2010 年 3 月 21 日　答《武汉晚报》记者袁毅问，3 月 29 日《武汉晚报》摘要刊出。）

我对家庭教育问题的看法
　　——答记者问

　　中国当今社会弊病丛生，其中最突出最严重的问题是教育。可以毫不夸张地说，目前中国的教育是辛亥百年来办得最差的。谈教育一般人都把它局限在学校系统，家庭教育往往被忽略，中国当今学校教育固然问题甚大，而家庭教育之缺失则是更需要引起严重注意的问题。这个问题不解决，不仅影响国家人才的培育，而且会影响整个民族的道德素养。

　　今天学校教育最根本的问题是功利主义，也就是大家批判的"应试教育"，一切以考试和就业为目的，只重知识积累和职业训练，而普遍忽略了德育，即如何做人的问题。这个问题不仅是中国学校教育的问题，也是全世界学校教育的共同问题。

　　这个问题短时间之内很难解决，这就要靠别的途径来矫正。在西方主要是靠宗教的力量，学校和老师不教的，教会和牧师会教，其次靠家庭，学校老师不教的父母来教。在我们中国，宗教向来不发达，尤其是近几十年来，主流意识形态是无神论，宗教在社会中完全没有地位，发挥不了教化的作用，因此家庭教育就显得特别重要。

　　但是回顾中国最近六十余年来社会的教育状况，家庭教育几乎是处于一种"缺席"的状态，也就是说，基本上没有独立的健康的家庭教育。

　　前三十年学校既抓智育也抓德育，但是德育很快就异化成了意识形态的灌输，不是教青少年如何做人，而是教青少年如何做阶级斗争的工具。 在这种情况下，家庭教育实际上是不被提倡的，有时甚至成为批判的对象，因为要防范家庭教育抵触主流意识形态。"文革"中，子女揭发父母、批判父母、与父母划清界限者比比皆是，谁还敢谈什么家庭教育？ 改革开放以来三十余年，国家重点转向经济建设，过去学校里的意识形态化的德育逐渐变得不合时宜，但又找不到替代的内容，渐渐流于公式化、形式化。 德育和智育这种不平衡的发展导致"应试教育"成为唯一的出口，学校教育向知识积累和职业训练的方向严重偏斜。而唯一可能矫正学校教育缺失的家庭教育仍付阙如，因为中国社会早已不知道独立而健康的家庭教育为何物了。 没有受过独立而健康的家庭教育的父母如何向自己的孩子进行独立而健康的家庭教育？

这种恶果体现在社会上，就是整个民族道德水准的下降，也就是温家宝总理所说的"道德滑坡"。 这种状况已经持续了三十多年，再加上"文革"十年的疯狂破坏以及"文革"前偏颇的德育，中国已经整整三代人缺乏正常的道德教育。 这样下去，其严重后果正如资中筠先生所说："人种都会退化。"这并非危言耸听。

当务之急，一方面是要进行学校教育的改革，另一方面则是要提倡独立的健康的家庭教育。 学校教育的改革牵涉到政治体制的问题和商业化的问题，一时难见成效，所以独立的健康的家庭教育的提倡就成为当务之急中的当务之急。

近年来，已经有许多社会敏感人士、教育家、老师、家长开始提倡家庭教育，《三字经》、《弟子规》被重新发掘出来，还有些人提倡儿童读经，都说明民间已经认识到家庭教育的重要性。 但是迄今为止，家庭教育并没有受到教育界尤其是官方教育系统的重视，甚至连下面这些基本问题也没有看到有人进行严肃的探讨，比如，在学校系统之外，独立健康的家庭教育有没有必要？ 有多大的重要性？ 应该包括哪些内容？ 采取何种途径进行？ 从何入手？ 我希望这些问题不仅在教育界而且在全社会得到严肃认真的讨论。

我个人认为，作为起点可以从挖掘传统的家教资源入手。

中国传统文化中家教资源非常丰富，中国向来是一个非常重视家庭教育的国家，尤其在汉末魏晋中国社会出现了士族阶级以后。士族阶级是一个非常重视家族传承的阶级，为了保持自己的家族利益和社会地位，他们对子弟的教养培育极为重视，经过若干代的积累，便逐渐出现较为完整的家庭教育的理论和办法。有的还写成书流传下来，例如，北齐黄门侍郎颜之推所写的《颜氏家训》，就是一本很有代表性的家教经典。《颜氏家训》以下，历代都续有此类书籍出现，因此在中国传统文化中形成了一个源远流长的家教系统。

魏晋南北朝以后，大士族变为小士族，由无数小士族所组成的士绅阶层，一直是中国两千年左右的王朝社会中的中坚力量，中国传统社会各个阶层的管理人才多半都来自这个阶级。所以这个阶级的家庭教育的经验直到今天仍然对我们有启发借鉴作用，其中很大一部分原则性的东西仍然适用于今天的社会。至于它们当中过时的消极的负面的东西也不足为虑，只要适当加以鉴别和批判就可以了。

所以，挖掘和清理历代家教经典，取其精华去其糟粕，我以为是我们今天建设独立的健康的家庭教育的第一步。从这里出发，再经过几代的努力，我们才有可能建设一套独立的健康的适合于现代中国社会的家教理论与规范。

2009 年 9 月 29 日

恢复书法教育刻不容缓

——答《书法报》记者问

记者：您生于抗战时期，青年时的求学路更是坎坷，在大学期间您攻读的是中文专业，能否与大家分享一下您与书法结缘的故事和学书经历？

唐翼明：我跟书法结缘很早，大约三四岁时就开始写毛笔字了。我母亲当时是小学校长，所以发蒙很早。我父亲字写得很好，我大舅王祺是当时中国有名的书法家，所以我母亲对我的写字抓得很紧。但我真正开始正规地练习书法是我十八岁高中毕业以后。那时因为家庭背景考不上大学，便留在我的母校武昌实验中学教书，我的研究方向由理转文，这才下决心练字。因为有些基础，所以一开始就写《兰亭序》，由二王到米芾，到赵孟頫、文徵明，这样写了一阵以后，觉得自己楷书底子还不够，又回过头去练楷书。又练过一段时间的隶书和篆书，但从来没喜欢过，因为觉得笔法太单调，无法体现中国毛笔在宣纸上提、按、转、使所体现出来的特殊美感。这样写了五六年，"文革"来了，中国的传统文化被一棒子打倒在地，但书法却偏偏一枝独秀，这无形中给喜欢书法的人提供了一个极好的受专政机器保护的好机会，我的书法在"文革"中突飞猛进。"文革"后期，我和一些朋友远离政治，钻进古书堆和艺术塔里，那个时候我和好友周翼南，一个写字一个画画，日复一日。"文革"末期，一些前时被打倒的学术权威渐渐开始活动起来，我们便去向老一辈书画家拜师学艺。我曾经拜过汉上名家周华琴、曹立庵，但可惜没多久我就考上了武大研究生，接着又去了美国，始终没有机会向他们多请教。但无论后来我在美国留学或在台湾执教，我对书法的热爱都始终如一。 1985年10月我在纽约哥伦比亚大学读博士时举办过一次个人书法展览，那是哥大历史上的第一次中国书法展览，到现在似乎也还没有第二个人举办过。 在台湾政治大学教书的时候，我开了十几年的书法课，这十几年的书法教学让我有机会补足了我在书法理论上的修养，形成了自己对中国书法的一套较为完整的看法。 我希望不久后能写一本专著来阐述我的这些看法，跟书法界的朋友交流。

记者： 2012年，华中师范大学成立国学院和长江书法研究院，您任院长一职，请谈谈您对国家实施中小学书法教育举措的感想。

唐翼明： 我认为对中小学学生实施书法教育非常有必要。 我国中小学书法教育自1958年教育改革以来已经废弛多年，对我们文化教育的发展造成了严重损害。 现在赶紧恢复还来得及，否则就来不及了。 因为对于中华文化而言，书法是很重要的，不是可有可无的。 不论世界文化如何发展，科学技术多么发达，只要中华文化存在一天，书法和书法训练就是绝对必要的。 对此问题，我想从理论的角度略加阐述：

德国哲学家卡西尔对人的定义，认为人是符号的动物。 人和动物的区别在于人会使用符号，而动物则不会。 在人类创造的各种各样的符号系统中，语言文字是最基本、最本质也最复杂、最精致的符号系统，人类借助语言文字这个符号系统来表情达意，把抽象的不可视、不可听的情感与思想转换成为具象的可视可听的符号，从而能够克服空间和时间的障碍，使情感与思想传之久远，进而创造出人类的精神文明。

所以，语言文字是人类精神文明所由产生的基础。 也因此，不同民族之间的语言文字的差异是产生这些民族各自具有不同精神文明的特色的根本原因。 要进入一个民族的精神文明世界，只有努力去掌握这个民族的语言文字，此外别无其他途径。 而中华民族的语言文字，又是世界各民族语言文字中一种非常独特的语言文字，汉字是全世界各民族现在还在使用的唯一的象形文字，这种独特性决定了要熟悉中国的语言文字必须从书法入手，才能培养对这种文化的亲近感和认同感。

象形文字和拼音文字最本质的区别在于，前者主要是以形表意，后者主要是以音表意，这样就产生了另外两个很重要的区别：第一，前者主要靠眼睛来辨别，后者主要靠耳朵来辨别；第二，前者数目庞大，因为天地万物形体众多，后者数目有限，因为人类发出的声音通常不过几十个音素。这两个重要的区别就注定了象形文字的书写有可能发展出一种以线条构成的可以用眼睛欣赏的复杂而精致的艺术，而拼音文字就不具备这种可能性。中国书法就是这样一种艺术。汉字是世界上至今还保留着的独一无二的象形文字，中国书法是艺术世界中的一朵奇葩。

如果我们今天不努力继承和发扬中国书法的传统，就无异于让这真正具有中国特色的艺术逐渐流失，而这种流失必然造成整个中华文化传统的削弱乃至崩毁。所以，为了中华文化的复兴，我们不仅要传承和弘扬书法艺术，而且要在青少年中切实地推行书法教育；不仅中小学要有书法教育的课程，而且大学也要有。

记者：您自1990年赴台湾大学任教，直到2008年回武汉定居，请谈谈台湾地区书法教育的现状，台湾与大陆书法教育格局的异同。有哪些方面值得借鉴？

唐翼明：台湾的书法教育状况比大陆好，不少地方值得我们学习和借鉴。第一，台湾的书法教育作为传统教育的一部分，从来没有中断过，整个社会和教育界对书法教育都很重视；第二，台湾不仅中小学有书法课，大学也开有书法课，某些院系会把书法课定为必修课，至少修习一年，成绩及格，才能拿到毕业证书。第三，社会看重书法，精英分子力图把书法艺术融汇到流行文化中，台湾的许多艺术品都借助书法艺术为创意，这些都是可以供我们借鉴学习的。还有，台湾民间自发组织的书法团体和书法活动都比我们普遍，还有一些书法基金会，为书法家和书法爱好者们提供经济支持，这一点值得大陆的企业家仿效。

记者：众所周知，您是魏晋文史研究方面的专家，请谈谈您对魏晋书法的见解。就中小学生而言，临习魏晋书法对其有何影响？

唐翼明：魏晋时期在中国书法史上具有特别重要的意义，书圣王羲之出现在这个时期并不是一个偶然的现象，可以说魏晋是中国书法达到完全成熟的时期。从魏晋到现在，已经一千七百多年，中国书法艺术并没有出现什么本质性或划时代性的变化，有的只是个人艺术风格的差异。书法艺术的本质性变化取决于书写工具、受写材料和写字方式的改变，工具、材料和方式不变，革命性的变化是不会产生的。魏晋以前，书写工具、书写材料、书写方式一直在发生质的变化；魏晋以后，这些方面都没有什么大的变化，因此书法艺术也不可能产生什么巨大的变化。中国书法的体式在魏晋前不断在变，并没有定于一尊。魏晋以后，楷书成为正式书体，楷书以外还有两种非正式体，一种是行书，一种是草书，这三种书体成为魏晋到现在一千七百多年来中国书法的流行体式。篆书、隶书以及更早一点的金文、甲骨文，基本上是作为历史残留的书体而存在，同时只局限在某些特定的范围内。所以学中国的书法，要从魏晋取法，就是从源头取法，就与我们学习传统文化要从四书五经读起是一样的道理。四书五经通了，别的古书就没有读不通之理。所以，中小学生的书法训练从魏晋取法是非常有必要的，再辅以唐宋，方为正统，决不可从现当代入手。

想进中国传统学术之门的青年该读些什么书
——答江汉大学学生问

百余年来，在西方优势文化的进攻面前，中国传统学术被批判、被误解、被忽视已经很久了，许多有识之士都已意识到这种情形不应当再继续下去，青年们当中也有一些人开始有了解传统文化的愿望，但大多数都苦于不知道怎样走进这道门，面对浩如烟海的古代典籍，不知道从何读起。现代青年要学的东西太多，前人（例如张之洞、胡适、梁启超）所开的书单已经不适用了，这篇短文想用最简洁最平实的文字，介绍几本我自己认为最基本、最有用、不可不读的书，供青年们参考。

我认为中国的传统学术——有人称为国学——最基本的内容是五类，第一，经学；第二，诸子；第三，史学；第四，文学；第五，小学。经学是纲领，小学是基础，诸子、史学、文学，即我们今天讲的哲学、历史、文学。下面按这五类分别介绍几本书：

一、经学（经有五经、六经、七经、九经、十经、十一经、十二经、十三经等说法，我这里取五经）方面的书籍：

1.《诗经》。《诗经》中最重要的部分是《风》，在今人的《诗经》选注（例如余冠英的）中找一本较好的读一读，你喜欢的诗及常常看到被别人引用的诗句，最好能背诵。

2.《左传》（全名是《春秋左氏传》）。《左传》古人常用，所以要读读，但无需全读，读选本就可以了。

3.《周易》。这本书非常重要，但对青年来说太深奥，知道有这么一本书就好了，等到年纪大一点再读吧。但如果聪明好学，自然也可以试试，懂多少算多少。

二、诸子：

1. 儒家的书主要要读《论语》、《孟子》。《论语》是中国传统典籍中最重要的一本书，跟西方的《圣经》差不多，统共只有一万多字，要逐字逐句地读，彻底弄懂，而且要反复地读，最好是能够背诵七成到八成。《孟子》也要全读，但不需要全背，背一些重要的地方就可以了。与《论》、《孟》合称四书的《大学》、《中庸》，也至少要读一两遍，其中有些被后世常常引用的句子应当背下来。

2. 道家的书主要要读《老子》和《庄子》。这两本书相当于儒家的《论语》、《孟子》。《老子》只有五千多字，要跟读《论语》一样地读，最好能背诵一半以上。读《庄子》跟读《孟子》一样，其中有很多有趣的寓言和故事，应当熟悉。

3. 其他各家暂时都可不读，当然，真有兴趣的可以随自己的意选读几种，例如《荀子》、《韩非子》。

4. 魏晋时有两本书值得一读：《世说新语》、《颜氏家训》。尤其是《世说新语》，一共一千一百多则，记载了许多有趣的人和事，常被后世诗文用作典故，所以值得仔细地读，反复地读。

三、史学：

1.《史记》。这是中国史书的祖宗，也是最好的一本史书，而且有很高的文学价值。这本书应当全读，特别是其中的本纪、世家、列传部分，值得反复熟读。

2.《汉书》。这本书应当读，但不一定要全读，其中不少的内容跟《史记》重复。可注意的是它的文字风格跟《史记》很不一样，对后世也有相当影响。

3.《资治通鉴》。此书能通读一遍最好，如时间不允许，可先选读自己感兴趣的或跟自己研究有关的时段。

4. 其他史书都可暂时不读，如有兴趣，可先读《三国志》和《后汉书》。

5.《史通》。此书不是一般的史书,应当归入史学理论一类,如《文心雕龙》之于文学。读史书到一定的时候,应该翻翻此书。

四、文学:

1. 文学的书太多,可从选本读起,建议读:

(1)《古文观止》。其中的名篇要能背诵。还有一本《续古文观止》,也可以读读。

(2)《古诗源》。好的要能背诵。

(3)《唐诗三百首》。至少背一百首,能全背最好。

(4)《宋词三百首》。至少背五十首。

2. 如有精力和兴趣,可再读:

(1)《文选》。选读自己感兴趣的。

(2)《文心雕龙》。这是中国古代一部很了不起的文学理论书,是用骈文写的,今天的青年不容易看懂,但应该知道有这本书。翻一翻吧,懂多少算多少。

(3)《李太白全集》。可用清王琦注本。

(4)《杜甫全集》。可用清仇兆鳌的《杜诗详注》。

3. 小说在传统文学中原来地位不高,但现在却变得很重要了,以下几种是应当看看的:

(1)《红楼梦》。

(2)《三国演义》。

(3)《水浒传》。

(4)《西游记》。

(5)《儒林外史》。

(6)《唐人传奇》。

(7)《聊斋志异》。

五、小学:

小学包括文字学、声韵学、训诂学,如果不是决心做古代文化研究的学者,那么声韵学和训诂学都可以暂时不去管它,但文字学应该略备常识。 汉代许慎的《说文解字》（清段玉裁曾为此书作注）应备一本，先挑其中的常用词条目读读，如有兴趣再读全本。

以上各书都要读原文，但开始时可以使用现代学者的注本。 为了具备读古代典籍的基础，我建议在读古书的同时读王力的《古代汉语》，此书共四册，约两千页，我认为是现代学者写的此类书中最好的一部，如能认真地、一字一字地将此书读过三遍，则读古书就没有多大问题了。 此外，王力的《诗词格律概要》（还有一部详细一点的《汉语诗律学》）也是一本好书，想学习或学作古体诗词的都应当好好读读。

最后，凡读古书，不可不准备基本的工具书，特别是《词源》，一定得有。 读书时遇到不懂的字词就查《词源》，切不可以偷懒。《词源》翻得越多，读古书就会越容易。 其他工具书也要陆续购置，多多益善。

2010 年 1 月 10 日

翼明附记：

上列书单"文学"栏中漏掉了《楚辞》。《楚辞》可以说是南方的诗经。《诗经》产生于北方中原诸国，《楚辞》则产生于南方的楚国。《楚辞》的重要作者是屈原与宋玉。 屈原的《离骚》、《九歌》等作品不可不读，能背诵一部分最好。

2014 年 12 月 11 日

一个留学生文学热正在兴起[①]

在中国近代文学中,留学生文学应该说是一个重要的方面,虽然还没有形成一个完整的流派,但的确出现过不少可称之为留学生文学的作品,也出现过一些重要的作家。尤其是60年代台湾大批学生来美留学之后。例如我们今天这个会原定要请、后来因事不能前来演讲的於梨华女士,就是相当有代表性的一位。其他如白先勇、陈若曦、张系国都写过许多反映留学生生活的作品。今天在会上发表演讲的唐德刚教授则是更早一些的代表。再往前数,还有好些著名的作家也都写过留学生的题材,例如许地山、老舍、郁达夫,乃至钱钟书。钱氏的《围城》中的主人公方鸿渐就是留学生。

奇怪的是,留学生文学虽然是中国近代文学中一个重要的方面,却一直没有得到足够的重视,没有人系统研究过。1987年6月21日,晨边社在纽约举行成立后第一次讨论会,那次的主讲人是于仁秋。他在开场白里说:"虽然至今还没有人把留学生或留学生写的作品归为一类,但我个人觉得它是中国现代文学中一个值得研究的课题。"我同意他的意见。

现在,"留学生文学"已引起海内外越来越多的作家和评论家的注意,也引起越来越多的文学爱好者的注意。在纽约,《华侨日报》海洋副刊是发表留学生文学最多的一个园地。在国内,上海的《小说界》杂志于1988年第一期起,特地开辟了一个"留学生文学"专栏。去年

[①] 在哥大东亚研究所、晨边社、二十世纪史学会联合举办的留学生文学讨论会上的演讲。

10月,《小说界》编辑部还特地就留学生文学的创作组织了一个座谈会,有十几位作家、评论家和学者参加了讨论。详细的座谈纪要发表在《小说界》今年第一期上,去年11月26日的《文艺报》则有一则报导。看来,一个"留学生文学热"正在海内外兴起。

在我个人看来,这个"热"正方兴未艾。留学生文学的创作和研究一定会形成更高的浪潮。这道理很简单,因为中国目前有几万留学生在国外,有更多的人在等着出国,再加上关心他们、羡慕他们、与他们有种种关系的人群,少说也有百万之数。这么多人的不同命运、悲欢离合、多姿多彩的经验感受一定会要求文学的反映,文学也一定会反映它们。而且尤其应当指出的是,"留学生"这个群体是个非常特别的群体,它是中国现代化运动的产物。中国的现代化运动要求重建中国的政治、经济体制,也要求重建中国的文化,而留学生这个群体无疑在这个重建运动中起着先锋、媒介、启蒙者和领导者的作用,这是他们的特殊身份注定的,也是他们留学的根本目的。他们亲身经历着中与西、新与旧的两种文化、两种价值观、两种社会体制。他们的身心成为这两种文化、两种价值观、两种社会体制相互较量、相互碰撞、相互排斥与相互吸引的场所。他们是强者,也是弱者,他们是勇敢的先锋,又是痛苦的"边缘人"(Marginal Man)。他们对两种文化都熟悉,都热爱,然而又都有某一方面的陌生和格格不入,他们像某种两栖动物,在陆地上的时候怀念水里,在水里的时候又怀念陆地。他们的内心深处有着比中国社会其他阶层的人更多更猛烈的冲突,更强的责任感,更清醒的批判精神。因此,反映这个群体的文学不仅必要,而且必然有异彩,在中国社会的转型期中,它将成为某种结晶性的精神记录。

在目前这股刚刚兴起的留学生文学热中,已经出现了一些崭露头角的年轻作家,如查建英、苏炜,一些留学生文学团体,如纽约晨边社、一行社。但是,总的来说,还在一个萌芽、初创的阶段。我们需要有更多的作者、更多的评论家、更多的文学团体来推动这股潮流健康地向前发展。

　　作为晨边社的社长,我想借此机会介绍一下晨边社和我们的宗旨:团结一批志同道合兴趣相近的朋友,保持经常性的接触,互相切磋,互相鼓励,集中大家的智慧和力量,在创作、研究、译介当代中国文学,尤其是留学生文学方面作点认真有益的工作,并推动大陆、台湾、香港和海外在这个领域内的联系和交流,同时努力在海外鼓动一个有生气的文学潮流。 晨边社自成立以来已举办各种活动二十多次,其中有定期的专题性讨论,如我前面提到的留学生文学座谈,也有邀请国内外著名作家演讲或与他们的座谈讨论,如刘宾雁、高晓声、戴厚英、阿城、北岛、於梨华、李黎等,以及参与发起像今天这样的会。 晨边社成员一部分搞创作,一部分搞评论,一年来发表各类作品三十多篇,分别刊在《华侨日报》海洋副刊及国内《人民文学》、《小说界》、《文汇月刊》、《十月》、《收获》等文学杂志上。 其中查建英和黄旦璇的作品先后在大陆、台湾得奖。 查建英的小说由著名导演谢晋改编成电影。

　　在晨边社成立一周年的时候,我们自编了一本《晨边社资料汇编》和一本《晨边社成员作品选》,因为经费不足,只复印了有限的若干本送给有关朋友与团体。 我们正在与国内一家出版社联系出版一本《晨边社成员小说选》,希望不久后问世。 我们殷切希望,有更多的留学生文学团体出现,有更多的朋友来关心和从事留学生文学的创作。 在不久的将来,我们或许能筹备发行一份以留学生文化生活为主要内容的杂志。 朋友们,让我们共同努力。

一九八九年二月二十四日

人生的国学　国学的人生[①]

"人生的国学，国学的人生"，这个口号或说这个宗旨是章开沅先生提出来的，我很赞成。

"人生的国学，国学的人生"，说得仔细一点，就是：为人生的需要而研究国学，以国学的营养来滋养我们的人生。

什么是国学？我同意胡适的说法，国学就是国故之学，或说研究国故的学问。什么是国故呢？国故就是中国过去的文化历史，所以凡研究中国过去历史文化的学问都可以叫做国学。胡适的话是1923年1月在《国学季刊》的发刊宣言中说的，原话是：

> 中国一切过去的文化历史，都是我们的"国故"；研究这一切过去的历史文化的学问，就是"国故学"，省称为"国学"。

"一切过去的历史文化"可以说得更简单一点，就是"传统文化"。所以国学也就是研究传统文化的学问。

过去一百多年来，由于西方思潮的强烈冲击，中国的传统文化大部分时间处在受批判、受压制、受打击的地位。"五四"的时候，要"打倒孔家店"；"文革"的时候，要"扫除四旧"，右派要"全盘西化"，左派要"全盘苏化"——向苏联一边倒，都恨不得把中国的传统文化丢到垃圾堆里。极少数的有远见的知识分子，像陈寅恪先生，虽然一再提醒

[①] 在华中师范大学国学院成立大会上的演讲。

国人要珍惜自己的历史自己的文化，但没人听他的，少数有同样见解的人只好躲在书斋里悄悄地做，于是国学就变成了象牙塔里的古董。

经过一百多年的痛苦实验，中国大多数知识分子现在开始明白，中国传统文化的根是不能丢的，丢了这个根，我们就失去了立身立国之本，我们也就不成其为中华民族了。外国无论东洋西洋北洋南洋，再好的东西也只能嫁接在中华文化的砧木上，而不能全盘移栽过来。所以，最近十几年来，中国开始出现了一个"国学热"。一些大学办起了国学院。今天我们华中师范大学的国学院也揭幕了。

我们华中师范大学的国学院要办出自己的特色来，这个特色就是"人生的国学，国学的人生"。

所谓人生的国学，就是要把国学不仅从垃圾堆里捡回来，还要从象牙塔里请出来，使国学同我们的现实人生结合起来。中国的传统文化，传统学术从来就带有偏重现实的色彩，而不崇尚过于抽象的思辨与超越，儒家的"修、齐、治、平"，禅宗的"挑水担柴，莫非妙道"，乃至道家的炼丹服药平地成仙，都强调在现实人生中修炼。抽象的道与现实的人生不即不离，脱离了人生也就无所谓道。所以，国学不仅可以是人生的国学，而且应该是人生的国学。

我们今天的社会，一切有识之士、明眼之人都看得出来，已经生了重病，名实淆乱，道德沦丧，吏治腐败，学术堕落，已经到了令人痛心疾首的地步。如果我们再不振作，这个民族就没有希望了。怎么振作？上面要改革政治体制，下面要洗刷人心。洗刷人心，从某个角度特别是教育的角度看，也许比改革体制更为重要，儒家四书之一的《大学》开首第一句话就说："大学之道在明明德，在亲民，在止于至善。"然后讲修齐治平之理，最后说："自天子以至于庶人，壹是皆以修身为本。"因此，我们要改变目前的社会现状，就要从每一个人做起，从洗刷人心做起。这个"洗刷人心"不是"文革"中的"斗私批修"，而是要从中华传统文化中挖掘智慧，提取精华，来导正我们的人生，来滋养我们的人生。这就是我们提倡"国学的人生"的意思和旨趣。

总之,"人生的国学,国学的人生",这就是我们华中师范大学国学院创办的宗旨,我们将沿着这条路走下去,努力把我们的国学院办好。

2012 年 2 月 10 日

为什么要学书法[①]

我们今天在这里成立长江书法研究院，目的是推广书法，弘扬中国的书法艺术。这里有一个问题是不能回避的，那就是：我们为什么要学书法呢？书法有那么重要吗？前两天我在《楚天都市报》上看到一则报道说，武昌理工学院最近组织全校 2009、2010 级本、专科 3600 余名大学生参加"一笔字"测试，要求在 30 分钟抄写 500 个字，合格的标准很简单，就是："写得像个大学生写的字"，经过外校教师的客观评审，结果竟然有一半的人不合格。这件事情令人惊讶，说明我们的书法教育存在着严重的缺失，或者说我们的社会和我们的学校都不懂得书法的重要性，都不重视书法的训练，尤其是电脑普及之后，大家都觉得只要电脑打得好就行，字写得好不好，漂不漂亮，似乎就无关紧要了。

我觉得这个问题要引起我们的严重注意，否则任其发展下去将来会出现严重的结果。因为对于中华文化而言，书法是很重要的，不是可有可无的。不管电脑多么发达，都不能取代书法和书法训练。书法为什么到今天依然很重要呢？为了说明这个问题，我想从理论的角度略加阐述。

今天的学术界基本上都同意德国哲学家卡西尔（Enst Cassirer, 1874—1945）对人的定义，即人是符号的动物（animal symbolism）。人和动物的区别在于人会使用符号，而动物则不会。在人类创造的各种各样的符号系统中，语言文字是最基本、最本质也最复杂、最精致的符

[①] 在长江书法研究院成立大会上的讲话。

号系统。 人类借助语言文字这个符号系统来表情达意，把抽象的不可视不可听的情感与思想转换成为具象的可视可听的符号，从而能够克服空间和时间的障碍，使情感与思想传之久远，进而创造出人类的精神文明。

所以，语言文字是人类精神文明所由产生的基础。 也因此，不同民族之间的语言文字的差异是产生这些民族各自具有不同的精神文明的特色的根本原因。 要进入一个民族的精神文明的世界，或者说进入一个民族的文化传统，只有努力去掌握这个民族的语言文字，此外别无其他途径。 而中华民族（其中汉族占 95％以上）的语言文字，又是世界各民族语言文字中一种非常独特的语言文字，汉字是全世界各民族现在还在使用的唯一的象形文字，这种独特性决定了要熟悉中国的语言文字必须从书法入手，才能培养对这种文化的亲近感和认同感。

象形文字和拼音文字最本质的区别在于，前者主要是以形表意，后者主要是以音表意，这样就产生了另外两个很重要的区别：第一，前者主要靠眼睛来辨别，是一种"目治"的文字，后者主要靠耳朵来辨别，是一种"耳治"的文字；第二，前者数目庞大，因为天地万物形体众多，后者数目有限，因为人类发出的声音通常不过几十个音素。 这两个重要的区别就注定了象形文字的书写有可能发展出一种以线条构成的可以用眼睛欣赏的复杂而精致的艺术，而拼音文字就不具备这种可能性。 我们今天讲的中国书法（更准确的表述应该是"汉字的书写艺术"）就是这样一种艺术。 汉字从起源到现在，可能有五千年到一万年的历史。 汉字的书写艺术或说中国书法也至少有将近三千年的历史。汉字是世界上独一无二的象形文字（虽然古埃及、苏美尔和玛雅人也曾经有过象形文字，但都没有流传下来），中国书法是世界上一门独一无二的艺术，是艺术世界中的一朵奇葩，所以当我们要把中国书法翻译成外文的时候，几乎找不到一个准确的单词和词组来与之相应。 例如，在中英文对译中，把书法译成 calligraphy 就是很勉强的，calligraphy 充其量相当于我们的花体字或艺术字——其实比花体字和艺术字还差得远——把中国书法译成 Chinese Calligraphy 实在是太委屈了,至少也要译成 the Chinese Art of Calligraphy,或者 the Chinese Art of Writing Characters,才略微合适一点。

如果我们今天不努力继承和发扬中国书法的传统,就无异于让这样一种世界上独一无二的真正具有中国特色的艺术逐渐流失,而这种流失必然像釜底抽薪一样,造成整个中华文化传统的削弱乃至崩毁。所以,为了中华文化的复兴,我们不仅要传承和弘扬书法艺术,而且要在我们的青少年中切实地推行书法教育,不仅中小学要有书法教育的课程,而且大学也要有,至少大学一年级的学生应当把书法列为必修课。台湾就是这样做的。大陆应该做得比台湾更好。我们有这个信心。我愿意跟大家一起努力。

2012 年 2 月 10 日

国学热是中国人自发的文化自救[①]

各位同学好：

武大是我的母校，当同学们说要请我做一个演讲时，我当然不会拒绝。本来年纪大了，身体也不太好，可这是母校，母校是很特别的，别的地方我可以拒绝，但母校不能拒绝。我是1978年改革开放以后的第一批硕士研究生，考进武汉大学中文系古典文学专业，1981年3月份提前办理毕业，因为要去美国读书。到了美国，又在哥伦比亚大学读了将近十年，前一年半读英文，后来的8年拿到一个硕士学位和一个博士学位。

拿到博士学位以后，一个偶然的机会就去了台湾，因为我的父母都在台湾。我父母是1949年跟蒋介石一起去台湾的。我的父亲当时是蒋介石的机要秘书，而我们三兄妹都留在内地，几十年没有见过父母。我7岁离开父母，再见到父母的时候我已经快40岁，而我的父母也都已经七八十岁。我觉得应该与父母团聚，尽孝道，所以就在台湾教书，总共教了18年，2008年退休。退休之后，我决定回到武汉定居，我老家是湖南，15岁就来到武汉，青年时代完全是在武汉度过，在武汉求学、结婚、成家，也在武汉教了18年的中学，我的朋友都在武汉。我在台湾把父母一一送走，他们都过世之后，我决定还是回到武汉，因为这才是我真正的故乡。

我这一辈子几乎都在做边缘人，从来没有进入主流，没有进入中

[①] 本文是作者应邀在2013年9月7日于武汉大学素质教育讲堂上的演讲。原题为：《百年文化反思与国学热》。

心，只有回到武汉，才比较有回家的感觉。我最近出了一本新书叫《时代与命运》，第一篇文章叫《永远的边缘人》，我拿它做全书的代序。我在内地、美国、台湾都待过，而且待的时间相当长，在美国有10年，在台湾有18年，这让我能够有机会看到各方面的情况，对一些问题可以有更多的参照点。

通过反思百年文化评价国学热：
是不是要复辟"五四"时革命掉的东西？

今天我与大家交流的题目是"百年文化反思与国学热"。国学热正在兴起，武汉三个最有名的大学：武汉大学、华中科技大学和华中师范大学，都成立了国学院。放眼全国也可以看到，凡是比较好的大学，几乎都成立了国学院。

关于国学还有很多争论，比如什么叫国学，大家看法不一致；国学有没有复兴的必要，有没有必要把它列为大学中的正规课程，也有很多争论；连国学到底是好东西还是不好的东西，也都还有争论。

什么是国学？国学有广义和狭义两种，广义上国学就是中国传统文化。章太炎首先提出"国故"这一名词，"故"就是指不是此刻的，而是过去的文化和传统。后来胡适说章先生的这个提法可以接受，所以他后来号召整理国故，这一学问也被称为国故学，慢慢就简化为国学。也就是说反映中国过去的文化和学问都可以叫国学，与中国传统文化差不多可以画等号。

狭义的国学可以以人作个比喻，脑袋就是经学，到清朝基本定位为十三经；史学、子书和集部，这大概相当于近代的历史、哲学、文学，它们就相当于人的躯干；而腿部和脚部等根基就是小学，小学包括声韵、训诂、文字，比如说文解字就是小学。它他们加到一起就构成国学，是真正作为学术的国学。在武汉大学这样的地方讲国学，想必还是要讲学术性的国学。

现在中国的确有许多人在学国学，而且基本是一种自发的状态，这股热潮已经烧了若干年，还要烧下去。既然上面没有提倡，党中央没有号召，教育部也没有规定，为什么会烧起来？国学热有没有道理？世界上没有什么无缘无故的事情，既然发生，就有道理。至于好不好？见仁见智，有人说不好，中国这些烂东西有什么好处？没有进步，而且是在倒退，因为"五四"时期我们就已经打倒了孔家店。

"五四"时期的一些先进知识分子，对传统几乎都持有激烈的批判态度，比如鲁迅就说中国的书没有什么好读，看中国的书会一天天消沉下去，外国的书才能够让人生出一些力量和勇气，所以他劝中国青年尽量少看中国的古书，多看外国书。大家不要以为只有鲁迅激进，有些今天看起来很保守的人当时也很激进，比如蒋经国的老师吴稚晖，他在"五四"时就说，所有线装书都可以丢到茅厕。"五四"知识分子对传统的批判几乎是一边倒。因此，现在提倡国学，是不是就在和"五四"唱反调，把先前革掉的东西复辟？所以有些人不看好国学，持反对态度的大有人在。

因此，到底怎么来理解国学热？怎么评价国学热？要说清这一问题，就有必要对百年文化做一个反思，只有如此才能够回答国学热为什么会兴起，应该如何评价国学热。

今年是 2013 年，向前推一百年，也就是 1913 年，1913 年的两年前清朝刚刚被推翻，发生辛亥革命，孙中山先做了临时大总统，而后让给袁世凯。袁世凯原本搞得好好的，但不知怎么发了昏，不仅当总统还要当皇帝。现在这个世界上不叫皇帝的皇帝多得很，袁世凯还是不够聪明，无皇帝之名的皇帝，可以当下去，一旦真换上皇帝之名，很快就被赶下台，不到花甲之年就被气死。

1913 年之后两年，即 1915 年，也发生一件重要的事——陈独秀在上海创办《新青年》。陈独秀学问不错，文章写得很好，是中国共产党的创始人之一，但后来被搞得很臭，不过这个人其实是应该肯定的。陈独秀很激进，胆子大，也有勇气，他在《新青年》鼓吹新思想，尤其是当时西方国家的新思想。当时的先进青年几乎人手一本《新青年》，不读《新青年》的人，就会被先进青年认为他们已经 out 了，当时《新青年》就有这样的权威。陈独秀的安徽同乡胡适，比他小，二人关系不错。胡适曾经臭得很厉害，现在又香得很厉害。胡适在 1917 年的《新青年》发表了一篇文章，叫《文学改良刍议》，提倡改良中国的文学，中心主张就是用白话文代替文言文。陈独秀一看到胡适的文章就大喜，不仅立刻发表，而且马上写了一篇文章附议，叫《文学革命论》，发表在《新青年》下一期。先进青年读了这两篇文章以后热血沸腾，大家群起响应，像傅斯年、罗家伦、顾颉刚等后来都成了胡适的学生，鲁迅也被钱玄同"怂恿"写出第一篇白话小说《狂人日记》，发表在 1918 年第一期的《新青年》。这样一来，当时中国就掀起一个大运动，后来被称之为新文化运动。新文化运动从 1915 年陈独秀创办《新青年》算起，一直延续了六七年，大概到上世纪 20 年代初差不多算是大功告成，1920 年，连当时相当顽固的北洋政府教育部也命令小学课本用白话文代替了"学而时习之，不亦乐乎"。白话文运动是新文化运动最表面最明显的标志。

1919 年发生的"五四"运动使新文化运动更具有特殊的意义，本来主要是语文改革，后来却成了新思潮的传播，如果只是白话文代替文言文，大概现在还不会把它称为新文化运动。"五四"运动是新文化运动中的重要事件，现在已经有人把新文化运动与"五四"运动混在一起，叫做"五四"新文化运动。

这期间在国外也发生了大事件，1917 年俄国"十月革命"成功，这是全世界的大事，意味着整个世界在走向现代化的过程中，除原来那条自然形成的欧美路线外，又新增加一个模式，也就是苏联模式，建立在马克思主义基础上的新模式。而这件事情对中国的影响很大，一批知识分子吵得一塌糊涂，我们到底是走欧美的路，还是跟着苏联走？国民党与共产党斗争几十年，就是因为两个党选择的模式不同：国民党选英美模式，共产党选苏联模式。

今天看来，上世纪一二十年代仍是一个令人神往的时期，当时的思想自由在中国历史上都是少有的。近代哪一个时期中国的人才出得最多？哪一个时期涌现了真正的大师？哪一时期中国对各种新思想有那么热烈的争论？就是新文化运动时期，也可以叫清末民初时期。中国历史上只有两个时期可以与这一时期相比，一是战国时期，出现了孔子、老子、孟子和庄子等大思想家，另一个是魏晋时期，出现了王弼、嵇康、阮籍、郭象等大思想家。

近代"五四"新文化时期，差不多可以与战国、魏晋时期相比，比如胡适、蔡元培、章太炎、王国维、陈寅恪、钱穆都是这个时代的大师，现在有这种大师吗？现在国学大师的帽子满天飞，但我敢跟大家负责任地讲，中国现在没有一个人够得上国学大师的称号。有一个人我觉得差不多，是在美国的余英时先生，这大概是中国现在最伟大的文史学者。香港有个饶宗颐先生，是才子型的学者，今年90多岁，是个大学者，但是他和章太炎、王国维、陈寅恪这些人也还不能比。刚刚过世的季羡林先生，很多人称他为国学大师，其实季先生也不是，季先生是搞印度学的，说他是印度学大师刚好，干吗要把国学大师的帽子套在他头上？

尽管大家对胡适有一些争议，但他还是了不起的，尤其他的思想具有前瞻性，时间越长愈发觉得他很伟大，今天根本没有人可以与这一代学者相比。发生在一百年前的新文化运动前后是中国思想最活跃的时期，可以与战国、魏晋时期相媲美。

中国近百年思想主流：文化失去自信　一切以外国为准

如果把战国、魏晋和"五四"新文化运动三个时期相比较，他们有哪些不同的地方？战国时期全部的思想是从中国本土产生，没有任何外来思想影响，魏晋时期基本是本土产生，后期才有印度佛教影响，但很快也被中国文化同化。"五四"新文化运动时期与前面两时期极不相同，这一时期最活跃的思想全部是从外面输入，而不是本土产生。比如民主自由主义，主要是在英国、美国产生，共产主义主要是在法国、德国、俄国产生，无政府主义主要在法国和俄国产生。无政府主义现在大家不提了，但"五四"时期很有势力，毛泽东早年就受到无政府主义的很大影响。还有其他各种各样的思想，几乎没有哪一种不是从外国传入而是本土产生，这是与前两个时期最大的不同。

这一不同导致很多问题，优点缺点都有，主要是缺点。本土产生的思想很自然，瓜熟蒂落、水到渠成，外边传进来的东西多少不太自然，总是带有某种强迫性。实际"五四"时期中国引进外来思想是被打出来的，鸦片战争以前中国人很自大，认为自己地大物博，做天朝美梦，周边国家都是蛮夷小邦，微不足道。到鸦片战争才一觉睡醒，周围蛮夷小国都变得这么了不起。中国人梦醒后，先进知识分子纷纷提出来要睁眼看世界，不能总是关门做梦。而后发生洋务运动、戊戌变法，最终爆发辛亥革命，清朝被推翻。

新建立的民国政府又开始陷入军阀轮流执政，中央政府不强大，于是才给了知识分子自由空间，凡是历史上思想比较自由的时期都是专制不强的时期，中央政权不太稳的时期，战国是这样，魏晋也是这样。越是专制时期，中央政权越是牢固，思想也就没有自由。到了"五四"时期，思想又比较自由，而且世界发生大变化，各种外边的声音传进中国，激烈碰撞。

而此时中国人已经被打怕了，很自然就产生一种民族自卑心理，一种文化不自信的心理，觉得什么都是外国好，因此才会有一些激进分子，说什么中国书都不要读，中国的传统道德也全部被否定，比如孝。孝其实是中国文化中非常珍贵的遗产，这是全世界都没有的观念，是非常好的，如果你们到国外观察一下，西方世界的家庭状况比中国差得多，特别是老年人孤苦无依，很可怜。中国人的孝道是很了不起的道德，而"五四"时期连孝道也被践踏。中国人已经没有文化自信，一切以外国为准，这就是"五四"运动和新文化运动一个最大弊端，而且给后世带来无穷后患。

中国文化是不是真就那么不好？如果没有外国观念的输入，中国自己就不会产生现代观念吗？我是不相信的。没有西方的民主自由主义，没有马列主义，没有西方无政府主义，中国人就还要当猴子，就不能进化？没这回事，中国五千年的文明，辉煌灿烂，没有外国的冲击和影响，中国人也会发展出现代工业、现代文明，但是要晚一点。所有现代观念在传统文化资源中都可以找到类似的东西，比方孔夫子"仁"的思想难道不会发展出现代"博爱"思想？孔夫子"己所不欲，勿施于人"难道不可以发展出"平等、宽容"思想？从孟子所讲"富贵不能淫，贫贱不能移，威武不能屈"，难道不能发展出独立的人格自由的思想？我相信即使没有任何外来因素的刺激，中国文明完全能自然发展出这些思想，时间可能晚一点。

不过，世界已经慢慢变成地球村，中国没有办法再关起门来，也没有办法把自己锁在"桃花源"里，不愿接受外面的影响也要接受。外国人打进来，就使得中国的文化在不情愿的状态下发生变化，就像一个婴儿，等一些日子就可以顺产，现在却要打一针催胎，被迫早产，于是引来许多麻烦。部分激进知识分子认为中国文化什么都不行，什么都要学外国，这个想法基本是近百年中国思想的主流。

为什么这么说？左派批判右派的一个重要论点就是右派主张全盘西化，但是我要反问，左派自己不也是全盘西化吗？只是左右两派认定的"西"不同而已，右派认定的"西"是英国、美国，左派认定的"西"是法国、德国、俄国，仅此区别。右派一边倒向英美，左派一边倒向苏联、德国，都是全盘西化，都是不要自己的文化。"五四"的时候已经左了，后面就步步更左，一直左到"文化大革命"，"文化大革命"左手打倒英美民主自由主义，右手打倒苏联修正主义，还一头把中国传统文化也撞掉，结果什么都没有了，英美不可学，德俄不可学，古代不可学，那还有什么？

国学为何热："五四"后文化日益偏左 国学热属于文化自救

中国文化走到目前这么一个贫瘠的局面，道德滑坡到今天这么一个令人担忧的局面，就是这样一步一步走过来的，如果当初不否定中国传统文化，我们又怎么会这样？

中国向来是最讲礼仪的礼仪之邦，可是现在的中国人被认为是最不文明、最不讲礼貌的民族，最近连中央都发布指示，要求出国旅行注意形象，这就说明国人形象的确是不好的。现在社会道德日趋堕落，为了赚钱，害死人都可以不在意，官场也日益腐败，随时都可以抓出一个贪污几千万、甚至上亿的贪官，老虎、苍蝇一大把。甚至现在连学术都腐败，当时我们是很努力读书的，觉得中国振兴有望，真是一头埋进书海，现在完全不是，校园官场化、学术商品化，言之痛心，根子在哪儿？根源就在于对中国传统文化否定得太多。

现在大陆与台湾之间往来日益频繁，凡是到过台湾的人，都不能否认台湾的民风实在比内地好很多，人与人之间的温情和礼貌，社会制度的文明一眼就可以看出来，不是什么别的原因，就是因为台湾的传统文化没有受到什么冲击，"五四"时期台湾没有怎么冲击，1949年政权交替没有影响到台湾，"文革"时期台湾在搞经济起飞，所以传统文化没有中断，基本还保留在民间。

我有一个观点，在文化问题上，任何外来的先进观念，最多只能被嫁接过来，不能搞移栽，把自己的树拔掉，栽别人的树是不行的。中国这样一个文化大树，已经发育四五千年，有无数的根系，伸到民族的机体中，伸到每一个家庭中，伸到每一个人身上。把大树一拔，就完了，再栽种任何别的树也是没有用的，活不了，因为它不可能在短时间内长出那么多根系和须根，嫁接还可以，嫁接是部分吸取，好的东西要，不好的不要，然后通过自己原来固有的根系把外来的好养料输送下去。百年来文化上犯的最大的错误就在于，我们总是试图搞移栽，右派试图这样做，左派也试图这样做，所以引出一大堆问题，造成今天的恶果。

在历史上，陈寅恪等先生很早就提出过类似的想法，认为输入外国思想，一定要注意本民族的文化主体地位。陈寅恪是中国近百年来最伟大的学者之一，他最了不起的就是提出并且终生奉行"独立之精神，自由之思想"，这可以作为中国知识分子永远的座右铭。不奉行这十个字，就不要期望自己有什么成就，搞来搞去，最后还是一个跟屁虫。

"五四"时期的主张已经太过左，"五四"偏左可以理解，陈独秀、鲁迅、胡适等人是恨铁不成钢，矫枉过正，但是"过正"并不等于就是"正"，"五四"以后应该往右转，而我们还是不断向左，向左，向左。百年来，中国最流行的"歌曲"就是向左进行曲。

"五四"时期最了不起的文学明星中，胡适功劳最大，他主张白话文，没有人会认为错，白话文取代文言文，是历史的潮流。现在还没有人在这方面批评胡适。但是不是完全不可以批评他呢？我今天就要批评。白话文代替文言文是可以的，但是不应该废止文言文，很多的宝贝在文言文中，一废止就都没了。比如博爱，好像中国人从来不讲，只是外国人在讲，其实原因之一就是文言被废除，"仁"字基本不再单独出现，只用在某些成语中，例如麻木不仁、为富不仁等。其实"仁"就是"博爱"，孔子说："仁者爱人。"请问这不是博爱是什么呢？现在白话文不用"仁"这个字了，于是大家也就忘掉了这个观念，还以为"博爱"观念就是外国人发明的。

另外，白话文比起文言文真是粗糙很多。比如第一人称，文言文可以说余、予、吾、我等，表示谦虚一点的有仆、鄙人、在下、不才，如果自己很尊贵，有朕、孤家、寡人，至少几十个，而白话文只有一个，对谁讲都是"我"，没区分，一点都不细致，难道这不是一种损失吗？

文言文是不应该废止的，文言文学好了，白话文一定写得好。近代作家凡是语言好的，必是文言很好，鲁迅虽然自己骂文言，但鲁迅的文言功底何其好,所以他才能写出那么漂亮的白话文。钱钟书的《围城》写得多漂亮,钱钟书的古文好到《管锥编》全都是文言写成。"五四"时期那一批人自己文言学得很好,却叫年轻人不要念,懂不懂?也有在古文上比较差的,巴金就是其中一个,今天去看巴金的小说,说句不客气的话,简直念不下去,年轻时我喜欢看他的书,年纪大一点就看不下去了,语言太粗糙,太缺乏韵味。又如文字改革,繁体字改为简体字,也给今天带来很多问题,弊多于利。

总之,"五四"运动以后,该走的路其实应该是纠偏,而不是继续向左,而我们事实上是继续向左,最后把中国文化的命脉斩断了。这样也就可以回答,为什么今天在民间会兴起一个国学热?搞了上百年,大家发现我们的祖宗并不像原来说的那么糟糕,传统文化其实也有很多宝,丢掉传统文化其实是不对的。所以,就算上面不命令人们学国学,自己也要学。什么是国学热?国学热实际上就是中国人自发的一种文化自救和道德自救,就这么回事。(感谢武汉大学素质教育讲堂伍敬侗等同学的支持)

略论老子对中国文化、世界文化的贡献

中国的传统文化有三根支柱，就是传统上所说的三教：儒、道、佛。佛教是外来的，真正讲本土的中国文化，主要是儒、道两家，儒家是阳极，道家是阴极，一阴一阳合起来就构成了中国文化的基本框架。儒家文化的核心是刚健有为、积极进取，道家文化的核心是顺乎自然。在顺乎自然的前提下，道家文化有两个重要的分支，一个分支是老子，老子主张无为，但并不消极，他终极的主张是无为而无不为，手段是无为，目的却是无不为，换句话说，也就是以退为进，以柔克刚；另一个分支是庄子，庄子也主张无为，但他的无为是消极的，推到最后则变成只关注自身，而不得不从社会退出，只好做避世的隐士。

我今天讲道家主要讲老子，我觉得老子对中国传统思想的贡献可以用四个成语来概括：一，道生万物——提供一个解释宇宙的基本框架；二，相反相成——提供一个观察万事万物的统一方法；三，顺乎自然——提供一个处理一切事情的根本原则；四，以柔克刚——提供一种与儒家不同的处世态度。

先说第一点，道生万物。

老子说过："道生一，一生二，二生三，三生万物。"这个生万物的"道"，是只可意会而不可言说的，是一个玄之又玄的东西。老子在《道德经》第一章开宗明义就说：

> 道可道，非常道。名可名，非常名。无，名天地之始；有，名万物之母。故常无，欲以观其妙；常有，欲以观其徼。此两者同出而异名，

同谓之玄。玄之又玄，众妙之门。

第四十章中又说：

天下万物生于"有"，"有"生于"无"。

前一段话可以概括为"道生有无"，"有无皆玄"，后一段话又把"有"和"无"分了先后，"有"是"无"生的，两段结合起来，就变成"道生无"、"无生有"、"有生万物"。后来魏晋时候的王弼觉得把道和万物的过程分成道、无、有、万物四个层次，逻辑上不够严密，又有重复，就干脆把"无"和"道"等同起来，把"有"和"万物"等同起来，这样就变成魏晋玄学的基本命题"无本有末"。《周易·系辞》中说："是故，易有大极，是生两仪，两仪生四象，四象生八卦，八卦定吉凶，吉凶生大业。"这个说法与"道生万物"其实有相似的地方，只是把"道"换成"大极"（"大极"即"太极"）。以后宋明理学结合以上表述，提出了"无极而太极，以至于万物化生"的体系（"无极"一词已见于《老子》第二十八章："常德不忒，复归于无极。"）。我们可以看出老子"道生万物"是这一系列说法的最原始、最简洁的表述，"道生万物"不仅为宇宙的生成与构造创造了一种框架，也为万物的本体找到了一个根据，于是这个杂乱的世界就变成一个有组织的、有秩序的世界，生于其中的人也就有了一个根本的安身立命的基点，而不是一个毫无着落的微尘。由此出发，我们就可以为人生编织一张价值之网、意义之网，人也就不至于悬浮在没有价值、没有意义的虚空。这是老子为中国人甚至为全人类所做出的一个伟大贡献。

"道生万物"（包括王弼的"无本有末"、宋明理学的"无极而太极，以至于万物化生"）这个解释宇宙的框架初看起来只是一个理念的表述，所以被近代不少号称"唯物主义者"的人批成"唯心主义"，以为不足取。但非常讽刺也饶有趣味的是，当代科学却越来越证明这种解释非常贴近我们现在所了解的宇宙的起源与构造，无论是"大爆炸"理论、"黑洞"理论、"暗物质暗能量"理论，都在证明"道生万物"、"无中生有"并非荒诞不稽。 我们看看老子下面的话：

>有物混成，先天地生。寂兮寥兮，独立不改，周行而不殆，可以为天下母。吾不知其名，强字之曰"道"，强为之名曰"大"。大曰逝，逝曰远，远曰反。（二十五章）
>
>"道"之为物，惟恍惟惚。惚兮恍兮，其中有象；恍兮惚兮，其中有物。窈兮冥兮，其中有精；其精甚真，其中有信。（二十一章）

老子说的这个"混成"而"先天地生"的"道"，岂不就是勒梅特（比利时天文学家，1927年首次提出宇宙起源于大爆炸的理论）所说的那个大爆炸前的"宇宙蛋"吗？"大曰逝，逝曰远，远曰反"，岂不是在描述宇宙星系一部分逐渐离我们远去，一部分又会重新回来的永不停歇的运动吗？"惚兮恍兮，其中有象；恍兮惚兮，其中有物。 窈兮冥兮，其中有精；其精甚真，其中有信。"跟现代物理学家们说的暗物质、暗能量不是极其相似吗？ 老子和王弼都一再说明"无"并不是什么都没有，而是充满了人们所观察不到的东西，从这些东西中便可以生出"天地万有"。 现代物理学家告诉我们，宇宙中的暗物质、暗能量占90%以上，这些暗物质、暗能量都是无法察知的，而我们所能察知的物质和能量只不过在宇宙中占百分之几，且是暗物质、暗能量集聚而生的，谁说"无中生有"是不可能、不可理解的呢？

限于能力与篇幅，我无法在这里把老子的理论和现代天文学、物理学的理论详加比较。 但仅就上面这个极其粗浅的分析，我们完全有理由说，如果不是现代物理学家受到老子的影响而提出这样的理论，那就是老子在两千多年以前已经意识到宇宙的起源和运动了。 至低程度，我们得承认老子对宇宙的起源与运动提出了一个天才的假设，这个假设对人类认识宇宙是极有帮助的。

第二点，相反相成。

相反相成用今天的话来讲就是对立面互相转化，例如好事变坏事、坏事变好事之类，也就是我们常说的辩证法，这是老子对中国传统思想也是对人类思想另一个伟大的贡献。《道德经》通篇都充满了这种思想。老子用无数的例子告诉我们，对立面的相互对立只是一种暂时的现象，而不是永远不变的，而且对立面的关系并不是敌对的关系，而是相互依存的关系。他说：

> 故有无相生，难易相成，长短相形，高下相倾，音声相和，前后相随。

在老子看来，万物都是由矛盾的两面构成的，用他的原话讲叫做"万物负阴而抱阳"（四十二章），这矛盾的两面或说阴阳两面不断地向对方转化，这不断地转化过程就是"道"运行的过程，所以他说"反者道之动"。我们随手举几个例子，看看老子如何描写对立面的互相支持和互相转化：

> 三十辐共一毂，当其无，有车之用。埏埴以为器，当其无，有器之用。凿户牖以为室，当其无，有室之用。故有之以为利，无之以为用。（十一章）

这是讲有和无的互相支持和转换。
又说：

> 明道若昧，进道若退，夷道若纇。上德若谷；大白若辱；广德若不足；建德若偷；质真若渝。大方无隅；大器晚成；大音希声；大象无形；道隐无名。夫唯道，善贷且成。（四十一章）

这里讲到一系列似乎相反的东西,却是相似的。同样的说法还有:

大成若缺,其用不弊。大盈若冲,其用不穷。大直若屈,大巧若拙,大辩若讷。(四十五章)

正言若反。(七十八章)

又如:

祸兮福之所倚,福兮祸之所伏。(五十八章)

这是讲福和祸也不是绝对的,好事可以变坏事,坏事可以变好事。

后来《淮南子·人间训》里讲了一个塞翁失马的故事,就是对祸福相倚的道理的绝佳说明。住在边疆的一位老翁走失一匹马,当然是坏事,所以邻居都来安慰他。老翁却说,这不一定是件坏事呢。后来这匹马自己又回来了,因为是匹母马,结果不仅自己回来了,后面还跟了好几匹野生的公马。于是坏事变成了好事,邻居都跑来恭喜他,老翁却说,这也未见得是件好事啊。老翁有个儿子看到几匹新马很高兴,便去骑着玩,没想到野马性烈,把他狠狠摔到地上,摔断了胳膊。好事又变成了坏事,邻居又跑来安慰老翁,老翁却又说,说不定这也不是坏事哦。不久境外的少数民族发动侵略,朝廷征兵打仗,青壮年都在征召之列,老翁的儿子因为残疾而被免征。同村的青壮年当了兵的几乎全都死于战争,独有老翁的儿子得以保全。你看,坏事岂不又变成了好事吗?

老子这种辩证法虽然朴素,但很深刻,他告诫我们观察事物要避免片面、避免静止、避免绝对。这无疑是正确的。

第三点,顺乎自然。

从第一点看来老子思想体系当中最高的一层似乎就是"道",但是他在第二十五章里又说了这么一段话：

> 故道大，天大，地大，人亦大。域中有四大，而人居其一焉。人法地，地法天，天法道，道法自然。

从这段话的末句看来，似乎"道"还不是最高一层，道的上面还有一层是"自然"。但如果自然是最高一层，那么前一句就应该改为："故自然大，道大，天大，地大，人亦大。域中有五大，而人居其一焉。"这样文理才通，可见这里的"自然"不应解为比"道"更高的一个层次，这里的"自然"就是自然的本义：自然而然。"道法自然"的意思是："道"并不是一个什么特别的东西，"道"就是自然而然，就是万物的本貌。其实老子的整个思想也可以说就是关于自然的思想，就是要说明自然而然就是宇宙间的最高原则，所以魏晋人在总结儒、道的宗旨时说过："圣人贵名教，老庄明自然。"用名教来总结儒家，并不全面，这个问题我们以后有机会再谈，但是说老庄的学说是"明自然"，这却是一针见血。

"自然"用今天的话来讲就是客观规律，"明自然"就是要讲明客观规律是宇宙间最高法则的道理，所以人所做的一切都要遵守这个客观规律，决不可违背，用成言讲就是"顺乎自然"。儒家强调积极进取，其极致就是"知其不可而为之"（孔子语），再推就是"人定胜天"（荀子语），这是强调人的主观能动性，在很多时候有其积极意义。但是如果看不到它的局限而强调过分，人就会变成狂妄自大，以为自己无所不能，以为自己真能战胜自然、改造自然，而忘记了人在本质上只是自然的一个小分子，在根本上（非局部的）是不可能战胜自然、改造自然的。这就好像一个力气再大的大力士，也不能拔着自己的头发让自己离开地面一样。远的不说，近的如中国的汶川大地震，日本的仙台地震与海啸，我们就可以看出人在大自然面前是如何的渺小无助。人要生存发展，必须首先学会跟自然和谐相处。要跟自然和谐相处，就要遵循自然的客观规律，而不可以跟自然规律对抗。这就叫"顺乎自然"（或者叫"顺天"）。在老子看来，一切违反自然的作为，都是不必要的、有害的，所以他反复强调"无为"。"无为"并不是什么都不做，"无为"是说在自然规律之外不要硬做，用今天的话来讲，就是不人为折腾。不顺乎自然的人为折腾，只会把事情弄糟，反过来，顺着自然规律去做，就什么都会做好，这就叫做"无为而无不为"（三十七章）。老子认为这是处世、治国的最高境界。高到老百姓根本看不出你做了什么事情，所以老子说："功成事遂，百姓皆谓我自然。"（十七章）又说："是以圣人处无为之事，行不言之教。万物作焉而不辞，生而不有，为而不恃，功成而弗居。夫唯弗居，是以不去。"（第二章）

第四点，以柔克刚。

一般人之常情多喜欢争强好胜，不愿意屈居下风，但是老子却告诉我们，这样做并不见得好，相反，我们应该学习"水"的态度，水往下流，聚集在低洼的地方，又很柔弱，不与他物相争，但是却有利于万物，而且是最终的胜利者。他说：

上善若水。水善利万物而不争，处众人之所恶，故几于道。居善地；心善渊；与善仁；言善信；政善治；事善能；动善时。夫唯不争，故无尤。（第八章）

处于低下的位置，可以避免成为敌对者攻击的目标，没有坠落的危险：

故贵以贱为本，高以下为基。是以侯王自称孤、寡、不谷。此非以贱为本邪？非乎？故至誉无誉。是故不欲琭琭如玉，珞珞如石。（三十九章）

又说：

> 知其雄，守其雌，为天下谷。为天下谷，常德不离，复归于婴儿。知其白，守其黑，为天下式，为天下式，常德不忒，复归于无极。知其荣，守其辱，为天下谷。为天下谷，常德乃足，复归于朴。朴散则为器，圣人用之，则为官长，故大制不割。（二十八章）

知雄守雌，知白守黑，知荣守辱，这就是常胜不败之道。

老子还告诉我们，不要争胜，不要好强，争胜好强的人往往以失败告终，往往没有好结果。他说：

> 人之生也柔弱，其死也坚强。草木之生也柔脆，其死也枯槁。故坚强者死之徒，柔弱者生之徒。是以兵强则灭，木强则折。强大处下，柔弱处上。（七十六章）

而柔弱的东西却最终会战胜刚强的东西，他说：

> 柔弱胜刚强。（三十六章）
> 天下莫柔弱于水，而攻坚强者莫之能胜，以其无以易之①。弱之胜强，柔之胜刚，天下莫不知，莫能行。（七十八章）

以弱胜强，以柔克刚，可以用之处世，也可以用之治国，一般人只看到强大的可畏，而看不到柔弱的力量和它必然战胜刚强的前景。弱能胜强，柔能克刚，这也是辩证法，俗话说"星星之火，可以燎原"，也是这个意思。

这种守弱处贱、以柔克刚的处世态度的确与儒家的积极进取、不畏强暴的处世态度有别，但不失为另一种高明的策略，至少可以补充儒家的不足，儒是阳，道是阴，儒道互补，就更利于我们应对不同的情况。

老子的思想很丰富，但择其要者而言之，我以为主要是以上四个方面。这些宝贵思想是老子对中国文化和人类文化所做出的伟大贡献。如果能够深切领会这些思想，我们就有可能学到老子的智慧，让我们的人生更加精彩。

第四辑 感思

说"和谐社会"与"以人为本"

建设一个以人为本的和谐社会,是当今中国人正在进行的一场社会改造运动,也是当今中国人的奋斗目标和奋斗口号。我个人很认同这个目标,这个口号,我希望它至少坚持五十年不变。和谐社会不难懂,没读过几句书的人大抵也心明其意。"以人为本"则稍微文气一点。"本"是什么?"以人为本"到底意味着什么?恐怕对很多人来说其实都还是半懂不懂的。

我个人的理解是,提出"和谐社会"就是告别斗争哲学,让社会从一元主义走向多元主义;而"以人为本"则是告别工具论和手段论,肯定人有追求幸福的权利,把公民的福祉看成国家的第一要义,政府的功能由统治转向服务。

以上两方面其实是许多古圣先贤一直追求的理想境界,并不是什么新的东西。近百年来,中国人竞相追逐所谓先进的、革命的理论,不断高唱向左进行曲,把这些祖宗们的智慧视为老生常谈,今天终于醒悟过来,方明白老生常谈常常是至理名言。当年管辂称引古义,以戒何晏、邓飏。邓飏讥讽说:"此老生之常谈!"管辂则回敬道:"夫老生者见不生,常谈者见不谈也。"后来何晏、邓飏都被杀头,验证了管辂的警告(见《世说新语·规箴》)。中国人近几十年来正是在几乎坠落到"不生"、"不谈"的边沿时,悬崖勒马,重新领悟到这些老生常谈之可贵。

先说和谐社会。和谐就是多元协调,互利互补。如果是一元,那就是"同",而不是"和"。孔子说:"君子和而不同。"舆论一律,意识形态一元，打官腔，说套话，写八股，都是同，不是和。多元而不协调，也不是和，那是争。孔子说"君子不争"，一个社会，人和人之间，一天到晚斗来斗去，争来争去，辩来辩去，运动一个接一个，"七八年又来一次"，那就是瞎折腾。瞎折腾的结果，就是精力都内耗了，社会停滞不前，而且充满戾气。胡锦涛提出"不折腾"，实有深意，我很赞同，是告别斗争哲学的时候了。无论是阶级斗争、民族斗争、宗教斗争还是人和人之间各种无谓的斗争，都不是什么值得提倡的事。说"几千年的人类文明发展史就是一部阶级斗争史"恐怕很难说是真理。斗争导致文明毁灭，和谐才使文明发展，我从历史当中读到的是这样。

再说以人为本。中国先哲说："人为万物之灵。"西方先哲说："人是万物的尺度。"从宇宙来看，是否如此尚可讨论，但至少从地球来看，这话是没有错的。中国先哲又说："天地之间人为贵。"孔子的核心思想"仁"就是"爱人"。西方文艺复兴时，提倡人本主义，就是要否定原来的神本主义，把人放在神之上，把人文放在宗教之上。所以"以人为本"，最根本的内涵在我看来，就是要肯定国家、政府、社会、个人的一切作为，都要以人为目的，以公民（是一个一个的人，不是抽象的"人民"）的福利为终极追求。但是在历史上，在许多高明的理论跟堂皇的实践中，人往往变成了手段或者工具。一些人成了另外一些人的工具，多数人成了少数人的工具，或者人变成了实现某种抽象理念（诸如"革命"、"独立"、"自由"、"民主"，甚至"人民"，"下一代"，"子孙万代的幸福"，等等）的手段，而这些抽象理念的解释权又往往为某些"领袖人物"所把持，于是人最终还是变成了这些"领袖人物"的工具。法国大革命时期有一位罗兰夫人，她在临刑前感叹说："自由，自由，多少罪恶假汝之名以行！"我们完全可以把"自由"换成"革命"、"人民"，或其他的抽象理念。我们现在要明确地、毫不含糊地宣称："人就是目的，人以外没有其他的目的。人不是工具，也不是手段，既非任何'伟大'人物的工具，也非实现任何'高尚'理念的手段。"不要以为这是简单的道理，实际上很少有人对于这样"简单的道理"始终是清醒明白的。

　　提出"以人为本"与"和谐社会",既是新的奋斗目标,也是沉痛的经验总结,也可视为新一轮的拨乱反正。但说说容易,实行却难,"前车之覆,后车之鉴",如果我们能牢记历史的教训,保持清醒的头脑,坚持五十年不变,中国的复兴就有希望了。

"为我"与"为人"

有三种主义：

1. 我是我。我只是我，别的都不是。我只为我，别的都不为。拔一毛而利天下，不为也。

2. 我不是我。我是君王的臣子，我是父母的儿子，我是孩子的父母……但就是不是我自己。我为人民活着，为君王活着，为父母活着，为孩子活着……但就是不为自己活着。其极致则是"以天下为己任"、"毫不利己，专门利人"。

3. 我是我，但不只是我。我为我，但不只为我。我为自己活，在为自己活的同时也为别人活。

第一种哲学和第二种哲学如果人人平等奉行，其实都不坏，坏的是有些人常常自己奉行第一种哲学，却叫别人奉行第二种哲学，古今独裁者大抵都是这种人。还有许多人嘴里说第二种哲学，而心里信仰的其实是第一种哲学，于是世界上便多了许多伪君子。

敢于声称自己信仰第一种哲学且教别人也信仰者其实并不损人利己。杨朱说："古之人损一毫利天下，不与也；悉天下奉一身，不取也。人人不损一毫，人人不利天下，天下治矣。"

从孟子开骂以后，杨朱一直被骂了许多年，骂的人只取他的前半句，却有意地略掉了他的后半句，其实是很冤枉的。

第二种哲学听起来很无私很堂皇，但行起来很困难，所以真正信奉的人也并不多。但部分信奉的人却大有人在，一方面古往今来的圣人、伟大领袖常常这样教导人民，例如儒家的《孝经》本来是一本好书,但说得有点过分,结果人活着好像全是为了侍奉父母、光宗耀祖,许多乖乖牌的好人照着去做,结果一辈子都活得很辛苦,一辈子都在做儿子,从来没做过自己。胡适在他的大儿子出生时送给他一首诗,诗中有两句说:"我希望你做个堂堂正正的人,不要你做胡适的儿子。"这才是真爱儿子。"以天下为己任"是中国儒家的传统,无人敢说不对,尤其是自命有大志的豪杰,更是以此为座右铭。我们也的确需要有几个这样的人物。然而如果人人都以天下为己任,似乎也并不值得提倡。尤其在乱世,往往弄得"不知几人称帝,几人称王"(曹操的话)。就是在平世,这种伟大的志向也往往只是造就一些志大才疏、老以为自己怀才不遇而牢骚满腹的人。至于"毫不利己专门利人",如果真照字面去做,那就简直不知道从何做起。还有另外一方面,慈爱是人的天性,所以许多人心甘情愿地为儿女活着,几乎忘了自己,也一辈子都活得很辛苦。古人说:"儿孙自有儿孙福,莫为儿孙做马牛。"实在是至理名言,但天下做父母的偏偏是愿做马牛的居多,真是无可奈何。

只为自己和只为别人,其实得失相当,不过在境界上为别人自然显得高一些,说起来也好听一些,所以第二种主义也就最流行(至少在表面上)。但窃以为第二种主义并不怎么值得提倡,它让许多老实人活得很累,又让一些奸雄窃取了救世主的光环。

我主张的是第三种。一个人首先必须为自己活着,"存我"乃生命之本质、生命之要义。不"存我"即无生命,俗语说:"人不为己,天诛地灭。"这话被批判了很多年,其实认真想想却有至理。一部达尔文的《物种起源》不就说的"物竞天择,适者生存"吗?如果你不为己,那么物就要竞过你,天就不择你,天诛之地灭之,不是很自然的结果吗?但是人类自从组成了社会以后,就把自己跟自然界区别开来,物竞天择的自然法则也就不能原封不动地通行于人类社会了。人之所以高于禽兽,而能够组成社会的地方,就在于人不仅懂得竞争,还懂得合作;不仅懂得要"保己",还懂得要"保群",只有"保群"才能更好地"保己"。所以"为己"的同时,必须想到"为人","为人"也同时是

"为己"，自然更不能损人，因为损人者人必损之，最终也就不利于"存我"了。人在为自己活的同时造福他人，也在造福他人的同时成就自己。但成就自己毕竟还是第一位的，因为只有先活好自己才能有助于他人，自己都没有活好，还能够成就别人吗？

有一位青年朋友跟我讨论这个问题，我送了他两句话：

有健全之个人，斯有健全之社会；
先建设好自己，才能有益于他人。

我愿意把这两句话送给所有的朋友。

谈隐私，兼说"事无不可对人言"

我在哥伦比亚大学交的第一个洋教授朋友是东亚研究所的 Prof. Andrew Nathan，中文名字叫黎安友，是个非常聪明的犹太人，年纪跟我差不多。黎安友是个中国通，中文很好，在台湾名气很响，常为台湾报刊撰文。他的太太（现在要叫前妻了）维特克甚至比他的名气还大，特别是在大陆，"文革"时已经成年的人，如果记忆好，应该还记得曾经有一个美国女记者"文革"中特别受到江青的接见，回去后写了一本《江青同志》（港台译作《红都女皇》），此人就是维特克。记得刚进哥大不久，大概是1982年的秋天或1983年的春天，黎安友和维特克夫妇特别邀请我和周阳山（现任台湾"监察委员"、曾任"立法委员"、新党召集人，当时也是哥大的学生）去他家玩。他的家在哈德逊河边的高地上，相当漂亮。因为是第一次去一个美国教授的家，所以印象特别深刻。而其中印象最深刻的是两个细节。首先，我一踏进他家的大门，就着实吃了一大惊，因为在门口的小方桌上，赫然地放着一张放大的维特克的裸体照，她正抱着孩子在浴盆里洗澡，对我这个刚到美国的大陆乡巴佬来说，实在是大开眼界。随后，黎安友领着我们巡视他的房子（维特克则在厨房里为我们准备晚餐，记得主菜是烤鸡翅），这房子的豪华气派和雅致陈设当然又使我这个乡巴佬吃了第二惊，我憋不住好奇，便问了一句："这房子值多少钱？"不料他立刻回了我一句："That's privacy.（这是隐私）"他脸上仍然微笑着，但我却觉得相当难堪。从此我就记住了，在美国打听人家的 privacy 是一大忌讳。但到底什么是 privacy？为什么房子值多少钱是 privacy？而太太的裸体却不是 privacy？ 这问题着实让我困扰了很久。

我们中国人向来无所谓隐私，更没有所谓隐私权的问题。 记得年轻时读司马光传，牢牢地记住了他的一句名言，叫"事无不可对人言"①。 觉得他真是个大丈夫，光明磊落，绝无不可告人之事，做人就该这样，以此自期，也以此期人。 去美国留学以后，才开始知道"隐私"二字，而上述黎安友的话，正是我在这方面上的第一堂课。 以后我慢慢明白，在美国，在西方，有许多东西都属于隐私的范围，不能随便问人家。 例如薪水的数目，即使同在一个单位，也不可以互相打听。 此外如女人的年龄、婚姻的状况、个人的行踪等，都不是可以随便问的。 在某些特定的场合，关于对方的宗教、信仰、种族等，也往往是很敏感的话题。 甚至半路相遇，也很少有人问"你到哪里去"这种我们中国人的口头禅。 总之，关于个人的一切事情（或许在中文里我们可以用"个人档案"来称呼吧）在不同的场合都可能属于隐私的范畴，是轻易冒犯不得的，如果你刻意打听、挖掘、揭露、传播这些别人不愿对人说的隐私，你就很可能吃上"侵犯隐私权"的官司。 但是公众人物则例外，许多在平民百姓来说是隐私的事情，对公众人物则不仅不是隐私，甚至还必须向公众公开，例如官员的财产、房子值多少钱、首饰值多少钱、银行里有多少存款……很多国家的法律都是规定要向民众公布的。

但在咱们中国（我是指我年轻的时候，今天应该好多了吧），情形则刚好相反。 一个初中男生不小心碰了一下女生的胸部，这种事情都会载入档案，跟你走一辈子，而且随时都可能被揭发出来，当作"流氓"加以批判。 至于大人物们的许多作为（包括男女关系）则都属于"机密"，作为"主人"的人民是无权过问的，倘若坚持要过问，你就立刻从"人民"变成了"反革命"，于是你就只剩下关牛棚、坐监狱的权利了。

---

① 《宋史》原文作："吾无过人者，但平生所为，未尝有不可对人言者耳。"见《列传第九十五》。

也是到美国之后，我才开始反省我所崇拜的司马光的名言。司马光是宰相，他所说的"事无不可对人言"，是说他在"公的领域"所做的事没有什么不可告人的，这是应该的，其实谈不上什么伟大。一个平民，基本上都活动在"私的领域"，倘若也拿了这句话来自律，那就只能说是个呆子。司马光的话没有什么不对，是我们自己搞错了身份，弄错了场合。中国读书人向来服膺孔夫子"学而优则仕"的教导，个个都把做宰相当作自己的奋斗目标，那么在当宰相前预习一下"事无不可对人言"也可以理解，如果并不想当宰相，甚至也不想做官，其实是无须"事无不可对人言"才算光明磊落的。至于当官的人叫老百姓"事无不可对人言"，甚至"事必对人言"，自己却严守"机密"，无法无天，那就是真正的小人甚至恶棍了。

论时髦

这世界还真没有什么绝对真理，什么事情都得具体分析。就说时髦吧，这时髦是赶好呢，还是不赶好呢？说一个人赶时髦，多少是有一点贬义的，说不赶时髦，倒还似乎有几分夸奖的意思。但你看现今世界上有几个人不赶时髦呢？那么多时尚杂志，销量之大，流行之广，恐怕早就超过《圣经》和《论语》、《老子》了。时尚杂志不就是提倡赶时髦吗？可见赶时髦乃是人心之所向，不赶时髦就意味着落伍、过气。谁愿意落伍、过气呢？二十多年前在纽约唐人街，常常可以看到一些西装笔挺的老绅士，戴着一个宽边礼帽，礼帽的旁边插着几根羽毛，很神气地从你身边走过，可一望而知，是三十年前的装扮，那西装自然也是旧的，常常叫时髦的小青年们看得笑岔了气，连我这个刚从大陆来没几年的老土都不禁为之凄然。你说这时髦能不赶吗？

其实"赶时髦"这三个字如果说有点什么贬义，那完全是用字的人不怀好意，如果换成"入时"、"合时"，实质没变，味道就完全不一样了。唐朝诗人朱庆余有一首《近试上张水部》的诗："昨夜洞房停红烛，待晓堂前拜舅姑。妆罢低声问夫婿，画眉深浅入时无？"说是画眉，其实是指写文章，文章入不入时，是能不能金榜题名的关键，你看这"入时"哪里不好？连圣人也要入时、合时，孔子就被弟子称为"圣之时者也"。说孔子保守、倒退、复辟，那完全是误会，或有意曲解。

倘一个人不合时，那是很麻烦的，尤其是搞政治，"识时务者为俊杰"，绝对是颠扑不破的真理。不合时而能当官，在今日之世界乃不可想象之事。在民主国家是选民不会选你，在威权国家是上头不会要你。在科举时代倒还有可能,因为那官是考来的,像苏轼这样"满肚皮不合时宜"的人也居然当了一辈子的官。但终于当不大,而且一贬再贬,还因为"乌台诗案"坐了几个月的牢,盖"不合时宜"致之也。其实苏轼还算走运,碰到的是中国历史上对知识分子最为宽大的宋代,倘生在明朝,屁股就要开花,生在清朝,脑袋就要落地。

"不合时宜"在我们家乡叫"背时","背时"正好与"入时"、"合时"对,是一个极有表现力的词,可惜普通话里很少用。在敝家乡却是用得很普遍,"今日一出门就听到老鸹(乌鸦)叫,我就晓得要背时"、"这人一生背时","背时"就是"倒霉"的同义语,与其"背时",那就还不如"赶时髦"。"赶时髦"虽然不大好听,总比倒霉强。

考"赶时髦"之所以不太好听,关键是"赶"字,老是跟在时髦屁股后面赶,赶之唯恐不及,而又常常赶不上,这就有点叫人瞧不起了。如果是时髦的创造者、引领者,那根本就是造时势的英雄,就是伟大领袖说的"数风流人物还看今朝"的风流人物,那是叫人仰望的,谁敢瞧不起?赶时髦之所以不怎么令人推崇,还因为时髦这玩意儿很不好赶,因为它是常常变的。刚刚赶上,可能它又变了,赶者得跟着变,这就免不了有一点狼狈。所以好事者又造了一个词——"跟风派",来嘲弄这些赶时髦的人,"风"就是风潮,也就是时髦。其实无论是风也好,潮也好,跟着总是没错的。乘风比逆风好,顺潮流比反潮流好,这是常识。麻烦的是,这风啊潮啊指的是社会的风潮,并非自然的风潮,所以变得很快,也每每叫跟者措手不及。"好风凭借力,送我上青云",岂不快哉!但重要的是好风,倘若碰到乱流,风向忽东忽西,弄得不好就一头栽了下来,"上青云"云乎哉?

搞学术不是搞政治,照理说可以不赶时髦,可以不考虑"入时"、"背时"的问题,其实也不然。这话顶多只适用于自然科学,搞社会科学绝对有"入时"和"背时"的问题,甚至连搞自然科学也有个"时髦"与"不时髦"的问题。搞尖端科学、搞前沿科学、搞马上用得着的科学,就比较时髦,搞基础理论研究就不大时髦,所以搞原子弹的钱学森就比搞"1+1=2"的陈景润要有名得多。 搞社会科学就更不用讲了,三十年前,在中国要搞辩证法、搞阶级斗争理论、搞评法批儒……才时髦。 现在呢,现在大陆我不敢讲,因为离开了三十年才回来,还需要一点时间熟悉情况。 至于台湾呢,特别是文学理论界,我比较熟,知道现在流行的是从欧美传来的洋货,例如一系列带"后"字(英文里面是 post-)的学问,后现代、后殖民、后结构、后历史……"后"得不亦乐乎。 再加上什么"族群"、"性别"、"家国想象"、"建构"……总之,洋气可掬,而与文学没有多大关系。 但如果你不跟着那些院士、名人们去写这些别别扭扭的、"理论"味道很重的、叫人读不懂的(越读不懂就表示学问越大)鸿文,你可就真会"背时"。 学位拿不到,教授评不上,"国科会计划"没你的份,你自然而然的就被边缘化了。 你看,这"时髦"能不赶吗?

在中国近代的著名学者中,最时髦、最入时的大概要算郭沫若,最不时髦、最背时的大概要算陈寅恪。 国人尽知,无需多论。

其实这时髦不时髦也没个定准:短期看是时髦的,长期看可能就不时髦了;从这个角度看是时髦的,换一个角度看就不见得时髦了。 都说陈寅恪不时髦、背时,因为他不肯学马列主义,可陈寅恪自己却不这么认为,他在《陈垣燉煌劫余录序》里说:"一时代之学术,必有其新材料与新问题。 取用此材料,以研求问题,则为此时代学术之新潮流。 治学之士,得预于此潮流者,谓之预流。 其未得预者,谓之未入流。" 你看,这不明明以"新潮流"之提倡者、引领者自居吗? 不是"入时"得很吗?

什么是答案? 没有答案。 我顶多只能说:时髦可以赶,但不能乱赶。 有些时髦可以赶,有些时髦不必赶。 什么时髦,什么不时髦,什么是真时髦,什么是假时髦,什么时髦有价值,什么时髦没价值,什么时髦该赶,什么时髦不该赶,不同的人有不同的结论。"运用之妙,存乎一心。"你老兄自己看着办吧。

论敬畏

敬畏之心是人固有的吗？ 应该是。

任何一个人，一个正常的人，一个略有常识的人，在晴朗之夜仰望星空的时候，能够不感到自己的渺小吗？ 满天发光的星星是无数颗太阳，这无数颗太阳是不包括地球的，地球不发光。 地球不过是太阳系当中的一个小行星。 无数个太阳系才组成一个银河系，地球不过是太阳系中的一粒微尘，太阳系不过是银河系中的一粒微尘，而一个银河系又不过是宇宙中的一粒微尘。 一个小地球上就有七十亿人，七十亿分之一算不算一粒微尘呢？ 人在宇宙中只能说是微尘中的微尘，微微尘中的微微尘，微微微尘中的微微微尘……在这种时候，会有人觉得自己伟大而不渺小吗？

渺小生敬畏。 在宇宙面前感觉到自己的渺小，便不能不对宇宙油然而生敬畏之心。 在浩渺而神秘的宇宙面前，人的体力和智力都显得无能为力，便唯有崇拜，唯有敬畏。 此时倘若不崇拜、不敬畏，便只能叫做狂妄，这狂妄不是源自勇敢，而是源自愚蠢。

我们不妨说，人皆有敬畏之心，无敬畏之心非人也。 这不是什么公设，也无须证明，而是我们每一个正常人都能切切实实感到的真实。 这种敬畏是人这种有情感能思想的生物面对巨大、神秘、未知的不可把握之物的必然反应。

除了宇宙之外，一个人还会面对其他巨大、神秘、未知的不可把握之物吗？ 显然会。 例如命运、生死、未来等。 还有其他的，例如真理，例如美。 在这些面前，我们只有敬畏。 还有，一个现代公民之于法律，也只能敬畏。 两千多年前的孔子说过："君子有三畏，畏天命、畏大人、畏圣人之言。"孔子说的"天命"就是命运、生死、未来等不可把握之物的总称；孔子说的"大人"在那个时代就代表法律；孔子说的"圣人之言"在那个时代就代表真理。 君子应对这些都怀着敬畏之心。

对于敬畏之心，中国民间有一个最朴素的表达，叫做"举头三尺有神明"，这里的"神明"就是老百姓对一切巨大、神秘、未知的不可把握之物的代号，不一定要拘泥于字面作死板解释。 其实，世界上各种文明都有类似的表达，英文说："God is watching."不就是同一个意思吗？

敬畏表现在一个人的情感态度上，是肃穆小心而不敢狎侮亵渎，表现在言行举止上，是稳重谨慎而不敢轻佻放肆。 在巨大、神秘、未知面前保持敬畏之心而不敢狎侮亵渎、轻佻放肆，是一个渺小的人应有的自知之明，也是一个脆弱的人应持的自处之道，也是一个愿意改善自己的人向前走的起点。 只有那些愚蠢狂妄而又不思进取的人才会不知敬畏。 孔子说，与君子相反，"小人不知天命而不畏也，狎大人、侮圣人之言"，说的就是这种愚蠢狂妄而不思进取的人。

敬畏之心是道德的起点，至少是起点之一。 人有敬畏才会对自己有所约束，才会遵守社会的公约而不致放肆胡来。 很难想象，一个社会充满了不知敬畏而放肆胡来的人是一个有道德的社会。 我们刚刚经历过这样一个社会，那就是"文革"十年的中国。 无知的青少年们高喊着"彻底的唯物主义者是无所畏惧的"的时髦口号，肆无忌惮地摧毁中国人向来视为神圣的一切，包括别人的生命。 他们号称"无所畏惧"，其实还是有所畏惧的，只是畏惧的不是我们正常人所敬畏的那些巨大、神秘、未知的不可把握之物，而是一个跟我们普通人一样却被人为塑造出来的所谓"四个伟大"的神。 畏其所不当畏，而不畏其所当畏。 于是是非颠倒，善恶混淆，四海翻腾，天怒人怨，弄得几乎不可收拾。 等到大家清醒过来，"四个伟大"也失了灵，整个社会的道德底线也就跟着崩溃了。

其实，只要是人就不可能"无所畏惧"，那些鼓励别人"一不怕苦、二不怕死"的人，恐怕并没有把自己也包括在内，否则要万岁做什么呢？怕苦怕死是人之常情，承认自己怕苦怕死也并非什么丑事，如果一个社会上真有很多不怕苦、不怕死的人，那也不得了，老子说："民不畏死，奈何以死惧之？"麻烦岂不大了吗？

但是，在经历了"文革"的巨祸深创，而又未加批判清理的今日的中国社会，正常的该有的敬畏心丧失殆尽，因而的确滋生了许多肆无忌惮、"无所畏惧"的人。不仅有不畏死之民，而且有不畏死之官。不畏死之官比不畏死之民更可怕，他们放肆贪腐，藐视正义，藐视国法，也藐视神明。这种不畏死之官会逼出更多的不畏死之民。

如果上有不畏死之官，下有不畏死之民，这个社会能不令人觉得可怕吗？怎么办呢？有人提倡"唱红打黑"，重回"四个伟大"的时代，让中国人再去畏惧一个人造的神，以为这样可以解决问题。我的意见正相反。中国要从目前的困境走出来，必须重新培养人固有的正常的敬畏之心，而培养这种敬畏之心恰恰要从放弃并且批判愚昧的对某一具体个人的畏惧、崇拜开始。我相信这并非我一人之私言，而是今天许多有识之士的共识。切望当国者深思之。

怀念科举

记得年轻的时候，读过一本清人的笔记，其中有一则写当时的科举，说科举的主考官是由皇帝亲自任命的，进试场时坐的是八人抬的轿子，非常威风。但大轿的后边紧接着是两个人抬的一把虎头铡刀，这铡刀也是御赐的，用来干什么呢？用来砍主考官的脑袋——如果这个主考官舞弊、犯法的话。虎头铡刀通常都不被人注意，大家看到的只是那八面威风的大轿。但这虎头铡刀可并不是装样子的，它还真有用得到的时候。这则笔记下面就写道，清初有一个主考官因舞弊犯法（这种案子当时叫科场案，鲁迅的爷爷就是因为科场案而坐牢抄家的）而被腰斩，腰斩之后人并没有立刻断气，据说那主考官还用血水在沙地上写了"惨，惨，惨，惨，惨，惨，惨"七个字。皇上知道后动了恻隐之心，从此就把腰斩的刑罚改为了砍头。这是四十多年前的事，当时印象极深，但是此后就没有见到此书，书名和作者的名字都忘记了。在百度上查出那个被腰斩的主考官叫俞鸿图，时任河南学政，下令腰斩的皇帝是雍正。

我后来常常想起这个故事，以至于在读到近代学人批判科举制度的文章时，心底总会引起一些异端的念头，觉得在中国实行了一千多年的科举制度没大家说的那么糟糕。这制度本身的优劣且不论，它至少提供了一个相对公正、清廉的渠道，使得一些较用功、较聪明的读书人得以选拔到管理高层，哪怕他出生在相当贫寒的家庭。所以中国传统社会阶级的流动性颇高，不像欧洲中世纪那样等级森严。中国传统社会长期相对的稳定、繁荣，科举制度其实是与有功焉。

几天前一位朋友邀宴，席间笑谈，提到他如何通过关系把一位在高考中只考了两百多分的朋友的姑娘弄进了一所部管大学（即所谓"一本"也），我听后默然。忽然想起二十多天前曾访问过武汉的蒋孝严，我记得他跟他的同胞弟弟章孝慈（如果他还在世，也该改成蒋孝慈了吧）两人都是台湾东吴大学毕业的。东吴大学在台湾顶多算三流，而且是私立的。为何蒋经国的儿子（虽然是庶出）居然进不了台湾大学、政治大学这样的名校呢？难道他们的关系居然抵不过我这位布衣朋友吗？我又想起蒋经国的其他几个儿子孝文、孝武、孝勇，也没有一个是从名校毕业的。他们都怎么了？只能推想他们还是比较保守，大概也畏惧舆论的压力，因而谨守着传统科举制度的那一点精神：国家再怎么腐败，为国举才的这一方圣地无论如何还是要保持干净的。

可惜这一点"科举精神"在今日的中国似乎已经看不到了，至少很多人已经不把它当回事。上文所说的布衣朋友确无一官半职，连党员都不是，也不是有钱的大款，居然有此本事，则其他有权、有势、有钱者能如何操弄考试、招生之类的事情，就可想而知了。难怪近来时时在报上看到一些奇奇怪怪的新闻，比如某地公安局政委居然让自己没有考上大学的女儿顶了别人的名字上大学，而原本考上大学的姑娘却稀里糊涂地落了榜，只好复读一年。至于种种学术腐败事件，例如抄袭、剽窃、伪造，以求获得学位或通过学术升等的事更时有所闻，连学术界最高荣誉的院士都有不免此类丑行者，真是斯文扫地，夫复何言？

其实考试制度是中国人对世界文明的一大贡献，世界大部分国家目前都在采用的文官考试制度，就是从中国学去的。孙中山主张在西方立法、司法、行政三权分立的基础上，加上考试、监察二权，五权分离，所以台湾至今尚有"立法院"、"司法院"、"行政院"、"考试院"、"监察院"等五院。我以为孙中山的五权分离学说继承了中国传统文化中的精华因素，既符合中国的国情，也可供全世界参考。大陆现在有人民代表大会掌立法权（政协从旁辅助），有最高法院掌司法权，有国务院掌行政权，也有纪检部门掌一部分的监察权，至于考试权则没有类似于台湾"考试院"这样的机构来执掌，教育部只是国务院下面的一个分支机构，是不足以掌考试大权的。我以为这恐怕是一个不小的疏忽，深望今日居高位者能想想补救之道。

先父在台湾任"考试院""考选部部长"多年（1978—1984），他年轻时在哥伦比亚大学念书时写的硕士论文就是《中国考试制度研究》，我深悔自己没有在他生前向他好好请教这个问题，这篇小文也算是我的忏悔和对他的追念吧。

做人的文化与办事的文化

在美国待了十年，发现中美文化确有许多不同，其中一条是美国人讲究办事，中国人讲究做人；美国人花很多精力研究如何办事，中国人花很多精力研究如何做人。

办事容易做人难，所以别看美国科学多么发达，但美国人其实比中国人简单，如果斗心机，美国人肯定不是中国人的对手。跟美国人打交道，老觉得他们是一根直肠子通到底，不懂变通，又不圆滑，说话一是一，二是二。指桑骂槐、声东击西、言在此而意在彼、对人说人话对鬼说鬼话，这些中国人一般都很熟悉的技巧，美国人懂得的实在不多。而且美国人又特别老实，你说什么他相信什么，你说你在什么大学拿的博士，没人会质疑，除非有一天你自己露了马脚，他们才会大为惊讶，因为这样的事情在他们看来是不可思议的。所以一个中国人到了美国，会发现自己很多的长处用不上了，有时候简直觉得好像在跟小孩打交道，也只好跟他们一是一二是二的直肠子起来。但过不多久，发现这样活着也挺好，特别是觉得做人反而轻松起来，不累了。所以一个中国人去美国留学，而志在报效祖国，那么最好是学完就回来，顶多在美国公司做几年事，千万不可久呆。待久了回来就不容易了，因为原来与人打交道的技巧有点生疏了，竟发现自己竞争不过留在国内搞革命的同胞，那就不如留在国外，为外国老板打工，还活得轻松些。

人和事到底哪个重要？当然是人重要。没有人哪里有事？事是人做出来的，人不是事做出来的。那么做人和办事哪个重要？当然是做人重要，人都做不好还能办得好事？重视做人的文化和重视办事的文化，哪个文化更高呢？ 当然是重视做人的文化高。 这样来比较中美文化之高下，其实是很清楚的，就是中国的文化高于美国的文化。 一定会有人以为我在说反话，其实没有，我是很严肃的，一本正经的。 近代许多学者特别是政治学者和文化学者，大谈什么"法治"、"人治"，说什么"法治"比"人治"高，美国是"法治"，中国是"人治"，所以美国比中国高明。 我本来也赞同此说，后来却怀疑起来，为什么法比人高？ 法不是人定出来的吗？ 没有人哪来的法？ 什么是法治？什么是人治？ 法治就不要人吗？ 人治就没有法吗？ 毫无疑问，人比法重要，人通过法来治，法要靠人来行，两千多年前的孟子就讲过："徒法不足以自行。"这是明摆着的。

于是又有朋友会问：那为什么美国近代如此发达？ 而中国如此落后呢？ 这个明显的对比不正好说明我们做人的文化比不上人家办事的文化吗？ 我的回答是：你说的是近代的事，难道古代也是中国比不上西方吗？ 你没有看到从秦到明近两千年，中国几乎一直是世界上最强大的国家吗？ 中国人无论在政治、经济、科学、文化各个方面，几乎都雄踞世界之首吗？ 可见问题不出在做人的文化上，而是出在古今的差别上。 古今的差别在哪里呢？ 中国古代的圣贤教导我们如何做人，讲的都是做人的根本，可惜后来子孙不肖，不再讲究做人的根本，却越来越注意做人的技巧。 同样是做人，内容却大不相同，中国的文化于是乎向下坠落，终于被美国超越了。 近一百多年来，中国人跟外国人打架，老是吃亏，于是从根本上怀疑自己做人的文化，努力引进西方特别是美国办事的文化。 办事的文化本来就注重技巧，中国人学美国，办事没有学到，技巧却学到了，而且把技巧跟我们注意做人的文化嫁接起来，于是中国人做人的技巧最先实现现代化，而做人的根本却被当作封建的渣滓扫掉了。

中国传统文化以儒家为正宗，读读《大学》、《中庸》、《论语》、《孟子》，仁、义、礼、智、信，四维八德，反复强调的都是做人的根本，孔、孟几乎从来不跟弟子讲做人的技巧，钩心斗角、巧言令色，都是孔、孟所瞧不起的。而我们今天呢？请你去书店逛逛，看看最畅销的是些什么书？什么职场指南啊、情场手册啊、商场战略啊、获得老板信任的十条要领啊、猎取男人的九大技巧啊、如何做到脸厚心黑啊……甚至把我们的四书五经、先秦诸子，都胡乱地化成今天生活中的作战技巧。我最近每次去飞机场，在机场书店里都看到广告屏幕上反复播放着某位学者大谈如何用《易经》管理企业，谈得口沫横飞。一本严肃的富于哲理的《易经》，被这位油腔滑调的教授任意胡扯，全说成心理战的技巧。现在最卖座的书，最叫好的讲座，几乎全是这一套关于做人技巧、关于心理战的东西，有的竟然还顶着"国学"的帽子！如果我们的国学只是这样，那就不学也罢。

做人重要的是根本，不是技巧，根本对了，即使没有技巧，或者技巧拙劣，也都没有关系。孔子说"敏于事而讷于言"，又说"刚毅木讷近于仁"，反过来，根本坏了，技巧越好越糟糕，"巧言令色，鲜矣仁"，"乡愿，德之贼也"。现在的中国人太懂做人的"技巧"，吹牛拍马、弄虚作假、拉关系、走后门，有越来越精之势，而缺的是做人的根本，仁义、道德、诚信、礼义、廉耻，大家都不讲了，也不信了。

做人的文化跟办事的文化各有千秋，理论上讲，做人的文化应该比办事的文化更精致、更高明，至少不应低于办事的文化，但如果做人的文化变成了只讲究做人技巧而不讲究做人根本的文化，那么这种做人文化就堕落腐败了，那就反而比不上办事的文化了。梁漱溟说："中国的文化是早熟的文化。"确有道理。但早熟也就容易早腐，我们中国人能够逃出这条规律吗？难说。

君子学与厚黑学

我在另一个地方曾经说过,中国的文化是做人的文化,美国的文化是办事的文化。中国人对于做人很讲究,不论你做什么,当官也好,经商也好,教书也好,做白领也好,做蓝领也好,首先都得做人,做好一个人才是根本,做好了人才能做事。所以中国人认为学问中最根本的学问是做人的学问,《红楼梦》里有一副对联:"世事洞明皆学问,人情练达即文章。"即此意也。

近来仔细想想,如果话只讲到这一层,实不啻蜻蜓点水。因为做人的学问究竟有什么内容完全没有谈到,到底要怎样去做人,读者仍然是一头雾水。应当把话讲得更明白更具体一些。但做人的学问又何其广博精深,大多数人穷其一生,仍不得要领,想要用一篇短文说清这个问题,真如以管窥天、以蠡测海,何其难哉!但事情也有另外一面,任何博大精深的问题,如果提纲挈领,不涉及细节,也都可以用寥寥数语说完。这就跟画一棵树差不多,如果每片叶子都画出来,穷一年之力也画不好,如果只画个轮廓,也未尝不可以三五分钟之内完成。下面就试试用第二种方法来讲讲中国做人的学问。

中国人做人的学问就其大要而言,其实不过两种,一种是君子学,一种是厚黑学。君子学是孔孟等先圣先哲提倡的,在中国已经至少有两三千年的历史了,厚黑学是李宗吾"发明"的,至今也快百年了。君子学的大纲是仁义礼智信(儒家"五常"),或礼义廉耻(管子"四维"),或温良恭俭让(见《论语·学而》),或恭宽信敏惠(见《论语·阳货》),表述略异,大旨相同,无非就是与人为善、讲诚信、守礼法、有尊严、勤俭律己、宽厚待人。至于厚黑学则没有什么纲领，只需脸厚、心黑就行。

君子学跟厚黑学有相同的地方，即都想在人生中取得成功。不同的地方是君子学认为在取得成功的道路上必须使用正当的手段，即俗语所谓"君子爱财，取之有道"、"君子好色，取之有道"之类，手段不正当，即使成功也没有意义。如果二者不能得兼时，则宁可不成功也要手段正当，孔子说："不义而富且贵，于我如浮云。"孟子说："杀一无辜而得天下，不为也。"厚黑学则不同，只要取得成功，什么手段都可以运用，哄骗抢拐可以，阴谋阳谋也可以，溜须拍马可以，吮痈舐痔也可以，乃至于背信弃义、翻手为云覆手为雨，当面喊兄弟背后下毒手，都无所不可，只要成功就行。曹操说"宁我负人，毋人负我"（见《三国志》裴松之注引孙盛《杂记》），就是黑的经典；邓绾说"笑骂从汝，好官须我为之"（见《宋史·邓绾传》）就是厚的信条。

中国人做人的学问，千言万语，无非就是君子学和厚黑学两大派。这两派是不能兼容的，不做君子，就做厚黑。曾国藩说："不为圣贤，便为禽兽。"有人认为太绝对。其实这话并没有错。这并非说不是圣贤的人就是禽兽，而是说一个人对自己的要求，不向圣贤这个方向努力，就会堕落到禽兽的那条路上去。做人如果想成功，不走君子学这条路，便只有走厚黑学一路，这中间其实没有什么第三条路好走。有一种人说的是君子学，行的却是厚黑学，这样的人并非什么第三派，还是厚黑派，如果能做到好话说尽坏事干绝，那就是伟大的厚黑派了。

君子学在今天的中国已经没什么人讲了，而厚黑学倒是有很多人公开提倡，你去书店看看，讲君子学的书籍几乎没有，就是有也卖得不好，讲厚黑学的书则层出不穷，官场厚黑学、商场厚黑学、职场厚黑学、情场厚黑学，不仅五花八门，而且畅销得很。我手头就有一本《厚黑学大全集》（翟文明编著，华文出版社出版，北京，2009年11月），编著者在前言中说：

"生活需要智慧,处事需要权谋,厚黑的为人处世之道,正是我们所需要的……只要大原则正确,要想战胜对方,就必须智勇双全,脸要彻底地厚,心要彻底地黑,这样方能成大事。"

难怪这本书的封面上赫然写着"成大事者的必读书"。人人都想成大事,于是人人都抢着买《厚黑学》读《厚黑学》。然而毕竟千万人中也难得有一两个成大事的,于是结果变成不仅"做大事的"脸厚心黑,连平民百姓也都脸厚心黑,只要对自己有利,只要能发财致富,什么样的龌龊事黑心事都敢干,从三聚氰胺到染色馒头,从深夜抢劫到撞到人再补刀,这不正是我们已经多次耳闻目睹的故事吗?从前李汝珍写了一本《镜花缘》,《镜花缘》里有个君子国,国民皆是君子,个个温良恭俭让。但那是小说,是虚构的,君子国实乃乌托之邦,大概永远没有实现的希望。我们如果不搞君子国,搞一个厚黑国,倒是比较现实的,因为君子学推行起来很难,而厚黑学则很易。记得顾炎武在《日知录》"两汉风俗"条里有一段话,说:

"汉自孝武表章《六经》之后,师儒虽盛,而大义未明,故新莽居摄,颂德献符者遍于天下。光武有鉴于此,故尊崇节义,敦厉名实,所举用者莫非经明行修之人,而风俗为之一变。至其末造,朝政昏浊,国事日非,而党锢之流、独行之辈,依仁蹈义,舍命不渝,风雨如晦,鸡鸣不已,三代以下风俗之美,无尚于东京者。……而孟德既有冀州,崇奖跅弛之士。观其下令再三,至于求污辱之名,见笑之行,不仁不孝而有治国用兵之术者,于是权诈迭进,奸逆萌生……夫以经术之治,节义之防,光武、明、章数世为之而未足;毁方败常之俗,孟德一人变之而有余。"

我是四〇后的人,曾经亲眼见过五十年代的中国,的确有过一段河清海晏、夜不闭户的时期,虽然与东汉的情况迥异,但也可说是另一种

"风俗之美"。不料后来一个运动接一个运动,折腾过来又折腾过去,仅仅过了五十余年,现在则朝野上下到处可见"毁方败常之俗"。我想这不是我一人之私言,而是许多中国人的共同感觉,连国家总理都感叹"道德滑坡很厉害",可见并非少数人的危言耸听。谁为为之,孰令致之? 想想顾炎武的话,可以深长思之矣。

说做官

中国人喜欢做官，做官很过瘾。为什么做官过瘾呢？因为做官就有权，有权就可以管人，官者，管也，能够管人，能够使唤人，是可以满足一个人的虚荣心的，何况还有许多实际的利益。所以"大丈夫不可以一日无权"，就是说不可以一日不做官，也就是不可以一日不使唤人。虽说"东圣西圣，其心攸同"，普天下人性都差不多，但中国人对做官似乎特别有瘾。中国有长久的"学而优则仕"的传统，一部二十四史，基本上就是一部当官史，"某某……仕至……卒谥……"是所有传记的通式，偶尔附几篇文苑传、隐逸传，不过是点缀而已。一个人一生成就的高低、价值的大小，完全以当不当官、当多大的官为标准，所以有人说中国社会是一个"官本位"的社会，实在不能说这话没有道理。

中国社会之所以是一个"官本位"的社会，在旧时代还是可以理解的。因为传统的社会结构简单，无非是士、农、工、商，工人与农民干体力活没有文化，商人的地位更低，几乎就是投机取巧的代名词，所以只有有文化的"士"是"四民之首"。而这个"士"唯一的出路便是"仕"，作"士"的目的就是为了"仕"，也就是做官。一个人品行如何，学问如何，能力如何，最终要在当官的时候才能得以展现。那么以当不当官、当多大的官，作为衡量一个人价值和成就的高低，也就还算有些道理。

我说"还算有些道理"，不说"非常有理"，就是道理并不充分，用实际情形检验一下，更觉问题甚多。自古以来，官们中品行不好的、学问不多的、能力不高的，所在多有，史不绝书。这原因当然很复杂，非三言两语可以说清。其中最重要的一个原因是，当官就是使唤人，而使唤人并不需要有多么好的德行、多么大的学问，甚至也不需要多么高的能力。一个人官当久了，以前的一点本事都可能丧失掉，开车有司机，提行李有随从，办通关有秘书，连发个言说两句话都有人代拟文稿，除了跟女人睡觉无法请人代劳以外，还有什么事情要亲自办的呢？自古如此，于今为烈，现在某些做官的，除了搞钱和搞情妇之外，几乎就没有别的能耐。所以当年李鸿章说："一个人连当官都不会，还会做什么呢？"这话也只有李鸿章这种做了一辈子官的人才说得出来，别笑，其实这是一句大实话。

但中国当官的传统很悠久，有官就有权，有权就有钱，既能使唤人，又能使唤鬼，所以官位的吸引力也就永垂不朽。现在一些学术单位，包括向来清高的大学，都搞成官本位了。连个系主任、院长也算个官儿，也有人抢着要做。记得台湾大学有位教授曾对我说，当年屈万里（台湾已故著名学者）当台大中文系主任的时候，他是助教，替屈万里印名片，上面写"屈万里主任 兼中文系教授"，被屈万里教训了一通，告诉他，教授才是本职，主任只是兼兼而已，所以应当写"屈万里教授 兼中文系主任"才对。但此义今天已不为许多人所懂，当个小小的主任、院长，也生怕人家不叫。唉，有什么好说的呢？

我这个人偏偏喜欢当"拗相公"，你想我叫，我偏不叫，从我的嘴里很难吐出什么"长"啊、"主任"啊之类的词，比我年轻的，我通常直呼其名，同辈的，我通常叫他"XX兄"。有些人不察鄙意，以为我没有尊重他，其实他恰恰弄反了，我是尊重他，不把他看成个小政客，所以才这样称呼。如果我特别称呼他"XX长"、"XX主任"，多半是有点讽刺戏弄之意，如果他还洋洋得意，那就真是不察鄙意了。

多数做官的人因为除了做官没什么别的能耐，所以罢官之后或退休之后就会特别难受，特别可怜，因为落差太大，当年车马盈门，现在门可罗雀，人一走，茶就凉，再没什么人可以使唤，办点事才感到有多么麻烦：从前都是别人做的，现在没人做，自己又不会做，从头学起嘛，人又老了。为了不得忧郁症和老年痴呆症，大概就只有打麻将之一法。中国麻将之所以如此流行，看来这也是原因之一吧。

以上这些话可能不大好听，请做官的朋友们一笑置之，反正你还是当你的官，我还是做我的老百姓，也不会对你造成什么威胁。古代的官们尚且会说："笑骂由人笑骂，好官我自为之。"我想今天的朋友们当更有雅量吧。

屁股决定脑袋及其他

台湾政坛有句流行语,叫做"屁股决定脑袋"。这是嘲笑某些政客在野的时候跟执政的时候,没当官的时候跟当官的时候,政见与言行前后矛盾,仿佛他的脑袋是由屁股决定的。报载最近有些民进党人攻击马英九,又用了这句名言,据说马英九从前对中共态度比较强硬,而今当了总统就软化了云云。其实认真想想,屁股决定脑袋,根本就是理所当然。地位不同了,考虑问题的角度就必然要调整,政见与言行自然跟着要调整,有什么稀奇呢?如果地位变了,一切言行还跟从前一样,那倒是非常奇怪的,而且也根本行不通。尤其在西方式的民主社会里面,通常是两大党轮流执政,一党在朝,一党在野。在朝的负责行政,在野的负责监督。在朝的要维持政权,在野的要夺取政权。一守一攻,政见必然相左。守之者要面对实际,顾全大局;攻之者要煽动民情,争取选票。一旦政党轮替,攻守易势,轮到自己面对实际之时,就知道顾全大局之难,不能放肆直言了。

以上说的是政党,我由此想到老百姓,老百姓的屁股并不换来换去,可是脑袋也还是会变的,那老百姓的脑袋又是由什么决定的呢?想了想,我觉得老百姓的脑袋是由胃决定的。饥肠辘辘的人跟肚满肠肥的人,脑袋里想的不会是一回事,所谓"饱汉不知饿汉饥"也。所以对老百姓而言,不是屁股决定脑袋,而是胃决定脑袋。其实说胃决定脑袋还不够精确,因为即使同样是胃满,里面还有山珍海味跟野菜杂粮的区别,还有皇粮和私粮的区别,粮还有凭票跟不凭票的区别,凭政府发的粮票(油票、布票、肉票乃至肥皂票、豆腐票,等等)买食物,跟自己掏钞票随意买食物，这两种人的脑袋也肯定不一样的。所以比较精确地讲，对老百姓而言，是食物决定胃，胃决定脑袋。

回过头去再看官场，觉得"屁股决定脑袋"也还没有说到家，因为屁股要由位子来决定，坐在硬板凳上的屁股跟坐在天鹅绒沙发上的屁股也还是不一样的。记得我读高一的时候，正值"反右"运动轰轰烈烈之际，曾在报上看到一幅漫画，画的下部是一张沙发，画的上部是一个屁股，那屁股正要往沙发上坐，不料沙发却发话了："哎，请问你的屁股是哪一级的？"这个漫画的作者后来当然是打成"右派"了，这幅漫画的内容却让我终生不忘。所以"屁股决定脑袋"这句话，精确一点的表达应该是："位子决定屁股，屁股决定脑袋。"

对老百姓而言，食物决定胃，胃决定脑袋；对当官的而言，位子决定屁股，屁股决定脑袋。这一点都不是俏皮话，乃是包含至理的正经话，而且完全符合马克思主义"经济基础决定上层建筑"的基本规律。这一点，我们的古人其实也早就知道，孟子就说过："民之为道也，有恒产者有恒心，无恒产者无恒心。"（《孟子·滕文公上》）说的就是这个道理。只是孟子特别指出，知识分子是例外，他说："无恒产而有恒心者，惟士为能。若民则无恒产，因无恒心。"（《孟子·梁惠王上》）孟子的这个说法又恰恰跟西方学界对"知识分子"（"intellectual"，近来余英时先生建议以"知识人"取代"知识分子"，我很赞同，但此文为行文方便，仍用旧称）的定义相一致。西方学界普遍认为，知识阶层不属于任何一个特定的经济阶级，他能超越自己的职业利益，而始终关怀整个社会，即他有一种"思想上的信念"（"intellectual convictions"）。这跟我们国家长期以来用"知识分子"来指称读了几本书认得几个字或从事某种脑力劳动者是大不一样的。西方对"知识分子"的定义倒是更接近孟子所说的"士"，这样的"知识分子"或孟子说的"士"，显然被赋予了一种理想的性格。他们身上所具有的"思想上的信念"，即孟子所说的"恒心"，在中国传统上通常叫做"道"，也就是孔夫子说的"士志于道"的"道"。

孟子说的"士"或西方学界所说的"知识分子",在中国很长一段时间是没有的。那时候,知识分子(不是西方学界认定的知识分子,是我们自己所谓的知识分子)被视为"臭老九"、"小资产阶级",是连普通老百姓都不如的,哪里还谈得上什么"思想上的信念"?自从邓小平说过知识分子也属于工人阶级之后,中国的知识分子的状况才大大变了样。今天中国的知识分子(还是我们自己定义的知识分子)似乎可以分成两大类:一类属于民,遵循"食物决定胃,胃决定脑袋"的规律;另一类则属于官(进了官场或在学术机构中当官),遵循"位子决定屁股,屁股决定脑袋"的规律。令人好奇的是,今日之中国,到底还有没有孔子孟子所说的"士"或西方学界所称的"知识分子",即由"思想上的信念"(或曰"恒心"、"道")决定脑袋,而非由食物(通过胃)和位子(通过屁股)决定脑袋的人呢?这个问题我还没有研究清楚,一时难下结论。

反封建还是反专制

——读冯天瑜《"封建"考论》有感

读完天瑜兄的近作《"封建"考论》（武汉大学出版社，2007年9月第二版），不禁掩卷长喟，原来我们反了近百年的"封建"，竟然是向草船放箭。中国的封建制度在"秦王扫六和，虎视何雄哉"的时候，就已经寿终正寝了。以后的两千余年，实行的都是君主专制，全国分为若干郡县，皇帝直接委员统治，君口一开，即成法令，一贯到底，天下山呼"万岁"，既不"封土"，也不"建国"，哪来"封建"？虽然历代都有好事者著文论"封建"与"郡县"之利弊，也多半是"郡县"而非"封建"。偶尔也有一两个替"封建"说好话的，但挽救不了"封建"消亡的命运，盖皇帝莫不喜欢"专制"而讨厌"封建"也。因为"封建"既然分了皇帝的土，当然也要分皇帝的权，而大权独揽、出口成宪何其威风，干吗弄什么劳什子的"封建"？

既然封建制度在中国已经死亡了两千余年，为什么我们还要一个劲儿地反封建呢？因为马列主义（尤其是后来的斯大林）认为，人类社会发展要经历五个阶段：原始社会、奴隶社会、封建社会、资本主义社会，最终到共产主义社会。如果说，中国的封建制度已经在两千年前结束，那么近两千年来中国社会到底是什么制度呢？总不好说是资本主义吧。如果说是资本主义，到哪里去找资本家呢？到哪里去找工人阶级呢？到哪里去找科学、机器、大生产呢？所以只能说是封建制度。

说实在话，封建主义这个名词也挺管用的，把近两三千年的中国社会笼而统称之为封建社会，不仅在理论上证明了马列主义的历史观放之四海而皆准，同时在实践上也是符合中国革命利益的一大发明创造。"封建主义"这四个字就相当于孔明借箭时所扎的草船，把一切中国革命要革掉的、想革掉的"污泥浊水"全包扎在里面了，然后万箭齐发，射向这些雾中的人影，革命也便大功告成了。至于"封"什么，"建"什么，就好像扎草人的草究竟是什么草的问题一样，是无需多加追究的。

把"封建"与"革命"组成一副对子（后来又加上"资产阶级"与"革命"这副对子），简直就成了握在手中的一把双叉戟，可以对付一切敌人，无往而不胜。不仅可以杀向历史上的旧制度，也可以杀向现实中的新敌人。凡是冠以"封建的"（或"资产阶级的"）帽子，莫不应声而倒，臭不可闻；而只要加上"革命的"三个字，也就像行了加冕大典一样，不仅名正言顺，而且刷旧如新，熠熠生辉。

然而利弊总是相对的，草船借箭从孔明一方来看当然是不亦乐乎，但是从曹操一面来看，则是冤哉枉也，十万支箭全射向了草人，真正的敌兵却一个也没有撂倒。我们反了百来年的封建，但真正该反的专制（即"千载都行秦制度"的"秦制度"），却没有得到真正彻底的批判清算，于是极易死灰复燃。袁世凯的八十三天洪宪梦，"万岁万岁万万岁"喊得震天价响的十年"文革"，都是证明。

如果有人要问：百年来总还有几个鸿儒，咱们革命队伍当中也有不少大学者，他们都饱读诗书，头脑清明，为何会把"封建"两个字用错呢？问得好！事实上有许多学者并不赞成此等用法，像钱穆这样的"资产阶级学者"就不用说了，连侯外庐这样的马列主义学者，都说"封建"一词这样用是"语乱天下"，甚至连在下这样才疏学浅之辈，也都曾深致怀疑。但是战鼓擂动之际，岂闻鸟叫虫鸣？一般凡夫俗子哪里识得孔明扎草船的神机妙算？"封建"二字恐怕不是用错了，乃是刻意为之，其中自有天机，说"语乱天下"者，恐怕自己倒是个糊涂的蒋干。

我因此怀疑天瑜兄也是个蒋干，居然花这么大的力气，写了五百多页的书，从古今中外不厌其烦地去考论"封建"二字，说明把秦以后两千余年的中国社会说成"封建制度"是错误的，应该说是"君主专制"才对，这到底是正本清源以纠正众口之昏昏，还是自己呆里呆气以为"众人皆醉我独醒"呢？我想，聪明人是不会"考论"这样的问题的，只有呆子才会。但自古以来凡呆子问的问题都不可小视，例如苹果从天上掉下来砸中脑袋，谁都会摸摸头，把苹果拿来啃掉，偏偏牛顿要问："这苹果为什么往下掉，而不是往上掉，或者平着飞呢？"但呆子牛顿因而发现了万有引力定律，我们至今还记得他。现在天瑜兄也要问这类问题，看来也呆得可以。但有感于今天的中国呆子太少聪明人太多，我就不敢轻视天瑜兄的努力，于是也就呆呆地一字一句地看完了全书，并随手写了这篇显然也有几分呆气的小文，以表示我对呆子的敬意。是耶非耶，姑妄言之，呆言呆听，呆文呆读，聪明的读者，幸勿较真啊。

附冯天瑜兄读后来函：

翼明兄：

　　杂感十篇拜读，诚妙文也！

　　《反封建还是反专制》一篇意蕴亦佳，只是稍简单化一些。

　　"五四"时期独秀先生开泛化封建之先河，1929—1934年中国社会史论战间沫若先生等进一步泛化封建，此后，本已"非封建"的秦至清两千年被归入"封建社会"，确乎是指鹿为马，究其原因，盖在于单线进化史观导引（以西欧历史模型套用中国历史：西欧中世纪"封建"，中国中古、近古当然也"封建"）。平心而论，陈、郭等并没有以"反封建"掩盖"反专制"的用心（可能有此效果），现在仍坚持泛化封建观的人们，也不全都有以"反封建"掩盖"反专制"的"自觉"。故今日要辩证此一论题，还是要在史观的清理上下手，仅从政治上鄙夷一番难以了事。另外,将单线进化史观(五形态递进论为典型表现)归之马克思主义也未必允当,马、恩(晚期更强烈)多有批评单线进化史观的精彩论述。与其将单线进化史观划入马克思名下,不如划入列、斯(尤其是斯大林)名下较为确切。拙著对以上诸点皆有详论,可能也属于吾兄所称之"呆气"也。

从电脑得见,兄之大作也发给其他朋友,故请顺便将此信转给大家,以听取诸君清教。即颂

夏祺!

冯天瑜

我很忙，不与人玩什么游戏

案头放着一本台湾学者齐邦媛的自传《巨流河》，这几天得空时便翻翻，常常有些小段落，别人可能不注意，我却觉得很有意思。比方说下面这段：

一九九〇年，文建会主任委员郭为藩先生邀集"中书外译计划"咨询委员会时，我欣然赴会，知无不言、言无不尽提出建议，大家开出待译的书单、可聘的译者和审查者。开会十多次，每次郭主委都亲自主持，认真倾听，讨论进行的方式，文建会也确实编列预算。突然郭先生调任教育部长，接下去五年内换了三位主任委员，每一位新任者都邀开同样的咨询会，但都由一个副主委主持，先把前任的会议记录研究一番，批评两句，修改一番，敷衍些"谢谢诸位宝贵的高见"的小官僚话，然后散会。这样的会开到第三次，我问那位主持社区文化专家的副主委："为什么要重复讨论已经议定的事项？"他说："换了主委，游戏规则也得变。"我说："我很忙，不与人玩什么游戏。"站起来先走了。从此不再"拨冗"去开那种会，对台湾的官方文化政策也不再有信心。

齐先生是一位温柔敦厚的人，这段话不愠不火，如果换成别人，那么"我很忙，不与人玩什么游戏。"这句话后面至少应该是一个"！"，"先走了"应该改为"拂袖而去"。但齐先生又毕竟是一个东北人，且是一个读书人，所以这段话后面的不满与骨气是谁都感觉得出来的。

我也有过类似的经验。刚到台湾不久，大概是看中了我的大陆背景，李登辉聘我做了两任"国民党中央大陆工作委员会"的"咨询委员"。我开始时也都每会必到，尽心尽力地提出我对两岸问题的看法，还写了几篇上万字的意见书，以为可以"上达天听"，可以为改善两岸关系尽一份绵薄。不料后来渐渐发现这些意见书一份份都石沉大海，毫无反响，开会时还得耐着性子听一些无聊的人说一些"小官僚话"。后来越来越觉得无味，便也不再"拨冗"去参加。

也是那几年，我还被某日报聘为特邀主笔，为该报写过一些社论跟时评，大半也都是关于两岸问题的。本以为可以尽一些言责，也算一个公民的本分，何况在台湾，像我这样真正懂得大陆的人确实少得很。但慢慢也发现，我的话说了也是白说，对当局毫无影响。不久，日报社长易人，新社长是李登辉的小爪牙。对我这位带有统派色彩的主笔显然不大中意，有一天突然派手下的一个小喽啰给我打电话，说新社长上任，有新的"游戏规则"，此后不再对特邀主笔每月致送车马费（其实也就是少量薪水的别名），而改用稿费代替。我当然知道他们的意思，我本来也早已对这种说了也白说的文章失去了兴趣，觉得不值得浪费自己的时间与精力，于是从此以后，再没有为某日报写过一篇文章。

但是在台湾，只要一涉及官方与政治，这一类无聊的会、无聊的事、无聊的人，总是难以避免的。记得也是刚到台湾不久，比我先毕业回台的一位哥大同学，当时正在竞选"立法委员"，有一次很热心地邀请我去参加一个记者招待会，我晚到，刚坐下来，这位朋友就把话筒递给我，让我讲话，我连会议的主旨都没弄清，自然就婉拒了。那朋友却坚持："随便讲点什么。"因为是老朋友，我就直说："我只是来捧捧你的场，别逼我讲话。"事后这位朋友对我说："唐翼明，你刚到台湾，大概不了解台湾的文化。台湾就是这样，开个记者会，露个面，讲几句话，打个知名度，至于讲什么，别人不会在意的。"我这才恍然大悟，但我实在也不会玩这种"游戏"。从此以后，这位朋友就不再邀请我参加此类会议了。他后来终于当了"立法委员"，我还是做我的无名教授，各得其所。

　　大陆的官场如何，我是一点体验都没有。虽然有几个当官的朋友跟学生，但也不便去问这些细节。不过"共产党会多"是向来有名的，而齐先生所说的"小官僚话"，也就是大陆流行的"套话"，这是不需要当什么官也可以常常读到和听到的。至于"游戏"，都是中国人，自然也都会玩。环观五六十年来的两岸政坛，真正有理想的政治家，掐指算来，大约不出一打，在官场上混得很亨通的，其实大多都是深懂"游戏规则"的政客。至于那千千万万不足齿数的小吏们，就不必提了。

　　我年轻的时候，其实也不是对政治没有兴趣的，可惜在大陆没有资格玩，到了台湾，则已"革命意志衰退"，何况别人也不想邀你玩。于是终于当了一辈子教书匠，可谓"壮志未酬"。但想想却一点都不后悔。当老师至少有一个好处，就是：可以少吃许多不想吃的饭，少喝许多不想喝的酒，少见许多不想见的人，少说许多不想说的话，少玩许多不想玩的游戏。当然我也很清楚，即使在大学校园里，也有许多人喜欢玩此类游戏。这些人虽然顶着一顶博士和教授的帽子，却明明有一副小政客的脸孔，不擅长说文解字、品诗衡文，却擅长钩心斗角、争权夺利，不过，只要你心里明白，总还是可以敬鬼神而远之的。

　　我不反对游戏，文武之道有张有弛，游戏其实也是人生之一部分，一切文学艺术实皆起源于游戏，孔子就说过"游于艺"。但游戏有种种，有好玩的游戏，有无聊的游戏，读书人有读书人的游戏，政客有政客的游戏。以读书人而玩政客的游戏，或陪着政客玩游戏，要么本来就不是读书人，否则就会玩得很无聊，很痛苦。如果玩得无聊而痛苦，就不要委屈自己玩下去。人生几何，碰到无聊的人，无聊的游戏，我们的确应该像齐邦媛先生那样，有勇气直率地说：

　　"我很忙，不与人玩什么游戏。"

武汉逢京剧节有感

第六届中国京剧艺术节居然在武汉举行，是我退休回汉将近四年来最感意外也最感欣喜之事。

京剧本来发源于湖北、安徽一带，在武汉举行京剧节其实理所当然，但不幸武汉这个城市几十年来在中国的地位节节滑落，从清末的全国第二滑到新中国成立初的第三，现在居然排到第十了。这是从 GDP 看，如果从文化看，恐怕还要糟糕。据报纸说，武汉市大学学生数量居全世界大城市的首位，但武汉这个怪地方从来——准确地说是近几十年来——留不住人才，也用不好人才，每年在校上百万的大学生并没有让这个城市变得多一点文化气、文明气、文雅气，而刚好相反，在中国的大城市中，今天的武汉是以缺乏文化、不文明、粗野、粗俗而闻名的，这让我这个视武汉为家乡的人深感无奈。从 1981 年离开武汉，到 2008 年回来，整整二十七年，武汉的外貌的确大变了，但文化之落后却依然如故，不仅没有长进，相对地位甚至更差了。回来四年，没有看过一场好戏，没有听过一场好音乐，闲时想出去逛逛，简直找不到可以去的地方，可怜的两三个博物馆、美术馆实在乏善可陈，没什么东西好看，最可以骄傲一下的还是从地下挖出来的两千多年前的老祖宗的编钟。

我平生住过的城市，以在武汉住的时间最长，到现在超过二十七年了，其次是台北，十八年，再次是纽约，前后十年。谈起文化，下意识地会把这三个城市拿来做一个比较。现在流行文化相对论，说每种文化都自有其特色，无所谓优劣高下，雄辩滔滔，但我私心实难苟同。

即使用来讲不同国家、不同民族之间的文化，也不易讲通，如果具体地指涉不同的地方和城市，说它们都差不多，那就更是自欺欺人了。 就拿武汉、台北、纽约来说，虽然也各有优缺点，但那贫富、高下却是一目了然的，如果让我来打分，纽约可以得90，或者更多一点，台北可以得65到69，武汉呢？ 很抱歉，恐怕是及不了格了。

武汉人不大看书，武汉市几乎没有什么公共图书馆，书店也不多。台北市则有一个很大的中央图书馆，书店则到处都是，尤其是几家大的，像诚品、金石堂、三民书局，规模都很大，诚品书店之典雅与人性化几乎可以媲美世界上最好的书店，而且每天二十四小时营业，夜猫子与失眠人可以在诚品书店里度过舒适而温暖的漫漫长夜。 至于纽约，市立图书馆的规模比台北的中央图书馆还大，此外还有无数个社区图书馆，都是向公众开放的，纽约市民都可以办证借书。 武汉人也不大看戏或者听音乐会，虽然也有一个硬件还不错的琴台大剧院，可惜上演的好节目并不多，而且交通极不方便，没有私家车的普通市民要去琴台看戏，非下大决心不可。 武汉还有一个奇怪的现象，是即使有戏剧或音乐会甚至电影，一般人都很难得到信息，服务于市民的小报，像《楚天都市报》、《武汉晚报》、《武汉晨报》、《楚天金报》的娱乐版，除了明星八卦之外，就很少有像样的戏评或影评，连一个醒目的详细的当天电影上映表都没有，读者要戴着放大镜到十之八九都会忽略的报纸中缝中去寻寻觅觅，才能找到电影的名字和上映时间，至于内容你就乱猜吧，连个画面和广告都吝于提供。 在台北则每种报纸都必有好几版娱乐新闻，整版的电影节目与广告图片。 台北有几家很气派的戏院和音乐厅，其中"国家戏剧院"和"国家音乐厅"是设备最好、规模最大的。这些戏院、音乐厅的节目单和门票在许多代售点，比方金石堂书店就可轻易得到。 至于纽约，戏院和音乐厅就更多了，百老汇大街（Broadway）的中段几乎一家挨一家都是戏院、电影院，还有外百老汇（Off-Broadway）、外外百老汇（Off-Off-Broadway），恐怕不会少于一百家。音乐厅最有名的是卡内基（Carnegie Hall），全世界一流的乐团都会轮番在这里演出,一流的指挥家、歌唱家、演奏家都必须在这里登台,才会被同行所认可。 纽约最令人艳羡的也许还是博物馆,大都会艺术博物馆(Metropolitan Museum of Art),与伦敦的大英博物馆(British Museum)和巴黎的卢浮宫(Louvre Museum)齐名,是世界上最大的艺术博物馆之一。 其他如自然历史博物馆(American Museum of Natural History)、现代艺术博物馆(Museum of ModernArt)、古根海姆博物馆(Guggenheim Museum),也都美轮美奂,各具特色,且收藏丰富,每一个都够你浏览个半天一天的。 台北至少还有个故宫博物院,在收藏中国传统艺术品上是可以称霸世界的。 咱们武汉呢? 说起来就太寒碜了,不说也罢。

在纽约,只要你有闲,精神上的营养和娱乐是绝对不用发愁的,如果又有钱,那就是每天变着法儿玩也玩不厌,台北则差得远,但还不至于让你觉得无聊。 武汉则只有枯燥贫瘠四个字可以形容。 以我退休后回到武汉的这三四年看来,武汉人的娱乐大约全寄托于麻将,每到晚上与周末,户户麻将之声不绝于耳,士农工商,男女老少,无不精于此道——据说这也并非武汉特色,而是全国皆然,麻将已经成了今日中国之国艺。 除了麻将,剩下的娱乐大概最流行的就是洗脚,或雅称之为"足疗",但足疗虽然舒服,可惜所费不菲,并非人人可疗、天天可洗。 我不懂麻将,年轻时此道不流行,自己又是个书呆子,改革开放后此道流行了,可我不在国内,也就未能与时俱进,没想到老来竟被人耻笑"连麻将都不会打",后悔也来不及了。 于是想休闲一下的时候,就只有去洗脚,但久了终至于连洗脚都洗不出一点趣味来。

这个时候,突闻第六届京剧艺术节要在武汉举行,真是久旱之后闻甘霖将至,其欣喜为何如! 于是决定不放过这个机会。 但立刻就发现不知道到哪里去弄票,报纸上也没有购票指南,自己又不是戏剧圈内人,京剧节开始一个礼拜了,还一场戏都没看到。 最后还是一个台湾研究戏剧的朋友介绍我去找京剧节的一个评委,才终于通过这个评委打开一扇后门,挤进去连看了八场戏。

跟朋友说起来，大家都以为我是京剧迷。其实我哪里是京剧迷，我只是一个有正常精神需求的普通人，这几年实在是被饿怕了，肚子里没有油水，所以才会这样狼吞虎咽。幸而这回总算吃了一顿饱饭，颇有一点阿Q式的满足。但接着就惆怅起来：下面要饿多少年，才能再饱餐一顿呢？唉，可怜的武汉人！

我看京剧

我这个人不大流泪,无论是恐惧、羞辱、冤枉、痛苦,都无法让我流泪,"文革"中我挨了无数场批斗,被关牛棚、被打、被踢、被剃光头、被游街,被自己从前的朋友和学生视为敌人,被横加各种莫须有的罪名,但从来没哭过,连一滴眼泪都没有,我不知道自己是天性使然,还是从小这些东西已经受够了,早就有了抗体。不过我确知我的泪腺并没有问题,虽然不算发达,但绝对正常,因为我在感动、感激的时候会流泪,记得读初中时接到母亲来信,常常会读到流泪,流到信纸被打湿、字迹变得模糊。看小说、读诗,特别是读出声来的时候,有时也会感动得流泪,看电影的时候也会,不过不多。

我记忆中很清晰的一次被感动得流泪却是发生在看京剧的时候。那也是我第一次看京剧,时间是1957年秋天,我刚进高中,地点在武昌杨园。那时我的表姐、表姐夫一家住在铁四院,我有时候会去他们那里度周末。一次有个京剧团到铁四院来演出,演的是武松,具体的名字却记不起来了,有一个情节是写武松告别他的哥哥武大郎去县衙当差,放心不下,反复叮咛哥哥,在家多小心,每天卖炊饼要晚出早归,以免受人欺负。武松的唱词我听得并不怎么清楚,但那激越的唱腔、恳挚的表情却深深打动了我,我特别记得他唱到后来,那声音高亢而反复辗转,最后一个字曲折回旋,两手一上一下急剧抖动,我忍不住就流泪了。也许是勾起了我自己的身世之感,想起了远在台湾的父母和寄人篱下做养子的弟弟吧,那眼泪竟然无法止住,流了很久,流得满脸都是。

大概就是因为这一次的经验，我对京剧有了感情，凡有京剧在本地演出，我都有兴趣看。可惜那时候太穷，而免费的演出又很难碰到，所以直到"文革"前我也就不过看了几场而已，记得有《贵妃醉酒》、《宇宙锋》、《二度梅》、《霸王别姬》，都是梅派戏。后来就"文革"了，本以为京剧从此就见不到了，幸而"文革"的旗手是从前的电影演员蓝萍，京剧居然在八大样板戏中占了五个，虽然改头换面，毕竟一些最基本的元素还留了下来，尤其是唱腔，《沙家浜》中阿庆嫂、刁德一和胡传魁在茶馆里那一场斗智的戏至今还可以听，词也写得好，据说是汪曾祺写的。

在美国十年没有看京剧，直到1990年去台北教书，才又把京剧的缘续了起来。台湾的本土戏是福建歌仔戏，1949年国民党迁台之后，把大陆的传统也跟着带了过去，包括京剧。经过四五十年的栽培，京剧已经在台湾扎了根，而且发展得不错。也出过几位名角，像曾经被蒋经国爱慕过的顾正秋、1979年创办"雅音小集"的郭小庄和现在还当红的魏海敏，都是相当优秀的艺人。近年又有从大陆经美国去台湾的李宝春，出身京剧名门（李少春之子），自幼习艺，功底深厚，在台湾富豪辜氏家族（即辜振甫家族）的大力支持下，1997年创办了"台北新剧团"，一身兼编、导、演，在台湾京剧界声名甚盛。

我到台湾后看了不少好戏，特别是九十年代后两岸交流渐多，有不少一流的大陆京剧团先后访问台湾，使我在台北居然比在武汉更有机会看到大陆京剧名角的演出，像尚长荣、于魁智、李胜素这些名角，我都是在台北看到的，如果在武汉，恐怕还看不到。有一次上海京剧团在台北演出新编京剧《曹操与杨修》，尚长荣饰曹操，李宝春饰杨修，演得真好，尤其是杨修怀才不遇的情绪表达得淋漓尽致，引起我深深的共鸣，直看得泪流满面。那是我记忆中第二次看京剧流泪。

现在有人担心京剧会日趋衰微，电影、电视很轻易就夺去了京剧的观众。尤其是年轻人，对繁琐缓慢的唱做念打不仅没有耐心去欣赏，而且也没有能力去欣赏。这担心自然有道理，连这次在武汉举行的第六届京剧节这样高水准的演出，剧场里也还是中老年人多，年轻的脸孔很少。但我认为，京剧作为一种高级而精致的艺术，是会继续存在下去的，不至于很快消亡，因为它有电影、电视所不可替代的地方。其中最根本的一点是，电视、电影所长在故事情节，所短在人物内心感情的表达，无论多么好的电视、电影都无法把角色的思维和情绪展现给观众看，而这一点恰是京剧的长处。京剧可以用唱词配合音乐唱腔与舞蹈动作，把角色内心的曲曲折折细致而充分地表达出来，以此来感染观众，引起观众的共鸣。在这一方面京剧比电视、电影更能感动人，至少我自己的经验是如此。

当然，京剧必须与时俱进，改良与创新是必要的。我说的改良与创新是在保留京剧基本要素的基础上适当引进现代的表现手段，包括声光科技的运用，叙事方法的改革，人物语言的适当现代化，唱腔和音乐的不断丰富，背景的添加，字幕的辅助，以适应现代观众的审美趣味和接受能力。好在今天两岸的京剧艺术界在这方面基本上都有了这样的认识，许多艺术家在努力探讨和努力尝试，这次京剧艺术节出现的许多新编京剧，在舞台设计、角色装扮、叙事手法、人物科白各个方面，都比老式的京剧更好看、更贴近现代观众。如果沿着这条合理改良的路子走下去，我相信京剧不仅会继续存在，还会别开生面，有新的发展，年轻的观众也就会回到戏台下来。如果电影、电视的发展并没有阻挡欧美歌舞剧的蓬勃发展，那么我们有什么理由担心它们会导致中国京剧的式微呢？

中国传统的现代阐释≠中国传统的西式阐释

——看汉唐乐府演出《洛神赋》有感

今年10月18日我应台湾汉唐乐府之邀在北京观看了他们演出的古典南音乐舞戏《洛神赋》。在庄严肃穆的故宫里，在高大壮丽的皇极殿前，在神秘而朦胧的月色下，演出进行了将近三个小时，居然没有一个观众离席，我自己也深深沉浸在一种邈远的思古幽情中，心情静谧而又思绪翻涌，实在是一次难得的审美经验，好多年没有过这样的感受了。

《洛神赋》是曹植的名篇，与宋玉的《神女赋》并为我国古代描写美女与爱情的巅峰之作。千古以来，脍炙人口，传颂不已。东晋著名画家顾恺之曾据此作《洛神赋图》，著名书法家王献之则有行草《洛神赋》传于世（今仅存十三行），其后继作者不绝。至今完好保存下来的有赵孟頫行楷《洛神赋》多种，尤为世人所喜爱。洛神可说已经成为中国传统艺术中的一个原型。曹植与洛神（实际上是甄妃）之间的慕恋故事，也成为中国传统文学与戏剧中的一个母题。汉唐乐府把中国传统文化中这一颗璀璨的珍珠从历史的尘埃中清洗出来，并以一种恰到好处地融和诗赋、绘画、书画、音乐、戏剧的方式，捧呈在当代中国观众之前，是一个值得我们高度肯定的尝试。他们为我们雕琢了一个既富有传统文化底蕴，又不乏现代审美价值的艺术珍品。古典南音乐舞戏《洛神赋》采用中国最古老的音乐之一的南音，和中国最古老戏曲的梨园戏，配以现代的科技声光，从视觉、听觉两方面，紧紧俘虏了观众的心。我第一次体会到什么是真正的轻歌曼舞，什么是典雅，什么是曼妙，什么是神韵，在现代人浮夸而躁动，喧嚣而疏离的生活中，这样的艺术品实在是一剂绝佳的清凉剂、抚慰剂。也许我们无法证实,这就是古典的音乐,古典的舞蹈,古典的艺术,古典的美,但她却让我不怀疑古人的情感,古典的艺术就应该是这样。那是这样一个优雅而幽静的世界。

尽管真实的再现并非艺术的本质,但艺术应该有一种让受众产生相信和感动的魅力。这令我想起两三年前曾经喧腾一时的大戏《满城尽带黄金甲》和《英雄》,在惊讶于作者制造色彩效果、宏大气势、诡异技巧的同时,人们却不禁频频质疑故事、情节、人物、服装、动作各方面的可信度。这是中国的传统吗?还是替西方人打造的伪中国传统?这是中国的文化吗?还是想糊弄西方人的鬼把戏?这是中国人的审美观吗?还是在中国人的身上蒙上一层西方人的画皮?难怪有人把《满城尽带黄金甲》讥为"满城尽是白馒头",这其实并不刻薄。我相信,略有头脑略有见识的西方人也会看出,这实际上不过是一种看起来伟大辉煌,骨子里却充满了奴性和自卑的欺世、骗人、虐己的令人瞧不起的赝品。

由此,我不禁想起另外一个更为严肃的话题,即中国传统文化的现代转换。我们要复兴我们伟大的民族文化,势必不能不对我们的传统做一番现代性的阐释。这是几十年来中国思想界逐渐形成的共识。但是,什么是现代阐释,现代阐释是不是就等于西式阐释?西式阐释,是不是就是用西方的理论与观点,对中国的传统做一番整理、去取、分解,使之纳入西方人的思维方式与审美价值?这样就是中国传统的现代阐释吗?在"五四"时代,大概所有中国的先进知识分子,几乎都是这样想的。这个问题其实包含在一个更为广泛的命题中,即现代化是否就是西化?世界现代化运动肇始于西方的文艺复兴,在现代化运动中,西方走在中国的前面,中国人开始现代化的时候,势必要追随西方人的脚步,因此,中国现代化在起始阶段,确实也跟西化有相当重叠之处。右派固然提出过全盘西化的口号,左派又何尝不是一边倒?倒向苏联,倒向发源于西方的XX主义?随着现代化的深入,越来越多的人已经开始意识到现代化和西化之间并不能画等号，尤其在文化艺术的领域更是如此。 如果我们在向西方取经的同时，把中国固有的价值观与审美观全都放弃掉，而换上一个西方的灵魂，那我们岂不真要变成假洋鬼子了吗？ 那样的文学、艺术会是中国人真正要的东西吗？ 会是中国老百姓，知识分子喜闻乐见的吗？

其实假洋鬼子跟假洋鬼式的文学艺术，不但不为中国人所喜，也并不为有见识的西方人所爱。 坚持中国音乐舞蹈戏曲的原汁原味，忠于地道的中国传统、中国做派的汉唐乐府的演出，近年来蜚声国际，屡获欧美国际性艺术节与各大剧院之邀演，且备受佳评，汉唐乐府演出的《韩熙载夜宴图》甚至被评为2006年法国十大最受欢迎之演出。 而《满城尽带黄金甲》和《英雄》并没有得到作者梦寐以求的奥斯卡金像奖，这岂不是可以令我们深长思之的吗？

当然，中国要走向世界，赶上世界先进水平，成为真正的强国，那么，向一切先进的国家学，学一切好的东西，这自然是题中应有之义，我毫无在这个问题上唱反腔之意，只是对某些数典忘祖，视祖宗留下的宝贵遗产如敝屣，时而极其自大，时而又极其自卑的中国文化人，不敢苟同而已。 中国的传统，近百年来已经蒙受多次无情的讥笑、批判、伤害以至捣毁，今天已经产生了严重的断裂，是到了应当重视这个问题的时候了。

看了汉唐乐府演出的《洛神赋》后，披着一身的月色，漫步在故宫巍巍的松柏之间和肃穆的红墙之下，油然而思祖宗之遗烈、潜德之幽光，归来草此小文，聊为汉唐乐府喝一声彩，也为有志于发扬并创新中国传统文化的朋友们助一声威。

非学以致用论

现在有句话用得很多,叫"学以致用"。我本来以为它必然出自什么经典,没想到翻遍"十三经"都没有。只有《周易》中有一句"备物致用",比较接近。"备物致用"这句话的意思按孔颖达《周易正义》的解释是:"备天下之物,招致天下所用。""天下"并非原句所有,因为紧接着的下一句是"立成器以为天下利",所以孔氏才这样解释。单就"备物致用"而言,它的意思很简单,就是"备好东西(将来)用"。"学以致用"应当是仿此句而来,意为"学好东西(将来)用"。

到底是哪一个人或者哪一本书首先提出了这个观点的呢?一时间竟查不出。我们暂且不管它。现在单来说说这个观点本身。

这个观点对不对呢?似乎没有人怀疑。学就是为了用,有用就学,没用就不学,这有什么可怀疑的吗?旧时学文、学武、学种田、学手艺,有道是:"学成文武艺,货与帝王家","积财千万,不如薄技在身"。今人读书上学,也有谚语说:"学好数理化,走遍天下都不怕。"学,不都是为了用吗?新中国成立后,革命成为万用之首,一切学习都是为了革命,为了建设社会主义祖国,为了实现共产主义,"学以致用"和"为革命而学习"、"为建设祖国而学习"、"为解放全人类而学习"便成了同义语。我和我的同时代人就是在这类口号中度过自己的学生时代的。改革开放以后,中国人告别了革命,赚钱变成时髦,当官发财变成时髦,于是为革命而学习就变成了为赚钱而学习,为当官发财而学习。家长送儿女上学,儿女考大学选科系,无不以此为考量,凡出路好、就业易、赚钱多的就热,反之则冷,简直恨不得把"学"和

"钱"直接画上等号。举国上下无人置疑,中国人的"学以致用"说于焉登峰造极。

老实说,我是很怀疑甚至反对这个观点的。当然,我从前也不怀疑这个观点,是后来才怀疑的,尤其是到了美国留学才怀疑的。其至刚到美国留学时也还不怀疑这个观点,是在美国待了一段,跟美国同学交了朋友后才开始怀疑这个观点的。

我在哥伦比亚大学东亚语言文化系念博士的时候,认识一位比我高一级的美国女孩,名字叫 Bettine Birge,中文叫柏清韵。Bettine 出身美国世家,父母、舅舅都是大学教授,外公还是诺贝尔奖得主。我们后来成了好朋友。我第一次碰到 Bettine 是在哥大东亚图书馆。那一天,我在阅览室中央的大条桌边念书,一位金发美女坐在我对面,面前摊开一本书也在念,我一眼瞥过,吓了一跳:她念的居然是欧阳修的《新唐书》,线装本!我大为好奇,便屡屡去瞟她,她似乎觉察到了,抬起头来,朝我嫣然一笑。她相当漂亮,又很温柔,这一笑给了我胆量,我便趁机问她:你也是东亚系的学生吗?她说是,我问她主修什么,她说中国历史,重点是唐史。我忍不住又问:你为什么要学中国历史?她似乎迟疑了一下,然后慢慢地用中文说:"因为我感兴趣。"我注意到她眼里有一丝困惑,似乎我问的是一个很奇怪的问题。其实我对她的回答也不满足,觉得缺了一点什么,但到底缺什么,我也不大明白。也许在我的下意识中,指望她说为了当教授或者为了做外交官什么的吧。仅仅为了兴趣,在我这个中国人看来,如果不是敷衍,就多少有点矫情。就为了兴趣读研究所?未免太奢侈一点了吧。

但是,她的话却让我怎么也忘不掉。读书可不可以只是为了兴趣,没有别的目的?学一定要致用吗?不为了用,只为兴趣而学习,难道不行吗?如果用不上,难道我们就不学吗?Bettine 的话让我想了又想,后来竟然发现自己越来越认同她了。在美国待久了,渐渐发现为兴趣而读书并不止是 Bettine 一个人的看法,美国学生很多都是如此。他们似乎很少为将来的饭碗考虑,更不会把"建设祖国"、"解放人类"之类的宏伟理想当作自己求学的目的。其至可以说，在这个问题上，他们其实并没有认真地思考过，他们只是随兴，跟着自己的感觉走，所以你常常看到一个美国学生一年级学文，二年级学理，大学念生物，研究所却学哲学，在咱们中国人看起来，这不是缺乏计划浪费光阴，就是东不成西不就脚踩西瓜皮。但他们却自得其乐，家长也不责备，老师也不奇怪。最令人不解的是，他们这样玩来玩去也还有人玩出了名堂，甚至玩成了大家，玩成了诺贝尔奖得主。

其实中国人也并不是向来就讲"学以致用"的。中国的古圣先贤把"学"看得很重，但很少有人把"学"与"用"作功利性的连接，"学以致用"不是出自"十三经"，正好证明这个观点在中国传统文化中并不经典。孔子是中国最伟大的教育家，被称为"大成至圣先师"，《论语》是讲"学"讲得最多的书，《论语》的第一个字就是"学"，第一句话就是"学而时习之，不亦说乎?"说学习是一件令人很高兴的事情，你看，孔夫子不正是说为兴趣而学习吗？孔子很反感为解决衣食之类的实际问题而学习，所以当他的学生樊迟想要老师教他如何种田种菜时，他就老大不高兴，骂樊迟是一个目光短浅的小人（见《论语·子路》第四条）。他的另外一个学生子张想向老师学做官，他也不回答什么做官的技巧和方法，而只是要子张"慎言"、"慎行"（见《论语·为政》第十八条）。他反复地教导自己的学生："君子谋道不谋食"，"君子忧道不忧贫"（见《论语·卫灵公》第三十二条）。那么学习读书为了什么？孔子说，是为了"学道"："君子学以致其道。"（见《论语·阳货》第四条和《论语·子张》第七条）"道"是什么？"道"是人生、社会乃至宇宙的总道理。人生活在社会中、宇宙里，会碰到无穷无尽的困惑，这些困惑烦扰我们，也不断地引发我们探索和解决这些困惑的欲望与兴趣，直至明白其中道理，才会得大愉快、大解脱，所以孔子说："朝闻道，夕死可矣！"

解决人生困惑的欲望与兴趣，也就是我们通常说的"求知欲"，才是我们活到老学到老的真正动力，而"致用"不与焉。持"学以致用"

论者，看来务实，其实短视；看来目标明确，其实目标错误。在这些朋友看来，只要在学校里学到的东西，没有在工作上派上用场——也就是没有变成工资、变成钱，就是浪费了。如果用上了，工作熟练了，他就不觉得再有学习的必要了，因为已经"致用"了，连精益求精都没有必要，因为不合"性价比"，划不来。这些朋友如果年纪再大一点，尤其是退了休，就会更觉得无所事事，没有什么好学习的了，因为年纪一大把了，学了还有什么"用"呢？"八十岁学个吹鼓手"，谁来雇你啊？

持"学以致用"论者，如果走到极端，甚至可以变成"不学也致用"。此话怎讲？因为"学以致用"论者重点在"致用"，致用又被等同于谋职糊口升官发财，学问于是乎变成敲门砖，门敲开了，就可以弃置一旁。再进一步，只要能敲开门，砖头是真是假也就不重要了，真学问，假学问，真文凭，假文凭，甚至有没有学问，有没有文凭，都不重要，能谋到职就好，能赚到钱就好。到了这一步，不是不学也可以致用吗？

如果一个人以"学以致用"为信念，那么不管他如何理解这四个字，如何运用这四个字，都无所谓。引出的结果是好是坏，也仅止于一身。但倘若一个国家，一个民族，尤其是一个国家的学术界，一个民族的精英分子，也奉"学以致用"为圭臬，那么要指望这个国家、这个民族出什么思想家、大学者、诺贝尔奖得主，恐怕就没有什么希望了。

不知道钱学森临死之前向我们的中央领导人提出那个"大哉问"的时候，有没有想到我所说的这层意思？如果没有，那么在我看来，还是未达一间。

教师节论教书的好处

迄今为止,你这一辈子只做了一件事,就是教书。 中间偶尔做了点别的,例如"文革"中当"反革命",在美国做过一家华文报纸的主笔,诸如此类,顶多就是个兼职。 今后会不会做点别的,即使不说百分之百但百分之九十可以断定不会。 虽说姜子牙八十岁才被周文王请去做军师,肯德基的老板六十岁以后才创业,但古今中外毕竟也不过数例啊。

你的教师生涯开始得很早,那年是 1960 年,你才十八岁。 并不是因为你念的是师专或幼师之类,而是因为考大学不被录取,母校可怜你,留你在学校教书。 教的是初中二年级的俄语,学生只比你小三四岁,大的跟你差不多。 还有两个比你年纪大的学生,是马来西亚的华侨,因为当局反共排华,才逃回祖国来读书的。 回国之前,或许是工人,或许是地下游击队,你不知道,也没问过。 从那时算起,至今已经五十有二年,而你还在教书。

1978 年 10 月你考进武大读研究生,1981 年去美国,接着进哥伦比亚大学读博士,1990 年 9 月完成论文后就去台湾任教。 从 1978 到 1990,十二年没教书,但即使扣掉这十二年,你也教了四十年的书了。 如果要申请退休金,计算"参加革命工作"的时间,你完全可算五十二年的工龄。 首先,从 1978 到 1981,你们那时是带职研究生,虽在读书,工资却是照发的,自然算工龄。 其次,你硕士毕业后就被武大留下来当老师,在美国读书的前几年武大是发你工资的,只不过没有寄给你而是存在银行里,说等你毕业回国后再领。 这样至少持续了三年,看你一时回不了国，才暂时停发。 但你还是武大的教师，"名编壮士籍"。 直到 1990 年，大概是风波之后，又或者是因为你去了台湾，这才将你除名，理由是"滞留不归"。 此事你一直不清楚，也从没收到过除名或解聘的通知书，去年刘良明教授不知从哪里得到一份武大校办的除名文件（并非你一人，而是数十人）的复印本，你才知有此事。 你们相顾大笑，说有此文件为证，你在武大就有了九年的法定教龄，即使没有教过一天书。 在咱们中国，"带职读书"实在是太普遍了，如果打官司，你是有胜算的把握的。

在你读书的时候——说的是青少年时代读中小学的时候，你从来没想过将来当老师，现在阴错阳差，居然当了一辈子的教书匠，真可谓"人算不如天算"，你一直相信人生不可规划，这也是一例。 不过说实在的，天算未必比人算差，你不仅不后悔一生做老师，如果让你选择，你还愿意再做一次。

教书这件事最大的好处就是单纯。 如果你愿意，你至少可以选择一条比较干净的人生道路。 不必像险恶的官场那样，明枪暗箭，你争我夺；也不必像肮脏的商场那样，尔虞我诈，损人利己。 你不想见的人，你不必非见不可（想当学官的除外），你不想说的话，你不必非说不可（教思政的除外），你不想吃的饭，你不必非吃不可（另有他图的除外）。 跟你打交道的主要是你的学生，他们将来或许也会进官场进商场，但至少目前还不是官僚也不是商贾，还没那么讨厌。 至于你的同事，如果你不喜欢，你可以少打交道，尤其是当了大学教授，你是可以独来独往的，当然，"文革"那样的非常时期除外。

教书这件事还有一个大好处就是快乐。 孔子说："有朋自远方来，不亦乐乎？ 学而时习之，不亦说乎？"学生从四面八方来学校读书，大家的志趣相同，就是求学上进，所以都是"朋"，无论读书教书，都得时时温习，不断地温故知新，这不是很快乐的事情吗？ 何况，如果真是一个人才，又不自甘下流，你可以在学问上不断精进，成为大家，不断创造，日教日新，直到生命的终点。 如果运气好，还可能如孟子所说，得天下之英才而教之，那真是人生之大乐，哪怕一生只教到一个英才也足够了。

教书的第三大好处是自由。做一个教师，尤其是一个大学教授，其实没有多少俗规陋距逼着你非遵守不可。在时间的支配上，教书，尤其在大学教书，可能是自由度最大的一个职业，除了按时上课之外，其他差不多都可以随心。最可爱的是寒暑假，你有三个月法定的假期，可以做你想做的事，尤其是可以外出旅游，这是任何其他职业几乎都没有的。你迄今已经游遍了大半个世界，比你同时代的朋友到的地方都多，这得力于几个重要因素，其中之一便是你一辈子都在教书，有几十个寒暑假可以自由支配。

教书的第四大好处是有尊严。中国人讲师道尊严，把老师的地位看得很高，"一日为师，终身为父"是旧时中国人的口头禅。你小时候看到你们老家的唐氏宗祠里还供着一幅大匾，上面写的是"天、地、国（更早是君）、亲、师"，老师的地位是跟天、地、社稷、祖宗并列的，后来革命了，解放了，改革了，开放了，老师的地位渐不如昔，但想要完全推倒也是不可能的，教师这个职业本身就决定了和尊严分不开，再伟大的个人也要上学受教，就如任何伟人都是父母生出来的一样。

教书的第五个好处是可以忘老。"老"是人生最讨厌的一件事，但人人必老，无可避免，所以哪怕能暂时忘掉也好。孔子说"发愤忘食，乐以忘忧，不知老之将至"，做老师的书读不完，学问做不完，不愁没有事情让你"发愤忘食"。天天跟来自五湖四海的青年打交道，看着他们青春焕发的容颜、健康活泼的身体、求知若渴的发亮的双眼，没有什么比这更可以让人"乐以忘忧"。

教书还有一个大好处是旺后。父母是做教师的，子女便往往会得到更好的教育机会，这道理不待多言，所以教师家庭往往走出贤子孙，古今不乏其例。

今天是教师节，你闲来无事，用电脑慢慢敲出此文，只述教书的好处，难处苦处就不说了，聊以安慰自己，也安慰普天下做教师的人。

思想政治教育不能代替道德伦理教育

一个青少年应当接受的正常教育通常包括德、智、体、美、群五个方面，而今天中国青少年的教育只注重智育，其他方面即使不说完全被忽视，至少也是部分地被忽视了。尤其是德育，几十年来基本上是缺席的。这种缺席导致的严重恶果就是今天社会道德水准的全面滑落。

说几十年来我们忽视了青少年的德育，一定有人不服气，他们会说我们选拔干部一向强调德才兼备，我们对青少年的教育也一直强调又红又专，做革命事业的接班人，怎么能说我们放松了对青少年的德育呢？我要说，问题恰恰就出在这里。我们一向强调的"德才兼备"的"德"，"又红又专"的"红"，并不是"道德伦理"的"德"，他们实际上指的是一个人的政治立场，再加上一种特定的意识形态信仰以及与这种意识形态有关的理论修养，这跟一个人的道德人格基本上是两码事。

政治上的"红"及以"红"为底色的"德"，说到底只是为一个集团、一个党派服务的，而道德伦理是一个人的人格修养，是不分集团、不分党派的，政治上走红的人可以是一个道德上卑鄙龌龊的小人，这种例子古今中外俯拾皆是，今日官场更是层出不穷，就无须多说了。

在夺取政权的革命年代，政治思想的教育或许是不可避免的，但如果我们误以为这种教育就可以代替道德伦理教育，可以行之久远，那就大错特错了。革命时代一过，阶级斗争不再时兴，国家面临的主要问题不再是由谁来掌权，而是怎样才可以把国家治理好，这个时候人们政治立场的差异或意识形态的争论已经没有从前那么要紧，而社会成员尤其是管理阶层成员的个人道德品质，却显得格外关键。这种时候如果不与时俱进，不抓道德伦理教育，那么整个社会道德素养的滑坡就是不可避免的了。

但事实上我们的学校教育却一仍旧贯，还在上那种鸡肋式的"思政课"，却没有一门课是关于个人道德修养的。我们既没有古人那种正心、诚意、修身的训练，也没有现代西方国家那种公民教育的课程。有人批评我们现在的教育，是幼儿园就教共产主义理想、教革命大道理，到大学毕业之后，才想到要教起码礼貌、做人的基本道德。这并不是恶意讥讽，而是实话实说的描述。现在有些家长把《弟子规》、《三字经》搬出来教孩子，有人说这是倒退，是退到"五四"前，我看没那么严重，我觉得这是不得已，是民间自发产生的道德自救、文化自救。《弟子规》、《三字经》诚然不是为今天孩子写的好教材，里面还免不了有些糟粕，但家长却认为有用，却认为比那些空洞的"思政课"强，难道这不值得我们深思吗？

我在这里诚心呼吁主管国家教育的衮衮诸公，请睁开眼睛，正视我们社会道德素养低落的现实，正视我们教育设计中严重忽视德育——道德伦理人格教育而非意识形态教育——的倾向，为整个民族的未来着想，做点切实的努力，再不要蒙着眼睛跟无辜的孩子们玩躲猫猫了。

一本从未登录过的《四字经》

今年五月，我的加拿大朋友布兰达（Prof. Brenda Zeman）初次访华，我带她去云南丽江游了一趟，非常意外地在一个旧货摊上淘到一件真正的宝贝。 这是一本光绪三年刊印的线装小书，长二十厘米，宽十三厘米，木刻，印在传统皮纸上，米黄色，除封面、封底、扉页以外，正文共十六页，三十二面，虽然破旧肮脏，但文字尚完好。 封面左角有红纸手写题签："四字经帖"，"帖"字已经掉了一半。 扉页上有三行刻字，中间是"四字经帖"，右边靠上有"光绪三年新镌"六字，字体较小。 左边靠下有"文汇堂刊"四字，字体跟"光绪三年新镌"大小一样。 扉页上的字跟正文一样，是木刻的。 每页折页处有鱼尾纹，鱼尾上方有"四字经"三字，鱼尾下方较远处则有页码。 全书从头至尾没有提到作者的名字。

说它是一个宝贝，并不是指它已经有一百三十二岁的年龄。 一百多年前刻印的书没有什么稀罕，一千多年前的宋版书也有的是。 真正宝贵的是，这是一本未经登录的书，我翻遍了手头的有关资料，关于这本书没有任何文字记载。 书的正文一共三百七十八句，一千五百一十二字，内容全是教小孩子应当如何做人的书。 特别强调平时的言行规矩，跟尊长相处的应对礼节，尤其强调要孝顺父母。 跟大家熟知的《三字经》是同类性质的书，但内容面要窄得多，文字非常简白，也比《三字经》粗俗得多，我推测是一个民间不知名的文人专门写来教训童蒙的。 文中并未用到什么方言，无法断定是产自何省何地。"文汇堂"应该是当时的一个书局，但不知在什么地方，跟清代江苏扬州的"文汇阁"有没有什么关系不得而知。友朋中暂无版本学家可以请教,姑且留待它日再考。

它引起我重视的还有它的内容。我们今天大陆社会对孩子的礼貌教育、人际关系教育、言行规矩的教育非常缺乏,更没有一本适合的教材可用。教师和家长对孩子这方面的教育,不是放任不管,就是随心所欲。父母教育程度高的,对孩子的管教稍严,但也远远不如传统社会的家规严格。父母教育程度低的,则完全将希望寄托在学校,而学校老师所重的又在知识的传授,这方面认真注意的很少。而最大的缺陷则是没有规范可循。我们社会国民教养素质的低落,不能不说跟童蒙教育的缺乏有极大的关系。

作为一个一辈子从事教育工作的人,我深切感受到这个问题的严重性和必须解决的急迫性。我们要建设一个文明和谐的现代社会,必须从孩子抓起。由这本《四字经》,我想到我们很有必要编一本适合现代孩童教育的通俗易懂的,又能够朗朗上口、便于记诵的新三字经或新四字经,供老师们用,供家长们用,也供孩子们用。

今天的社会已经与一百多年前、几百年前的社会截然不同,传统的《三字经》、《四字经》这类童蒙训育书籍自不能适用于今天的儿童,这是不须多说的。但这类书籍仍然对我们有参考的价值,其中有些建立于永恒人性上的原则并未因时代的改变而改变。

因此,我如获至宝地把这本虽然肮脏破烂、实则珍贵无比的书买了回来,又特地写了这篇文章,希望能引起教育部门,从事教育的朋友们,以及家长们的关注。

为免再一次失落,现谨将我所购到的《四字经》全文抄录如下,以供有心人参考。

四字經

述世俗語,**教爾蒙童**。 人生有子,皆願成龍。 年少無知,須當教訓。

父母呼喚，聲叫聲應。有事叫動，即便就行。不可懶惰，拗性不行。
去在路上，至至誠誠。眼莫亂看，腳莫亂行。恐防跌著，父母憂心。
到了人戶，作揖要深。不可半揖，輕慢長尊。臥房廚下，不可亂行。
開口說話，莫得罪人。不可久坐，早些轉身。父母在家，望你回音。
即速回去，路上莫停。回見父母，將事告明。誠如是禮，方見精伶。
隨父飲酒，必要至誠。同兄赴席，亦宜小心。父兄同路，不可並行。
賓客滿座，側耳聽聞。是人說話，不可接聲。人說好歹，只在你心。
莫到別處，說與他人。他人聽見，二家爭論。鬧出是非，說是你身。
道你口賤，愛管閒情。被人識破，把你賤輕。慎之戒之，守口如瓶。
同客赴席，依序候賓。眾客坐畢，你纔落身。莫對尊長，莫朝父親。
席上酒菜，莫先沾唇。眾客舉箸，你纔動筋。莫要粗鹵，搶嘴糊行。
當面不說，過後笑人。尊長出席，即忙起身。不可痴坐，似木雕成。
壺中美酒，不宜多吞。當喫三盃，止飲兩巡。恐防酒醉，糊言亂行。
莫發酒風，壞了品行。回到家庭，先見雙親。深深作揖，奉輩回程。
哥嫂伯叔，一體而行。酒醉就睡，不醉莫停。速上學堂，去讀書文。
見眾朋友，有偏一聲。即忙上位，誦讀五經。莫亂下位，發憤專心。
寫字要正，讀書要明。字有同樣，辯別要清。一莫懶惰，二莫閒行。
假借公便，混過時辰。晌午放學，路上斯文。回家喫飯，早入館門。
不可貪耍，去哄先生。哄師事小，悞了己身。紙筆墨硯，各人小心。
莫愛人物，手腳要清。偷人財物，不是好人。下午放學，端方回程。
晚間無事，高點明燈。展開書本，朗讀書文。莫貪瞌睡，虛度光陰。
少年不學，老來無成。有事之時，到處求人。那時方悔，要讀不能。
一派良言，勸爾後生。蒙師指示，各宜記心。堂上父母，須當孝敬。
教訓好言，不可不聽。或打或罵，不可怨恨。望你後來，端莊守分。
不可降性，觸怒雙親。父母養你，萬苦千辛。推干就濕，費盡憂心。
生怕凍餓，愛如寶珍。稍有病痛，刻刻弒驚。十月懷胎，懷抱三春。
出過痘痲，微微放心。送你讀書，望你成人。老來靠你，供養他身。
為人子者，須體此心。父母年老，各存孝心。寒置衣服，莫冷雙親。

第四辑 感　思

饑供飲食，莫餓雙親。　早晚問候，莫慢雙親。　言語溫和，莫憂雙親。
父母年老，瓦上之霜。　不可遠行，長在外方。　一時不測，難轉故鄉。
不得送終，空含淚汪。　要想供俸，不見爹娘。　止為遠走，悔濫肝腸。
披麻戴孝，儘是虛文。　燒錢化紙，以免陽人。　餚饌羹湯，空獻靈臺。
殺豬宰羊，那見回來。　迎僧請道，望空超薦。　那見爹娘，高昇雲漢。
佛在西天，何能得見。　無非前傳，留與後人。　生前孝順，纔是真情。
為人子者，須記而行。　朝山拜佛，儘是虛文。　堂上活佛，至尊至靈。
孝順父母，甚似念經。　切莫黑臉，惡語高聲。　忤逆不孝，違背雙親。
不孝父母，何以為人。　後來你老，也有兒孫。　望他行孝，你纔喜心。
你孝父母，兒孝你身。　書要苦讀，田要勤耕。　聖諭六條，緊記在心。
孝順父母，教訓子孫。　尊敬長上，和睦鄉鄰。　各安生理，非禮莫行。
天地為大，父母為尊。　生我恩德，山高海深。　上古行孝，至今留名。
大舜行孝，歷山苦耕。　文帝嘗藥，忘了為君。　閔子願寒，晚母回心。
曾參打柴，咬指痛心。　子路負米，供俸雙親。　董永葬父，己曾賣身。
剡子尋鹿，為親目疼。　懷橘奉母，陸續孝聞。　唐氏乳姑，子貴孫榮。
吳猛愛母，捨身喂蚊。　為母求魚，王祥臥冰。　江革傭工，供母饗飧。
郭巨埋兒，皇天賜金。　楊香打虎，捨命救親。　壽昌尋母，棄官遠行。
庾黔嘗糞，事親竭誠。　扇枕溫席，黃香九齡。　聞雷泣墓，王裒孝誠。
姜詩夫婦，孝泉留名。　老萊七十，戲綵娛親。　蔡順家貧，採桑俸親。
丁蘭刻木，補報生身。　孟宗哭竹，冬筍忽生。　廷堅太史，親俸餚羹。
人能行孝，天必看成。　孝順之子，不論富貧。　貧見孝子，亂顯忠臣。
哥哥弟弟，一脉同生。　小時同屋，長大各分。　須要相愛，切莫相爭。
弟兄不親，結甚朋情。　燒香拜把，都是虛文。　桃園義氣，寧有幾人。
若逢患難，還要至親。　莫聽妻言，吵把家分。　莫聽人唆，弟兄不親。
莫為口角，仇恨在心。　弟兄和氣，父母寬心。　相交朋友，要結好人。
莫交浪子，不為正經。　書也不讀，田也不耕。　講嫖論賭，引滑己心。
這等損友，切莫相親。　要交上等，端方好人。　說些道德，講些書文。
聆教高論，學些品行。　凡事謹慎，三思而行。　話要信實，莫亂哄人。

嘴要乖巧，莫亂唕人。	手要尊貴，莫亂打人。	見人親戚，笑臉相迎。
鄰尊族長，恭敬待呈。	不分貧富，一樣人情。	左鄰右舍，無事莫行。
親戚人戶，莫亂上門。	別人姐妹，相見至誠。	責人責己，恕己恕人。
言語雖俗，說盡人情。	願爾後生，奉為準繩。	不越規矩，遵道而行。
言之切切，誨女諄諄。	朝夕勤誦，體貼在心。	家為孝子，朝作忠臣。
大行不虧，方可成人。	教子若此，富貴長春。	受教子嗣，國家寶珍。

　　光緒三年　　文匯堂刊

　　按：全文計378句，1512字。为存原貌，尽量照原文打出，不用简体，异体字、别字也未改动。第53句中的"闹"原有"口"旁，应系刻工之误，因无此字，故无法打出。又70句"筋"字当系"筯"字之误，但从用韵来看，应该是作者的错误而非刻工的错误。又72句和84句中的两个"糊"字，显系别字，当作"胡"，但仍照原字打出。又第90句中的"萆"字恐是"莘"字之误。异体字中，"喫"即"吃"，"纔"即"才"，"癲"即"瘋"，文中还有几个"俸"字该用作"奉"，262句中"绩"误为"續"，顺便指出，以便读者。

白话文运动的后遗症

由胡适等人倡导的白话文运动是"五四"新文化运动中最重要的一环,它的必要性和进步意义今天已经没有任何人否认。其实,即便在它发动之初,除了林琴南、辜鸿铭和《学衡》诸君之外,真正反对者也不多,因为拿不出像样的理由。而它的适用性却是显而易见的,尤其当人们翻译外国科学资料的时候。谁能够把"水分子是由两个氢原子和一个氧原子构成的"用优雅的文言文写出来呢?于是白话文运动势如破竹,全国上下翕然从风,百年下来,已经"普天之下莫非王土"矣,今天如果还有人写文言文,则不是"大师"(例如钱锺书)便是"怪物"了。

但是白话文运动就真的一点坏处都没有了吗?这个问题几乎从来没有人提过,我却愈来愈怀疑。

我第一次产生这个疑惑是在哥大念博士的时候。有一天我跟日本学者柄谷行人和四方田犬彦一起闲聊日语中的汉字,他们告诉我日语中至今保留1800个汉字,一个修养好的日本知识人这1800个汉字应该都认识。我问他们为什么不把这1800个汉字去掉而用平假名、片假名代替,像韩国人那样呢?他们告诉我,日本也试过,但最后还是决定保留,他们说:我们比韩国人聪明。你废掉一个字,不只是废掉一个字而已,你是摒弃了这个字所负载的文化,丢掉了这个字后面一连串的珠宝。事实证明我们做得对,中华文化是一个丰富的宝藏,如果因为我们某些人莫名其妙的爱国偏执狂而把它拒绝在门外,这是多么大的损失啊!韩国人现在后悔了,可惜已经来不及。

从两个日本学者口里听到这样的议论，真让我大吃一惊。说得很对很深刻啊，我为什么从来没有想到这样的问题呢？我们之所以没有想到是因为我们没有碰到日本人碰到的问题，如果也碰到呢？于是我想到五十年代曾经风行过一阵子的汉字拼音化运动，在《汉字简化方案》颁布以后，一些激进分子竟然想要以拉丁字母（或说罗马字母）来取代汉字，把汉字的象形系统连根拔掉，而代之以拼音。记得六十年代初我就见过一种拼音报，看起来就跟一张英文报纸没有什么区别，仔细读才知道是汉字的拼音。这些激进分子自以为在替人民做好事，哪里晓得他们是在毁灭中国的文化呢？幸而这种疯狂没有持续多久，就为人们所厌弃，应者寥寥，终至于澌灭了。

我由此又想到中国文言文的命运。白话文运动起来以来，文言文就渐渐退出中国人的日常生活，人们不再使用文言文来表情达意，来应酬洽公，也就是说不再写文言文了。由不写渐演为不读，由不读渐演为不记，于是文言文就不仅退出中国人的日常生活，也渐渐退出中国人的视野，甚至渐渐退出中国人的记忆，变成某种与中国人渺不相干的东西，只放在象牙塔里供着。那么，那两位日本学者所说的状况，会不会发生在中国的语言变革中呢？也就是说，在我们废弃文言文的同时，会不会连同文言文所负载的文化内涵、文言文后面那一连串的珠宝都被我们丢掉了呢？

当然，中国的白话文运动跟日本的废弃汉字并不一样，至少问题没那么严重。由文言变成白话并没有导致废弃文字，文言中的文字白话里边也还用，但是不可否认的是，文言文中的许多字词在白话文中或者完全不用了，或者用得少了，或者意义变了。因此，两位日本学者所说的问题在我们废文言变白话的变革中，肯定是部分地存在的。这其实无可置疑，只是这个问题一直没有引起足够的注意，更无人在学术的层面上仔细加以探讨与评估罢了。

例如，儒家的中心观念"仁"，在古籍中到处可见，但在白话文中却很少单独出现，只存在于"麻木不仁"、"为富不仁"等几个成语中，于是"仁"字所负载的大量文化意涵——几乎包括整个儒家思想体系的一小半，在白话文中基本上不见了，至少是残破不堪了，连文言中常见的由"仁"所构成的双音词，像"仁人"、"仁心"、"仁术"、"仁厚"、"仁风"，在白话文中都用得很少了。而白话文中出现的与"仁"意义相近的词汇，如"博爱"、"爱心"（"博爱"、"爱心"二词也是古已有之，并非白话文才有，"博爱"见于《孝经》，"爱心"见于《礼记》，但古人用得较少，远不如"仁"用得普遍），并不能替代"仁"的原有文化意涵。更有甚者，大家误以为这些新词及其所表示的观念都是舶来品，是从外文翻译过来的，称之为"普世价值"。而这样的"普世价值"又仿佛是西方人首先提出来的，至少并非"中国特色"。其实，我们的祖先少说在两千五百年前就已经有这方面的系统观念了，只是他们不大说"博爱"、"爱心"，而说"仁"。如果 20 世纪初叶在中国没有发生白话文运动，我们至今还在使用文言文，那么，我们大概会用"仁"而不是用"博爱"、"爱心"来翻译西方的类似观念，我们也就不会鄙薄自己的祖先，而认定作为普世价值的"仁"是别人先提出来的。

白话文运动另外一个显而易见的后遗症是今天的中国人包括知识人能读懂古籍的越来越少了。几千年来用文言记载的思想与知识于是变成一个大门紧闭的行将废弃的古堡，里面金碧辉煌的建筑与财富让我们望而兴叹，因为我们走不进去，也取不出来。例如中医，今天好的医生越来越少，原因很多，但一个很重要的原因是古代的医书看不懂，从前说"一个秀才半个医"，古文好，中医也就容易学了，古文普遍读不懂，好中医何由产生呢？

古文的废弃还让我们的语言和文字变得粗糙和粗陋，文言文中许多优美的表现手法在白话文中都失落了，例如文言文中大量的层次丰富的敬语、谦语和婉语在白话文中都损失了，而且没有出现替代的词语。比如自称，白话文中无论何种语境、何种语气都只有一个以不变应万变的"我"，文言文当中除了"我"，还有"余"、"予"、"吾"、"仆"、"臣"、"妾"、"职"、"弟"（"儿"、"侄"……）、"愚"、自呼名、"在下"、"不才"、"不肖"、"小人"、"卑职"、"朕"、"孤"、"寡人"、"不穀"……不下几十种，你看是何等丰富！还有一些很好的修辞手法，例如对仗，白话文中也几乎完全不用了，实在是非常可惜的。其他就不必再多举例了。

关于白话文运动的后遗症，我暂且先说这些。这个问题值得深入讨论，它关乎我们今后的语言建设、文化发展，尤其是青少年的语文教育。我殷切地期望有更多的朋友，特别是文字语言方面的专家学者来参加讨论。

汉字简化是瞎折腾

百余年来，仁人志士害怕亡种绝国，于是效法西洋，奋起革命，同时锐意于种种革新。但是不免性急，又常常短视，结果往往欲速不达，好心办了坏事。尤其在文化方面更容易犯此种错误。因为文化这东西本来就是日积月累造成的，非一蹴可及，要破坏起来倒是容易，破坏之后再建设可就难了。能破未必能立，大破未必大立，破字当头，未必立在其中。李逵举板斧，一路砍去，只见头颅纷纷落地，可一旦砍错，要把这些头颅接起来可就没门了。如果砍的是树还好一点，毕竟还有可能再生，但要长回原来的样子也不容易，至少十年、几十年，说不定得百年、几百年，搞得不好也可能永远长不回去。

汉字简化就是一例。当初何尝不是好心，以为笔画简化以后，小孩学起来容易，大人写起来省时，哪里料到几十年后会发明电脑，一键下去，繁简不分，难易无别，花的时间都一样多，几十年来在文字改革上所耗费的无数人力、心力、物力，今天看来大部分都是无用功，不仅费力不讨好，而且留下一大堆后遗症，又得花几十年来收拾、来补救，还不知道结果如何。

简化汉字还只是文字改革的初步，文字改革的终极目的是要抛弃汉字的象形系统，而改学西方的拼音，亦即汉语拼音化（或说拉丁化、罗马化）。这种自掘祖坟的宏图大计今天已经没人敢提了，大家也就忘了，但今天来谈简化汉字的后遗症，却不能不先说说这个终极目标。因为知道有这样一个宏伟目标的存在，才能懂得一些朋友在改革时为什么那么大胆，那么轻视祖宗成法，那么轻视几千年来形成的传统。

但汉语拼音化今天既然没人敢提了，我们就放它一马，不再费精力去打这个已经逃跑的敌人，所以下面只谈汉字简化的后遗症。

汉字简化有什么后遗症呢？

第一，它破坏了汉字的造字逻辑。汉字以象形为本，每一个字写成什么样子都有自己的道理，古人把这些道理分成六类，是为"六书"：象形、指事、会意、形声、转注、假借，简化字虽然也有一部分总算多少遵守了六书的道路，但大多数只是为了简化笔画而不讲什么道理的。

第二，它损坏汉字固有的美。汉字既以象形为本，那么每个字或全部或部分总是"画成其形"，具有一种图像之美，以后又逐渐演进，形成一种以图像为本质的线条之美，也就是我们平常所讲的书法之美。简化字在破坏汉字造字逻辑的同时，也就破坏了这种图像美和书法美，所以书法家大多不愿写简体字，其理在此。

第三，它造成了阅读古籍的障碍。这一点无须多说。台湾的小学生都能阅读故宫博物院里保存的一千多年前的文献，大陆恐怕连大学生都不行。很多朋友一看到正体字就头疼，就失去了读下去的兴趣，遑论古文？

第四，它增加了大陆与海外华人沟通的困难。这一点也无须多说，因为别人用的都是正体字，我们又不能强迫别人接受简体字。

第五，它没有减少反而增加了汉字的数量。因为大部分简化字是从前没有的，现在既然创造出来，以后要消灭就很困难。而原来的正体字，即我们大陆所称的"繁体字"，显然也不可能被消灭，那么汉字的总数不是更增加了吗？而这种增加是毫无必要的。

第六，它造成汉字使用的混乱。这种情形常常发生在繁简字转换时，例如，"余"字是"餘"的简体，但作"我"讲和当姓用的时候是不可以写作"餘"的，而电脑不识，结果就会弄出"餘不敏"、"餘秋雨"之类的笑话来。

第七，汉字流传了几千年，古书一再翻印，一本书每每有很多不同的版本，所以古籍校勘也就成了一门大学问。现在又用简体字来印古书，我们可以想见在未来的古籍校勘学上，"1957年"（汉字简化方案于此年开始施行）必将成为一个重大的分水岭——添乱的分水岭。

汉字简化的后遗症，以上七点还只是荦荦大者，尚未说尽。但仅此七点，也就足以证明恢复正体字之必要了。

如何恢复呢？

简体字已经被上十亿人用了半个多世纪，再要想加以消灭恐怕很难，并非发个命令就可以做到的。为今之计，只有两体并行，把简体字限制在报刊和手写的范围，其余凡国家公文、学校教科书、正式书籍（特别是古籍）都只许使用正体字。再过若干年，报刊也大部分使用正体字，简体字只限少数普及读物和手写。最后，凡印刷物都用正体，简体字只限手写。

有人会说，这样一来，以后几十年中，我们的学生不是繁简字都得学吗？以前想减轻负担，现在反而得增加负担。是的，但这是无可奈何之事。除非我们愿意一直错下去，造成更多的麻烦、更多的后遗症，否则便只有此路可走。

听说成立于1954年的中国文字改革委员会，已于1985年改名为国家语言文字工作委员会了，那么正好，中国文字改革委员会"改革"出来的麻烦，正好由国家语言文字工作委员会努力"工作"来善后，一个直属于国务院的庞大机构总得有点事情做吧。

什么叫瞎折腾？简化汉字就是典型的瞎折腾。"天下本无事，庸人自扰之。"自以为是的后生们总是在碰得鼻青脸肿之后才会想起老祖宗的话。

好文章是不用介绍信的

我第一次在全国刊物上发表的文章是《李白的失败与成功》。那本是一篇读书报告，是我 1979 年下半年修我的导师胡国瑞先生（1908—1998）的《李白研究》一课所写的期末论文。

我本来就很喜欢李白的诗，但没有读过全集，于是趁着这次修课的机会把王琦注的《李太白全集》从头至尾一字不漏地认真读了一遍，所以期末报告虽然只是一篇万字左右的小文，却涵盖了我对李白这个人及其作品的整体看法。

1980 年新学期开始，正是初春时节，珞珈山一片新绿满眼。一天我在校园里漫步，迎面碰上也在校园漫步的胡国瑞先生。我恭恭敬敬地叫了一声"胡先生"，胡老师便立刻停住脚步，说："唐翼明，你那篇关于李白的文章写得不错，把它寄到《文学遗产》去吧。"

我觉得很突然，不禁吓了一跳。《文学遗产》对那时的我来讲实在有点高不可攀。"文化大革命"中，全国的报纸杂志一律停办，八亿人只剩下两份报纸加一个刊物，学术杂志自然是连半个都没有。1978 年改革开放以后，才渐次恢复了几家，但也屈指可数。在古典文学领域中，《文学遗产》是全国唯一一份有分量有权威的杂志，由中国科学院文学研究所主办，当时刚刚复刊。每年四期，是季刊，每期才 150 页左右。全国所有研究古典文学的学者，特别是中文系的教授们，眼睛都盯着这家刊物，如果有人能在《文学遗产》上发表一篇文章，那是一件相当有光彩的事，学术地位几乎就可以由此确立了。全国的学者有多少？全国的教授有多少？我那个时候不过是一个学生，从来没有在任何刊物上发表过任何文章,所以我也根本没有做这个梦。现在胡老师竟然要我把文章寄去,我实在怀疑是不是自己耳朵有毛病了。

"行吗?"我支支吾吾地问胡老师。

"怎么不行!"胡老师好像很笃定。

"那,是不是请老师给我写封介绍信?"

"唐翼明,我告诉你,好文章是不用介绍信的。寄去吧。"

我突然觉得心头一热,"好文章是不用介绍信的",这句话从此铭刻在我的脑子里,它一直回荡到今天。我从此写任何文章都不敢草率,写任何文章都告诉自己必须达到公开出版的水准,也从来不屑于找关系,我觉得只有这样才不辜负老师的教导。我也的确做到了,我以后写的所有文章都发表了,包括在武大、哥大的每一篇读书报告。

我听了胡老师的话,把《李白的失败与成功》寄给了《文学遗产》,只给编辑部写了几句自我介绍的话。不过,寄是寄了,但我并没有抱什么希望,我觉得发表的可能性实在不大,不是我对自己的文章没有信心,而是竞争者太多,我的头上还压着多少老学者、大学者啊。

不料还不到一个月,我就接到《文学遗产》编辑部的回信,说要用我这篇文章,只是希望做些修改,缩短一点篇幅。我后来才知道审查的人是北京大学中文系的著名教授陈贻焮先生(1924—2000),他当时是《文学遗产》隋唐段的责任编辑,他一看我的文章就很喜欢,立刻决定发表。此前我并不知道有陈先生其人,陈先生当然更没有听说过唐翼明这个名字,但他似乎并不在乎。我从此成为陈贻焮先生的私塾弟子,在我硕士论文答辩的时候,他还特地从北京赶来,是答辩委员会的九位教授之一。在以后的二十年里,我们一直书信往返不断,陈贻焮先生临终前因为脑瘤而昏迷不醒的时候,我还赶到北京去见了最后一面,我附在他耳边说:"学生唐翼明来看您了!"他居然抬了抬右手。

《李白的失败与成功》后来发表在1981年的《文学遗产》第二期(复刊后第五期)上,这篇文章和另外两篇分别发表在上海《文学理论研究》和广州《学术月刊》上的文章,也成了我到美国后申请哥伦比亚大学的重要资本。

  我写下这段经过不是想自炫——虽然我现在也还觉得那篇文章实在是一篇不错的论文,而是感叹像胡国瑞先生、陈贻焮先生这样的学者现在越来越少了,好文章不要介绍信的传统也越来越不行时了,听说现在学术界发文章、出书,都要找关系、开后门、塞红包,还有公开的版面费、书号费什么的,真是令人不胜浩叹。 老一辈的风范,80年代的学风,都到哪里去了呢? 我们还找得回来吗?

书面语和口头语要保持适当距离

新文化运动中，胡适主张改革中国的书面文字，废止言文脱离的古文，而以言文一致的白话文为文学正宗。这主张如果只是指出一个努力的方向、大体的目标，本来也不错，但这个主张表述得太粗糙、太笼统，后来又被一些人引向极端，这样就造成很多弊病了。当代中国文学的粗糙实与此有莫大关系，所以我觉得今天对言文一致的主张重新加以检讨，做一些细致的厘清是必要的。

首先，言文一致是可能的吗？这个问题好像不需要讨论，其实很有讨论的必要。在白话文流行以前，中国读书人写的都是文言，言文不一致被视为当然，没人想过言文要一致的问题。事实上那个时候的言和文也不可能一致。从说话一面来看，嘴巴里一天到晚之乎者也，想来都有些可笑，而且识字的人是那么少，不识字的人那么多，要人人说话都像作文一样，那显然是天方夜谭。从作文一方面来看，如果只是把说的话记录下来，那不仅粗鄙，显不出读书人的优越，而且在纸张印刷都不发达的古代，显然是不经济的。

有学者说很古的时候言文是一致的，后来才逐渐分离，这话貌似有理，其实经不起推敲。试问早到什么时候言文是真正一致的呢？唐朝吗？显然不是。从敦煌石窟里发现当时有比较接近口语的"变文"，正可反衬唐朝流行的时文是与口语不一致的。汉朝吗？也不像。司马迁的《史记·陈涉世家》记陈涉（即陈胜）当了王之后，从前跟他一起耕地的乡亲们跑来看他，进了富丽堂皇的宫殿，不禁大声感叹道："夥颐，涉之为王沉沉者！"这句话比较接近口语，但也正好反衬其他的文字和口语有不小的距离。 周朝呢？ 请问《论语》所记载的你相信就是孔夫子的口语吗？ 我是不相信的。 再早就到甲骨文了，甲骨文那样简单，几个字，一两句话，就代表一次活动，一次祭祀，甚至一场谈判，一场战争，显然不可能言文一致。 还可以再早，推到结绳记事，在绳子上打一个结，就表示一件事，那时候的人说话会这么简单吗？ 可见恐怕与某些学者的意见相反，越早言文越不一致，因为越早文字越简单，发展到后来，文字复杂了，书写容易了，识字的人更多了，这才有可能较为一致起来，也因此白话文运动只可能发生在现代，不可能发生在古代。

其实从本质上看，言文不一致是绝对的，言文一致只是相对的。言是声音，可听而不可视，文是痕迹（所以古人说仓颉造字的灵感来自"睹鸟迹以兴思"），可视而不可听，二者本不同质，是不同的符号系统。 人类在创造了语言这个符号系统以后，并不必然就能够创造文字系统，所以至今还没有文字的民族在世界上仍然多的是，有文字的民族能说话而不能作文的人也多得是。 这样不同质的两个符号系统，其不一致是天然的，就算书写印刷发展到极其方便的程度，可以轻易地把言语录制为文本，那文本也不可能与言语完全一致，因为这两个符号系统能转换的只有一部分，或许是一大部分，但并非百分之百。 非表音的文字系统如中文，尤其如此。 至于说话时的语调、口气，声音的高低、力度，这些构成语言符号系统的附加因素，也都是不能变成文字的。所以从严格的意义上讲，言和文从来就不一致，也永远不可能一致。即使从比较宽松的意义上讲，言和文的一致也只能是相对的、暂时的，而不一致却是绝对的、永远的。

其次，言文一致是必要的吗？ 是好的吗？ 这个问题如果要从严格的逻辑意义上来讲，那么在回答了上面的问题之后本来已经可以不讨论，因为言文既然不可能一致，那么即使一致很好也做不到。 所以对这个问题，我们只能是从相对的、非严格逻辑的角度来讨论，那就是：追求言文的相对一致是不是必要的？ 我的意见是，在言文的距离越来越大之后，提出言文一致作为方向，力求把言文的距离缩短一些，是好的，有必要的。因为言和文虽然是不同质的两个系统，但不可否认，它们也是关系紧密的两个系统，人类是在有了语言系统之后，为了克服空间和时间的障碍，才创造出文字系统的。因此，这两个系统如果相距太远，弄成井水不犯河水，那显然不是创造文字系统的本意。例如民国初年，语言已经走到现代，文字还停留在汉唐，语言当中很多东西文字无法表达。特别是西方现代科学传入以后，这个问题就更形严重。例如"水的分子是由两个氢原子和一个氧原子构成的"，这样一句话，要用优雅的文言文来表达，就简直不可能，至少是非常不方便。因此民国初年胡适等人发起的白话文运动在方向上是应当肯定的，它对整个社会的发展有正面积极的贡献。

但是，我觉得必须同时指出，追求言文一致只能是方向性的阶段性的，不能作简单的字面的理解，不能把"言文一致"悬为理想目标、终极目标。因为语言的流动性大大超过文字，语言与时俱进，不断改变，今天某些语言可能十年前、五年前、甚至前年、去年都还没有出现，而文字却相对稳定，不能一天一个样。文字本来就是为了克服语言不能超越时间和空间的缺陷而创造的，如果文字也不断地与时俱进，它的这种功能不可避免地会大大削弱，甚至丧失。设想中国的文字如果一直跟着语言在变化，我们今天还看得懂汉唐的文章吗？尤其是现代科技日新月异，电脑手机相继出现，新生的口头语如雨后春笋，如果我们的文字也跟着去"喜大普奔"，那么不要三五年，我们的文字就不知道"奔"到什么地方去了。结果弄成爷孙不相通、父子如隔世，这样的言文一致难道是好的吗？是我们要追求的吗？还有地域的问题，各地有各地的方言，如果真要言文一致，那就会变成山东人看不懂山西人的文章，北方人读不清南方来的信件。近年来台湾有些极端分子一直闹着要创造一种"台语文学"，除了政治目的之外，他们还有一条理由就是追求言文一致。这样的言文一致是我们需要的吗？

言文之不须一致，甚至不应一致，还有另外一个层面，就是粗与精、俗与雅的问题。言出于口，没有多少斟酌的余地，文出于手，是可以斟酌也应当斟酌的，把作文等同于写话，这就是放弃了本可斟酌的优势，成了懒惰和粗疏的借口。言随风而散，影响有限；文却要留而传之，影响就大了。文可以精可以雅而不去追求，任其流于粗俗，显然是不应该的。

总之，我认为在言文距离太远的时候，提出言文一致，作为一个纠偏的措施，努力的方向，是可以的，也是必要的，但是，把言文一致悬为理想目标而加以追求，或者作为价值标准来判断文章的优劣，则是不必要的，而且是错误的。

我主张言和文要有所区别，要保持一定的距离。换句话说，就是书面语和口头语要保持适当的距离。这个距离不能太远，但也不可太近，尤其不可以认为这两者越近越好。现在有些老师教学生，说：作文就是写话。有些作家为了表示自己平民化、接地气，也这样说，这样主张。一些报章杂志为了哗众取宠，甚至采用文理不通的网络流行语，例如一些不伦不类的谐音字（如"神马"、"童鞋"、"小盆友"、"先森"、"骚年"之类），胡乱节省的缩语（如"喜大普奔"、"十动然拒"、"人艰不拆"、"不明觉厉"之类）。这样的主张和做法，如果任其泛滥，我们的文字，或说书面语言，势必越来越粗糙，越来越鄙俚。

法国人非常爱护珍惜自己的语文，特别设立了一个法兰西学术院（Académie française），专门负责维护法语的纯洁和优雅，号称有五千年文明历史、创造了无数优美雅致的文学作品的中华民族，难道不应该爱护珍惜自己的语文吗？我看我们的学术界和政府有关部门应当郑重考虑，要不要仿照法国的做法，也建立一个"中国学术院"或"汉语学术院"？

写字与天分

你是承认天分的,但是你说不出自己到底哪方面有天分。

不过你对自己没有天分的方面倒很清楚,例如,唱歌跳舞是绝对没有天分的,哪怕你从负一岁练起,一天花二十五个小时在唱歌跳舞上,也绝对成不了家,当不上明星。 又如,运动是绝对没有天分的,不仅田径、体操不行,球类、游泳也不行,恐怕连下棋都没有希望。 你从来就没有参加运动会的兴趣,连奥运也就是看看而已,电视上看就行了,临场都不必。

你承认自己读书方面有点天分,但也不知道哪一门特别有天分。中学时代文理科都喜欢,成绩都好,只是遵母命把学习重点放在理科上,因而理科特优,甚而做了几年诺贝尔奖的梦。 高中毕业以后,因为家庭出身不好不能上大学,便只好弃理从文。 你在自然科学上到底有没有天分? 如果有天分,到底是数学强,还是物理强,还是化学强,还是别的什么强? 从此失去了检验的机会。

高中毕业留校任教以后,从数理化转向文史哲,但多少有点勉强,是迫于形势,而非出于自愿。 文史哲方面你到底有没有天分,有多高的天分,比数理化方面低还是高,你还真没把握。

其实,你自己真正觉得比较有点天分的是写字,说得雅一点就是书法。

怎么能证明你写字方面有一点天分呢?

第一,是发蒙得早。 你五岁开始上学,那以前你妈妈就开始教你写字了,杜甫说"九龄书大字",你那时能写多大的字已经记不得,但起码"发笔"的时间不会比杜甫晚。 你母亲去世以后，你清理她的遗物，发现她把你写给她的信都整整齐齐地夹成几大本，其中最早的一封是1949年9月10日，毛笔写的，居然还不太坏，有几个字甚至"可圈可点"。 你那时七岁多，还不到八岁。 你记得小时候在乡下，家里糊窗户的纸是你父亲小时候临帖留下的字纸，伯父说是《张黑女碑》，你那时就能够领略《张黑女碑》那种从容疏雅的美，至今都还有印象。

第二，是对字敏感。 这种敏感即使不说与生俱来，也至少是很小的时候就具备了。 一看到好的字就喜欢，就知道它好，一看到丑的字就讨厌，就知道它难看。 而且这种判断不需要别人教，也不受别人的影响。 它好像就植根在你的脑海里，如同你对大自然的美丑和人的美丑一样敏感。 所以你总是奇怪有人对字的美丑会那么迟钝，明明几个丑字，竟然敢悬挂在大厦通衢之上，而不畏惧别人的嗤点。 对书法之美及其所以为美，你凭的是直觉而不是理论，不能说你自己的字有多么高明，但你确然知道好的书法好在哪里，而且确然知道自己的判断不会失误。 在这一方面，再高明的理论，再时髦的流行，都无法左右你自己的判断，苏轼说："我虽不善书，知书莫如我。"你自命是苏轼的知己。

第三，是学习效率高。 换一句话说，就是取得的成绩与花费的时间相比，是令人满意的，甚至可以说是很经济的。 虽说你写字已经写了六十多年，但绝非像某些青年朋友所想象的那样，天天练字，一天都不间断。 坦白地说，你这方面其实不足为法，不要说苦练，甚至连勤快都谈不上。 回顾一下，只有在十八到二十岁（上不了大学只好弃理从文在中学当老师时）、三十到三十六岁（文革后期不挨批斗了又无事可干时）以及退休后这几年（无须每天上班了）写得多一点，发起疯来也整天写，别的时间则从未坚持"天天练"，顶多做到了"月月练"、"年年练"。 陆游跟自己的侄儿说："汝果欲学诗，功夫在诗外。"你是很服膺这话的，所以也并不觉得写字须要天天练。

第四，是无师自通。 你写字从未拜过师，只是自己找古人的帖来看来写。而且看得多，写得少。写的时候也没有按照什么"蒙帖"、"影写"、"临帖"、"默临"、"背临"的步骤按部就班，只是自己乱写一气。但是兴致很高，写得很带劲，一个字可以连写几十个，写到自己满意为止。帖从不看今人的，只看古人的，时髦、流行对你都不起作用，曾经一度满天飞的郭体、毛体，你都看不入眼，实在没兴趣违逆自己的天性去跟风。

　　人是宇宙的一部分，宇宙通称为天，人之性是宇宙赋予的，所以叫天性。得之于天但不是人人均等，而是各有一定之份，所以叫天分。天分有高有低，或高于此而低于彼，或高于彼而低于此，人各不同。人贵有自知之明，首先就要自知天分之高低，什么方面天分高，什么方面天分低，顺着天分，扬长避短，一生才会过得愉快，也才会比较有成就。人家学钢琴，你也学钢琴，人家练书法，你也练书法，作为提高修养当然无可无不可，但要想取得成就，那就得看你的天分是不是比别人更高了。

　　清朝的赵翼有一首诗说："少时学语苦难圆，只道功夫半未全。到老方知非力取，三分人事七分天。"学语如此，写字也一样，以为功夫下够了，就一定能把话说好，把字写好，这就是不知道天分的重要，以为靠力取就可解决问题，结果必定事倍功半，费力而不讨好。有人至老不悟，一辈子写不好字，还以为是自己功夫下得不够。有人则以为是练字方法不对，也就是"不得法"，这庶几近之。但为什么有人练了一辈子还不得法，而有人练了几天就得法了呢？这背后还是天分在作怪呀！

　　其实，岂但写字如此，学习一切技艺皆如此。推而广之，恐怕人生万事也莫不如此。"谋事在人，成事在天"，人殚精竭虑，能谋的不过是那三分，成与不成，百分之七十的决定权还是掌握在天的手里。你于写字中也悟得此理。

图书在版编目(CIP)数据

大时代里的小故事 / 唐翼明著. —南京：南京大学出版社，2015.4
（谷风学者随笔丛刊 / 张伯伟主编）
ISBN 978-7-305-15108-8

Ⅰ.①大… Ⅱ.①唐… Ⅲ.①杂文集-中国-当代 Ⅳ.①I267.1

中国版本图书馆 CIP 数据核字(2015)第 087006 号

出版发行　南京大学出版社
社　　址　南京市汉口路 22 号　　　邮　编　210093
出 版 人　金鑫荣

丛书名　谷风·学者随笔丛刊
书　　名　大时代里的小故事
著　　者　唐翼明
责任编辑　黄隽翀　　　编辑热线　025-83594071
照　　排　南京紫藤制版印务中心
印　　刷　江苏凤凰通达印刷有限公司
开　　本　635×965　1/16　印张 19.5　字数 265 千
版　　次　2015 年 4 月第 1 版　2015 年 4 月第 1 次印刷
ISBN　978-7-305-15108-8
定　　价　46.00 元

网　　址：http://www.njupco.com
官方微博：http://weibo.com/njupco
官方微信：njupress
销售咨询热线：(025)83594756

* 版权所有，侵权必究
* 凡购买南大版图书，如有印装质量问题，请与所购图书销售部门联系调换